どうして俺が推しのお世話をしてるんだ？
え、スキル【もふもふ】と【飯テロ】のせい？
Doushite ore ga oshi no osewa wo shiterunda?
星屑ぽんぽん
Hoshikuzu Ponpon
illust.・コユコム

砂の大海《サンドブルー》
ぎんにゅう
裏垢女子として人気だったが、
その正体は七々白路と同学年の少女。
不遇な魔法少女であることがわかり、
2人目の箱メンバーとして
所属することに。
海斗そら
登録者数300万越えの
アスリート系配信者。
躍進を続けるきるるんに
コラボの依頼を行った。

『君の首輪もきるるーんるーん☆
首輪きるるだよー♪』
どこまでも続く青い砂漠を走る船の上で。
今、話題の3人による異世界コラボ配信が始まった。
首輪きるる
耐久配信が人気の
個人勢魔法少女VTuber。
異世界でのダンジョン配信を
行うために七々白路を
スカウトした。

世界樹の試験管《フラスコ》
リュンクス
「さて、業務連絡よ。これから一日2時間ぐらいは私と行動を共にすること。それと勤務中は私を見ること」
紅が俺の瞳に記録魔法を発動した。これで俺の視界がカメラとなって、見たものを記録・配信できるようになる。
「私の魅力をたっぷり愚民たちに味わわせるのよ」
夕姫紅

どうして俺が推しのお世話をしてるんだ?!
Doushite ore ga oshi no osewa wo shiterunda?
え、スキル【もふもふ】と【飯テロ】のせい?
Hoshikuzu Ponpon
星屑ぽんぽん
illust.コユコム

口絵・本文イラスト：ココム

Contents

Doushite ore ga oshi no osewa wo shiterunda?

1話　推しとの契約

「もしや学生って、社畜《しゃちく》になるための職業訓練なのでは⁉」

俺《おれ》は絶望していた。

現実に――この生活スタイルに。

「普通《ふつう》の学生は朝の8時半に登校して……もし部活なんてしてたら帰りは19時を過ぎる……」

社会人と比べ、責任もなければ失敗してもある程度は許される。だが、既《すで》に大半が『やりたくない事』に従事させられ、学校の拘束《こうそく》時間は会社員とほぼ同じ。さらに俺の場合は、逃《に》げられない労働地獄《じごく》が待っている。

「学校が終わったら夜の22時まで居酒屋のバイト……帰宅したら泥《どろ》のように眠《ねむ》り、朝3時に起きて新聞配達のバイト……そんな毎日の繰《く》り返し……」

高校一年の春。

誰《だれ》もがなんとなく心浮《う》かれる時期でありながら、俺の心境は絶望のどん底に落とされていた。

「うん、死にたい」

父が2000万の借金を抱《かか》えたまま失踪《しっそう》して、母が膝《ひざ》から崩《くず》れ落ちたのが入学前の冬。さらに腹《はら》違《ちが》いの妹と名乗る女子中学生たちが突然《とつぜん》うちに来たのが3カ月前。そして残った家族全員で、借金返済のために頑張《がんば》ろうって結論になったのが2カ月前。

「借金さえなければ……お金を稼《かせ》ぐって大変なんだなあ……」

お金の大切さが身に染《し》みた15歳《さい》の春、世界の全《すべ》てが灰色に染まってしまったのではと錯覚《さっかく》するほどに疲弊《ひへい》しきっていた。

だけど、そんな俺にも楽しみがある。

それは新聞配達の後に行く、まだ誰もいない早朝の教室にあった。

4月も中盤《ちゅうばん》にさしかかり春も真っ盛《さか》りの陽気な季節だが、朝の空気は澄《す》んでいて冷たい。遠くの方から、朝練に励《はげ》む生徒達の声がかすかに響《ひび》いてくる。

自分の席に座《すわ》りながら外を眺《なが》める。

窓から差し込《こ》む陽光が少し眩《まぶ》しく、その光に反射して、教室内にうっすらと舞《ま》うホコリ達《たち》が粉雪のように煌《きら》めいている。いつもはクラスメイトのざわめきが絶えない教室。だけど今は静寂《せいじゃく》に包まれ、現実から遠く離《はな》れた場所のように思える。

そんな雰囲気《ふんいき》が、俺の不安事を綺麗《きれい》に洗い流してくれる。

さあ毎朝の神聖なる儀式《ぎしき》に没頭《ぼっとう》しようか。

「やっぱ、【首輪きるる】は可愛《かわい》いよなあ」

スマホ画面に映るのは魔法少女ＶＴｕｂｅｒの【首輪きるる】。

俺の推しである。

ちなみに彼女のキャラ性《し》は『闇堕《やみお》ち×残虐《ざんぎゃく》×ひたむき』の三拍子《さんびょうし》で、ちょっと変わっている。

『何もかもどうでもいいから切り刻んでやりたい。抑圧《よくあつ》された日々からの解放、そして私たちを縛《しば》るあらゆる手枷《てかせ》や足枷、首輪を引きちぎりたい』といった強力なコンセプトを掲《かか》げて活動している。

とはいえ、実際の活動内容はゲームで高難易度コンテンツに無理やり挑《いど》んで失敗しまくる、いわゆる耐久《たいきゅう》系配信者で、名前やコンセプトとのギャップが可愛くて人気だったりする。

「なになに、『告知：エグいモンスターは皆殺《みなごろ》しの刑《けい》』。近々きるるんはダンジョン配信に挑戦《ちょうせん》するのか～！　心配だな……どうにかリアタイで見たい！　いや、絶対に見てみせる！」

ところで、みなさんは魔法少女ＶＴｕｂｅｒというものを御《ご》存じだろうか？

2年前、【異世界アップデート】と呼ばれる天災が起きて世界は大きく変化した。

【パンドラ】と呼ばれる未知の異世界と現実が繋《つな》がった日、世界各地でダンジョンやモンスターが現れ、それらの脅威《きょうい》から人々を守る魔法少女も現れた。当時は銃弾《じゅうだん》などの近代兵器が無効化されるモンスターに対し、魔法少女の存在は人類の希望そのもので、彼女たちの人気っぷりは凄《すさ》まじかった。モンスターを退け、【異世界《パンドラ》】と地球を安全に行き来できるゲートを確保できたのも、魔法少女の功績が大きかった。

ただ、2年も経《た》つと人類の守護者ともてはやされた魔法少女たちも、今では極々《ごくごく》ありふれた存在になっている。

なぜなら一定数の人間がステータスに目覚めたからだ。

ステータスを覚醒《かくせい》させた人々はモンスターを倒《たお》せるほどの身体能力を発揮し、【パンドラ】にある未知の資源を追い求めた。それらを地球で換金《かんきん》する【冒険者《ぼうけんしゃ》】という職業ができ、結果として魔法少女たちは活躍《かつやく》の場を奪《うば》われつつあった。

その一番の原因は、魔法少女たちは成長しないからだ。

彼女たちは初期ステータスこそ高いが、冒険者と違ってLv《レベル》が上がってもステータスが上昇《じょうしょう》しない。だからモンスター討伐《とうばつ》やダンジョン攻略《こうりゃく》といった仕事は、冒険者たちの独壇場《どくだんじょう》となっていった。

社会的に不必要になった魔法少女たち。

そんな逆境の最中、新しく登場したのが魔法少女ＶＴｕｂｅｒだった。

普段《ふだん》はＶＴｕｂｅｒとしてゲーム実況《じっきょう》や歌ってみた、ＡＳＭＲなど多岐《たき》にわたって配信活動をする。

そして有事の際は、ＶＴｕｂｅｒのガワと同じキャラデザに変身してモンスターと戦ったりもする。

魔法少女は元々、変身して戦うのが本業だ。

そう、まさに魔法少女×ＶＴｕｂｅｒによる夢のコラボレーションだ。

彼女たちは常日頃《つねひごろ》から身近なコンテンツを配信して人々に寄り添《そ》い、幸せを提供してくれる。そして時に勇ましい姿を見せてくれる。もちろん【首輪きるる】も自分の血を武器に変える魔法を駆使して、身体《からだ》を張っていたりする。

それは現実で日々奮闘《ふんとう》する俺たちに、愛と勇気と希望を与《あた》えてくれる……戦うアイドルだった。

だから俺はどんなに現実が辛《つら》くとも彼女《推し》たちの配信を見て元気づけられている。

「昨夜の配信もきるるんは絶好調にキルるってたなあ……俺もがんばろ！」

落ち込みやすい彼女《推し》は豆腐《とうふ》メンタルなのに色々なゲームやイベントに挑戦しては挫折《ざせつ》、挑戦しては挫折して凹《へこ》む、といったことを繰り返している。

そして少しでも地雷《じらい》を踏《ふ》み抜《ぬ》く相手が現れるとすぐにキルしてしまう。それがたとえ、味方のＮ

ＰＣでもやってしまう過激さを持ち、後になって重要なＮＰＣだと知っていじけることもしばしば。

それでも折れずに何十時間と配信し続けるのだから、俺だって借金でへこたれてる場合じゃない。

そんな風に思えるのだ。

彼女は個人勢の中でもそこそこ有名で、俺はデビュー当時から応援《おうえん》している。まるで我《わ》が子のように、その成長を見守っている――。

「おっと、もうそろそろか」

そしてもう一つ、早朝の教室を好きな理由がある。

それはもうすぐ、あの廊《ろう》下《か》に接しているドアが元気良く開かれるからだ。俺の現実の推《お》し、藍染《あいぞめ》坂《ざか》蒼《あおい》によって。

彼女は水泳部に所属していて、朝練をする前に必ず荷物を教室に置いて行く。

俺はそのわずかな時間を利用して、彼女と教室で一言二言だけ会話とも呼べない会話をする。それが過労死寸前の俺にとっての楽しみだ。

……そう、俺はクラスメイトの藍染坂《あいぞめざか》蒼《あおい》が気になっている。

彼女は常に明るく、笑顔《えがお》を絶やさないクラスの人気者で、俺にも気さくに話しかけてくれる。

もうすぐ来るであろう彼女《お》《し》を思うと、少し緊張《きんちょう》してきた。リラックスするために、ジュースでも買いに行こう。それぐらいの余裕《よゆう》はある。

しかし、財布《さいふ》からお金を取り出そうとした刹那《せつな》、緊張で震《ふる》える手が百円玉を落としてしまった。

「俺の百円玉がッ⁉」

身をかがめてすぐに拾いあげようとするが、あろうことに百円玉は縦向きのまま床《ゆか》を転がってゆく。

「ウソだろ⁉　いや、落ち着け……」

教室のドアへと、静かに音もなく転がってゆくコイン。が、何も焦《あ》せる必要はない。しっかりとドアは閉まっているのだから百円玉は外に出られない。

俺は冷静さを取り戻《もど》し、赤ちゃんよろしく四つん這《ば》いでドアへと向かう。

その瞬間《しゅんかん》――――

ガラガラッ。

廊下に繋がるドアが、静寂を軋《きし》み割るような音をたてて開かれた。

藍染坂《あいぞめざか》さんが来たのかと、ドアを開けた人物に目を移す。

そこには、綺麗な黒髪《くろかみ》ロングをなびかせる美少女が悠然《ゆうぜん》とした面持《おもも》ちで立っていた。俺と彼女の視線が、廊下と教室から交錯《こうさく》すると……瞬時にして侮蔑《ぶべつ》のこもった緋色《ひいろ》の双眸《そうぼう》が、全身を貫《つらぬ》くように向けられた。

「あら、なぜ教室にゴキブリ目ゴキブリ科がいるの？」

早朝の教室の床で、一人這いつくばる俺を目撃《もくげき》したクラスメイトの少女は言った。

「確かに、教室は完全無欠の清潔さはないけれど、こんな巨大《きょだい》ゴキブリが出現するなんて非現実的。私は今、学校の七不思議にでも遭遇《そうぐう》しているのかしら？」

気味が悪い、とでも言いたそうに見下ろすのは、ルビーのように赤く輝《かがや》く瞳《ひとみ》。宝石のような美しさに反して、絶対零度《れいど》の冷たさを帯びた彼女の目にわずかな恐怖《きょうふ》を覚えてしまう。

「それとも、なにかしら。クラスメイトのパンツを覗《のぞ》き見るために、そうやってカサカサコソコソと這いずり回って、女子が来るのを待ち構えていたの？」

同級生を人類として分類《カテゴリ》せず、平然と虫呼ばわりする少女の名は、夕姫《ゆうき》紅《くれない》。俺と同じ一年生で、クラスや同級生からは『二姫《ニキ》』と敬遠されている。

この高校には二人の姫《ひめ》がいる。姫と呼ばれる理由は騒《さわ》がれるほど美人であり、貴族みたいに恐《おそ》ろしい重圧感をまとっているからだ。

『二姫《ニキ》』のあだ名をつけられたもう一人は、二年の先輩《せんぱい》で『紫姫《しき》』と言われている。

そして紅《くれない》は『赤い方の姫』とか『紅姫《べにひめ》』なんて揶揄《やゆ》されている。

その血に染まったような深紅《しんく》の瞳は天然モノ。肌《はだ》は陶器《とうき》のように白くて美しく、顔は恐ろしく整っている。容姿は姫のように美麗《びれい》であるが、彼女の口から出る言葉はどれも人の心をズタズタに引き千切るかの如《ごと》く苛烈《かれつ》だ。

とはいえ、それが彼女を無視していい理由にもならないので、俺は覗き魔《ま》の嫌疑《けんぎ》を払拭《ふっしょく》しようと試みる。

「く、紅《くれない》。ちょっとは落ち着けよ。俺はただ、ジュースを買おうとして百円玉を落としたから、それを拾おうとしてただけで――」

「そんな百円玉なんて見当たらないのだけれど？」

「いや、廊下の方に転がって――」

「ゴキブリが許可なく喋《しゃべ》らないで」

案の定と言うべきか。

紅《くれない》とは中学の頃からの付き合いだから、まともな返答がこないのはわかっていた。

俺はそっと溜息《ためいき》をつく。

「私の前で溜息なんて生意気すぎるわ。それに嘘《うそ》をつくならもうちょっとマシな嘘をつきなさいよ。ゴキブリの知能指数といったら尋常《じんじょう》じゃない低さね」

「はいはい」

「それで、買おうとしていたジュースってどんなジュース？」

嘘って決めつけておきながら、その嘘をえぐってくるわけか。

「……トマトジュース」

俺がぼそりと反抗的《はんこう》に言い返すと、彼女は更《さら》に辛辣《しんらつ》な口調で詰《つ》め寄ってくる。

「あの赤くてドロドロしている血反吐《ちへど》のような液体？　それはそれは……気持ち悪いモノを買おうとしていたのね」

紅《くれない》の方がよっぽどドロドロしてるだろ。人の嘘を事細かに説明させようとするなんて。

まあ紅《くれない》に貶《けな》されたトマトジュースが可哀《かわい》そうなので、俺は無意味に全力でトマトジュースの肩《かた》を持つことにした。

「紅《くれない》はわかってないな。あのドロドロとした濃《こ》い液体を飲みほしたあとにくる爽快《そうかい》感が半端《はんぱ》ないんだぞ？　かなり穏《おだ》やかな気分を味わえる。ドロドロで真っ赤だからって悪く言うな」

紅《くれない》が最後の言葉に、ピクリと反応したのは気のせいか？

「……ま、まあ、いいわ。それは理解したのだけれど……いつまで、そうやって這いつくばっている気？」

赤い目をうっすらと細めて、俺の目線を探《さぐ》るように見つめてくる。

ヤッ、これは別にパンツを見ようとしていた訳じゃなく……。

床に這う俺を見ながら、紅《くれない》は何かを思いついたかのように薄《うす》い笑みを浮かべる。

「丁度いいわ。その醜悪《しゅうあく》な醜態をクラスの人達にばらされたくなかったら、これを取って頂戴《ちょうだい》」

そういってドアを閉め、教室に一歩二歩と足を進め自分の足元を指差す紅《くれない》。

うーん……美脚《びきゃく》だ。

「どこを見ているの、ゴキブリ。あなたが見るべき部分は上履《うわば》きよ」

頭を上から叩《たた》かれた。

「私の上履きについている、粘着性菓子《ねんちゃくせいがし》を取って頂戴」

言われて上履きを凝視《ぎょうし》すると、つま先と足裏部分にガムがついていた。

早朝の誰ひとりいない教室で二人きり……クラスの女子に命令されて跪《ひざまず》き、足をいじる。なんとなく背徳感があるのは否《いな》めない。しかもその相手が【紅姫《べにひめ》】なら、なおさら危険性と……甘美《かんび》な印象を強める。

もちろん、こんな光景を誰かに見られたらマズイ。

だが無視でもしたら紅《くれない》の毒舌《どくぜつ》が猛威《もうい》をふるい、変な事を言いふらされてクラスの奴《やつ》らに変態だと思われる。

仕方ないから俺はかがんだ状態でしぶしぶ上履きについたガムを取ろうとする。

すると必然的に、紅《くれない》の足が目の前に映るわけだ。

紺《こん》のソックスの上、膝から太ももにかけてのまぶしい白さ。柔《やわ》らかそうで程良《ほどよ》く弾力《だんりょく》感のありそうな脚《あし》が目前に迫《せま》っている状態になる。

うっわ、こいつ、肌がめっちゃきめ細かいな。つーか普通に綺麗だ。なんかいい匂《にお》いもする。

やばい、なんか、新聞配達の疲《つか》れでくらくらしてきた……？

「……早く、取りなさいよ」

俺の邪念《じゃねん》を察知したのか、半眼状態でこちらに鋭《するど》い眼光を放ってくる紅《くれない》。

「……愚図《ぐず》、のろま、不器用、ゴキブリ、ハゲ、おじ、ナナシ」

のろのろと作業している俺に不機嫌《ふきげん》さをにじみ出す紅《くれない》だが、こういう汚《よご》れはきちんと落とさないと後が大変だ。俺には紅《くれない》の機嫌など関係ない。

そうして『ふう、なかなか取れないな』と言いかけた時、教室のドアがガラリと開かれた。

「あれ？　七々白路《ななしろ》くんと……夕姫《ゆうき》さん……？」

そう、そこには紅姫《べにひめ》に跪き、かいがいしくも足の辺をいじっている俺の姿を凝視した藍染坂《あいぞめざか》さんがいた。

な、なんてことだ⁉　つい夢中になって、藍染坂《あいぞめざか》さんのご来訪が頭からすっぽ抜けていた⁉

この場をどうごまかし、どう乗り切る⁉

「あー……えーっと、お邪魔《じゃま》だったかな？」

藍染坂《あいぞめざか》さんは可愛いらしい顔を傾《かし》げ、少しだけ困ったように笑う。

その瞬間に俺は、唯一《ゆいいつ》この場で誤解が解けそうな紅《くれない》へ『弁解してくれ』と猛烈《もうれつ》な視線を向ける。

「お邪魔ではないけれど、人に見られたくはなかったのが本音ね？」

おいいいいいいいいいいいいいい⁉

間違ってはいないけどな⁉　そんな言い方だと、いかにも俺と紅《くれない》が如何《いか が》わしい逢瀬《おう せ》まがいな何かをしていたと勘違《かんちが》いされるだろおおおお⁉

案の定というべきか、純真無垢《む く》な藍染坂《あいぞめざか》さんは耳まで真っ赤にして『ご、ごめんなさい！』と叫《さけ》びながら教室を出て行ってしまった。

終わった――リアルの推しにとんでもない光景を見られた俺は、きっとこれから『足フェチくん』とか『ドMくん』だとか思われるに違いない。

「おい、紅《くれない》……どうしてくれるんだ？」

「なにがかしら？」

「おまえ！　あんな言い方だと藍染坂《あいぞめざか》さんにあらぬ誤解が生じるだろ⁉」

「うるさいわね。私が藍染坂《あいぞめざか》さんにどう思われようが何も気にならないわ」

「俺は気にするの！」

「あ、っそう」

まったく興味なさげに返答する紅《くれない》に俺はどうにか食らいつく。

普段だったら紅《くれない》の言動を深くは気にしない。でも今回ばかりは藍染坂《あいぞめざか》さんが絡《から》んでいるので妥協《だきょう》はできない。

「頼《たの》むから！　藍染坂《あいぞめざか》さんに、ただお前の上履きについたガムを取ってたって、説明をしてくれ！」

「それはそれでおかしな話よね？」

「言われてみれば、たしかにぃ？」

どうして俺が紅《くれない》の上履きについたガムを取っていたのか、そもそもが異常な光景だったのだ。

「紅《くれない》ぃぃぃぃぃい！　おまえ謀《はか》ったな⁉」

「ぷっ、くくく……ゴキブリにしてはおもしろいわよ？」

こいつ、やりやがった。

だけど紅《くれない》にしては珍《めずら》しくクスクスと笑い出すものだから、俺の怒気《どき》は削《そ》がれてしまう。

「中学の頃から思っていたのだけれど、私に散々の言われようだったのにあなたは本当にしぶといわよね」

「それはアレか？　俺に死んでくださいとでも言ってるのか？」

「概《おおむ》ね間違ってないわ」

「ひでえ」

完全に紅《くれない》は俺をいじりにきていた。

「そんなあなただからこそ契約を持ち掛《か》けるわ」

「……契約？」

紅《くれない》の紅《あか》い瞳が怪《あや》しく燃えたような気がした。

「月に100万円あげるから、私の奴隷《どれい》になりなさい！」

ビシッと人差し指を俺に向け、極々真剣《しんけん》な眼差《まなざ》しを俺に向ける紅姫《べにひめ》。

だが、彼女の発言を傍《はた》から見たら、ママ活女子高生が爆誕《ばくたん》したようにしか見えなかった。

「え、なに？　ママ活ですか？」

「ちがうわ。発想が気持ち悪すぎるわよ。私、とある事業を始めようと思っているのよ」

「はあ……高校生から事業ねえ」

そういえば紅《くれない》はかなり裕福《ゆうふく》な家庭のお嬢様《じょうさま》だって聞いたことがあるけど、だから意識が高いのかね？　生まれが良ければ思考スケールも高校生の時点でドでかいとか？

ん？　だから俺のことを虫けらとしか思っていないのか？

「高校生で起業するなんて別に珍しくないわよ？」

「それは金持ち界隈《かいわい》の話だけじゃないか？　まーいいや。で、その事業と俺との契約に何の関係があるんだ？」

俺が興味を持ち始めると、紅《くれない》は少しだけ誇《ほこ》らしげに笑う。

普段からそうやって笑っていればクラスのみんなも離れはしないのに。むしろ近寄ってくる輩《やから》の方が多いだろう。なにせそう思わせるだけの美貌《びぼう》が彼女にはあるのだ。

「私の始める事業には、あなたのようなゴキブリ並みにしぶとくて鈍《にぶ》いメンタルの人材が必要なのよね」

なにそれ怖《こわ》い。

パッと聞く限り、労働環境《かんきょう》がブラックにしか聞こえないぞ？

「私と雇用《こよう》契約を結ぶのなら、藍染坂《あいぞめざか》さんには先ほどの件を上手《うま》く伝えてあげてもいいわよ？」

なんだと⁉

すぐにでも『ＯＫ』と快諾《かいだく》しそうになるが……既《すんで》のところで止める。

まがりなりにも俺は現在週６以上のバイト掛け持ち地獄を味わってる身だ。労働環境や報酬《ほうしゅう》面に関して、確認《かくにん》を取らず雇用契約を結ぶのは危険だとわかる。

「……業務内容と報酬は？」

「私と一緒《いっしょ》に遊ぶだけで80万円。追加で動画編集なんかもしてもらうけれど、その際は別途《べっと》報酬を支払《しはら》うから月々１００万円は超《こ》えるでしょうね？」

「紅《くれない》と遊ぶだけで月収１００万円⁉」

なんだよっ、紅《くれない》！

おまえ、そんなに友達《ともだち》が欲《ほ》しかったのかよ⁉

おまっ、友達を金で買うとかお前らしいわ！

俺は二の句も継《つ》げず夕姫《ゆうき》紅《くれない》との雇用契約に快諾した。

この時の俺は、ただただ労働地獄からの解放に喜んでいた。

2話　推しと黄金ティータイム

「おい、紅《くれない》……これはどういうことだ？」

紅《くれない》との雇用契約《こようけいやく》を結んだ俺《おれ》は、あれからバイトの引《ひ》き継《つ》ぎに追われた。

それらをようやくクリアして、いざ紅《くれない》の下でバイトを始めるに至ったのだが……。

「わざわざ口で説明しないとわからないのかしら？　政府の異世界《パンドラ》課が管理している転送門《ゲート》よ？」

「それはわかる。異世界《パンドラ》に繋《つな》がってるんだよな？　でもこれって政府公認《こうにん》の冒険者証《ぼうけんしゃ》がないと入れないだろ」

「あるわよ？　私と、あなたのも」

そう言って紅《くれない》が手渡《てわた》してきたのは、正真正銘《しょうめい》の冒険者証だった。

ちなみに最下級のランクGと表記されている。

こいつ……いつの間に他人の冒険者証を発行してたんだ？

そもそも政府管轄《かんかつ》の証明カードを俺の同意なく勝手に作れるものなのか？

色々とツッコミたいが、夕姫財閥《ゆうきざいばつ》のご令嬢《れいじょう》であれば何かしら国家権力に手を出せそうな闇《やみ》深さがある。下手に藪《やぶ》をつついて蛇《へび》が出たら嫌《いや》なので、ここはひとまず遠回しにジャブを放ってみる。

「これから冒険者として【異世界《パンドラ》】に行こうとしているのはわかった。だが、俺の業務内容は紅《くれない》と遊ぶ、だったはずだぞ。あと、動画編集だったよな……？」

「ゴキブリ並みの知能のあなたにもわかりやすく説明してあげるわ。約2年前に全世界で【異世界アップデート】という天災があったのは御存《ご》じ?」

「え、誰《だれ》でも知ってるけど」

「あら、あなた程度でも知っていたのね。さすがだわ」

笑顔《えがお》で毒を吐《は》く紅《くれない》。

「その【異世界アップデート】はかつて大盛況《だいせいきよう》だったVRゲーム【転生オンライン:パンドラ】に出てくる様々な要素と似ている、と言われているわ」

「それも、知ってるけど」

2年前。世界中で絶大な人気を誇《ほこ》るVRゲーム【転生オンライン:パンドラ】は突然《とつぜん》サービスが終了《しゆうりよう》した。そして時を同じくして現実に謎《なぞ》の建造物やダンジョン、モンスターが出現し始める。さらに異世界との交流や調査が深まるにつれて、世界に起きたあらゆる不思議現象、いわゆるモンスターの種類や地名、魔法《まほう》などが【転生オンライン:パンドラ】に登場するものと同一だと判明する。

そして魔法少女も含《ふく》め、ステータスが発現した人間全てが、【転生オンライン:パンドラ】のプレイヤーだった。もちろんプレイヤー以外にもステータスに目覚めた者もいるけど、それは特殊《とくしゆ》な条件をクリアした者だけだ。このような事実から【異世界アップデート】とあのVRゲームは何らかの関係があると見込《みこ》まれ、かの地は【異世界《パンドラ》】と呼ばれている。

「パンドラに行くのも、【転生オンライン】をプレイして遊ぶのも同じじよ。おわかり?」

「おいおい、無茶苦茶だろ」

さすがに死ぬ危険性のある現実と、サービスが終了したVRゲームを一緒《いつしよ》にするのはナンセンスだ。ましてやステータスがある人間なら冒険者として成り立つかもしれないけど、俺は――

「平気よ。だってあなたも【転生オンライン：パンドラ】の元プレイヤーでしょう？」

「……どうしてお前が……知っている」

「そんなのはどうでもいいの。それよりステータスがあるなら冒険者になっても問題ないでしょう」

「そ、それは……」

ステータスは、【転生オンライン】をプレイしていた時のキャラクターと同じものになる。さらに習得している【スキル】や【身分】などの変更《へんこう》が基本的にはできなかった、気がする。

当然、俺も当時のステータスは得ているはずだ。そして肝心《かんじん》な俺のスキルや身分は……。

俺が【転生オンライン】をサービス終了前にやめたきっかけを、紅《くれない》に話す義理はない。

ステータスを持っているのに、冒険者になろうとしなかった理由も話す必要性はない。

ただ、借金返済のために……少し遊ぶだけなら大丈夫《だいじょうぶ》だろうと、俺は静かに頷《うなず》いた。

◇

「うわああ……すごい景色だな……」

転送門《ゲート》をくぐると、そこは中学生だった頃《ころ》の俺を夢中にさせたゲームの世界が広がっていた。

いや、臨場感や迫力《はくりょく》を踏《ふ》まえればそれ以上だった。

ゲーム内では四つある初期都市のうちの一つ、【世界樹の試験管《フラスコ》リュンクス】。

「馬鹿《ばか》でかい試験管《フラスコ》が五つも連なって、しかもその中に都市があるとか斬新《ざんしん》すぎるよなあ……」

俺は少しだけワクワクしていた。

色々と紅《くれない》に不満はあるものの、やはりファンタジーっぽい風景に心躍《おど》らないと言えば嘘《うそ》になる。

まずはビルと同等の高度を誇る巨大《きよだい》な試験管《フラスコ》だ。その中に俺がいて、これまた巨大すぎる大樹が試験管《フラスコ》を超《こ》えて生《お》い茂《しげ》っている。

「五つの試験管《フラスコ》で世界樹を育ててるってか」

左右を見れば、俺がいる試験管《フラスコ》の隣《となり》にも巨大な試験管《フラスコ》がそそり立ち、同じように大樹が元気いっぱいに育っている。試験管《フラスコ》の上下にはすさまじく大きなリングがカッチリとハマり、隣の試験管《フラスコ》と連結しているようだ。そしてガラスの向こう側には、大海原《おおうなばら》のような青い砂漠《さばく》が広がっている。もちろん上を見上げれば、大樹の幹や枝に木造建築物が多種多様にあり、そこで多くの冒険者や異世界《パンドラ》人が行き来している。

「試験管《フラスコ》内の最下層にあたる部分は、水辺と世界樹の根っこ……ゲームと変わらないデザインだな」

現在俺はその最下層にある巨大な根っこの上に立っている。

まるで湖から生えた巨木と見間違《みまちが》えそうだけど、ようは巨大な試験管《フラスコ》に水を入れ、さらに世界樹を差している状態がこの都市の真相だ。

やっぱりめちゃくちゃ世界観が面白《おもしろ》い！

俺は歩きながら樹液など、採取できそうなものをそっと手持ちの瓶《びん》や鞄《かばん》に入れてゆく。

だってせっかく異世界《パンドラ》に来たなら、家族へのお土産《みやげ》にしなくちゃもったいない！

お得意の貧乏性《びんぼうしょう》が発動しているが気にしない。

おっ、なんか美味《おい》しそうな果実も生《な》ってるじゃないか。

ん、林檎《りんご》に似ている⁉　ゲームにこんな果実あったっけ⁉

さっそく未知との遭遇《そうぐう》に俺は少なからず心が躍りかけていた。

「さて、ゴキブリ。業務連絡《ぎょうむれんらく》よ」

「あ、はい」

上がりかけたテンションを一瞬《いっしゅん》にして氷点下にしたのは、もちろん雇《やと》い主である紅《くれない》だ。

「まず、これから一日2時間ぐらいは私と行動を共にすること」

「アバウト……そして日勤たったの2時間で基本給80万とか、すごいなお嬢様は……」

「それと勤務中は私を見ること。正確には私をあなたの視界に映すこと」

「なぜ？」

「記録魔法――【あなたの瞳《ひとみ》に思い出を】」

不意に紅《くれない》の人差し指が明滅《めいめつ》し、その光が俺の瞳に集束――

「うわっ！　な、なにしたんだ⁉」

「記録魔法を発動したわ」

こいつ……魔法をすでにいくつか習得しているのか。

もしかしたらけっこうパンドラに来てたり、国内ダンジョンを攻略《こうりゃく》してたりするのか？

「で、こっちが【記憶結晶《ユエス・メモリー》】よ」

「ああ……それが噂《うわさ》の異世界産《パンドラ》ＵＳＢメモリーか」

「あなたの瞳で見たものはこれから2時間、この【記憶結晶《ユエス・メモリー》】に保存されるわ。これ、ＰＣにも挿《さ》せるし、そのまま配信だって始められちゃう優《すぐ》れものなのよ」

異世界産《パンドラ》の物は技術が飛びぬけてるな。

正確には異世界《パンドラ》の素材と現代科学の融合《ゆうごう》で、とんでも機器がいくつか発明されている。

なので異世界《パンドラ》で取れる素材などは高額で取り引きされることもあり、まさに一攫千金《いっかくせんきん》、冒険者ドリームなどと言われたりする。それはそれとして――

「どうしてわざわざ俺の視界をカメラ替《が》わりに……？」

「モンスターと戦うのに、レンズを覗《のぞ》いてる余裕《よゆう》があるのかしら？　下手したら死ぬわよ？」

「なるほど……俺は戦わずに紅《くれない》の専属カメラマン的な仕事をするわけだ」

「そうね。それが基本的な業務よ」

それから紅《くれない》はコホンッと咳払《せきばら》いした後、ほんの少しだけ頬《ほほ》を赤らめる。

「つ、続いて、録画した映像の中で……あ、あなたが、私を1番可愛いと思った瞬間を切り取って動画編集しなさい」

「かわいい瞬間……？」

あまりにも唐突《とうとつ》すぎる要望に俺は首を傾《かし》げてしまう。

するとなぜか紅《くれない》はひどく顔を真っ赤にしながらまくしたてる。

「な、なによ。別におかしな事じゃないわ。私はＶＴｕｂｅｒとして活動するの。あなたはその宣伝広報みたいなお仕事をするのだから、私の魅力《みりょく》をたっぷり愚民《ぐみん》たちに味わわせるのよ」

「あ、はあ……」

紅《くれない》の言葉を要約するなら、俺は紅《くれない》がパンドラで過ごす動画や配信を撮影《さつえい》する。そして動画編集してＹｏｕＴｕｂｏにアップするってところか。

そもそもＶＴｕｂｅｒをするなんて初めて聞いたんだけど、紅《くれない》が言ってた事業ってＶＴｕｂｅｒ関連なのか？

「私は近々ＶＴｕｂｅｒ事務所を立ち上げるから、その先駆《さきが》けとして私自身がＶＴｕｂｅｒとして知名度を上げるわ。ゆくゆくはあなたにマネージャーみたいな仕事をやってもらう予定よ」

「なるほどなあ……ん、待てよ？　ＶＴｕｂｅｒで活動するなら生身の紅《くれない》を映したらＶじゃないだろ」

「言い忘れていたけど、私は魔法少女なのよ」

「まじか！」

これには少々、驚《おどろ》きだった。

中学から紅《くれない》とは知り合いだったが、まさか彼女が魔法少女だとは夢にも思っていなかった。

何せ魔法少女は【冒険者】の台頭でお役御免《ごめん》になるまでは大人気の存在だったたし、その希少性は30万人に一人ぐらいだから、こうして目の前にするのは初めてだ。

「しっかし魔法少女なら、わざわざＶＴｕｂｅｒやる必要なくないか？　普通《ふつう》に魔法少女として配信活動するとかどうよ」

魔法少女ＶＴｕｂｅｒの推しがいる俺が言えた義理じゃないけど、実はずっと疑問だったのだ。

まあ単純にキャラデザの絵を作ったり、編集がめんどくさそうって理由でも指摘《してき》してるのだが。

「これだからゴキブリは馬鹿ね。魔法少女は変身しないと一般人《いっぱんじん》と変わらないステータスなのよ」

「知ってるぞ？」

「……冒険者はデフォで強い肉体でしょうけど、私たちは変身してる時だけなの。ずっとここで戦い続けるなんて無理だわ。変身を維持《いじ》する魔力がもたないもの」

「あっ……だから普段《ふだん》はＶＴｕｂｅｒとしてゲーム配信して活動したり、ああ、なるほど！」

配信中に魔力が切れて変身が解けちゃいました！　とか大事故になる実写は無理か。

「安全面の話なら他にも、私たち魔法少女は初期スペックからステータスが成長しないのよ」

「それも知ってるけど？」

「変身してないターンを映してリアル顔バレして、もし誰かに襲《おそ》われるようなことがあったら？」

「あっ……抵抗《ていこう》できない強さの冒険者だったりしたら、やばいかもな」

「視聴者《しちょうしゃ》やアンチ、ファンの中にそういった輩《やから》がいないとも限らないでしょ？」

「だから安全面を考慮《こうりょ》してＶの皮をかぶる、と……」

「他にも様々な理由があるけれど、とりあえずその認識でいいわ」

なんだか魔法少女ってやつは大変そうなんだな。

今度、推しのきるるんに応援《おうえん》の投げ銭をしよう。今は家計に余裕はないけど、紅《くれない》から１００万もらった後なら投げれる。

少しでもきるるんのためになればと思う。

「紅《くれない》が魔法少女ＶＴｕｂｅｒをやるのはわかった。どんな名前にするんだ？」

「名前ならすでにあるわよ。首輪きるるってＶＴｕｂｅｒ名がね」

「いや、首輪きるるって……同じ名前の魔法少女ＶＴｕｂｅｒがいるけど⁉」

すでにいる魔法少女ＶＴｕｂｅｒと名前が同じだとか、推しを愚弄《ぐろう》するなとか、色々な意味合いを込めてツッコミを入れまくる。

しかし、紅《くれない》は涼《すず》しい顔で俺の主張をいなす。

「首輪きるるってＶＴｕｂｅｒは、私ただ一人だけど？」

「はっ？」

お前、何言っちゃってんの？

きるるんはお前とは大違いで、ちょっと過激で残虐《ざんぎゃく》なふりをした優《やさ》しい元気っ娘《こ》なんだぞ。そのくせ、メンタルはよわっよわですぐにいじけて挫《くじ》けて、それでも難易度の高いゲームに挑戦《ちょうせん》して、四苦八苦して、『クリアできたのはみんなが応援してくれたからよ！』とか言っちゃう最高に可愛《かわい》い子なんだぞ⁉　こんな人のことをゴキブリ呼ばわりする鬼畜《きちく》女とは違う！

それでもって初期は登録者数１００人に満たなかったものの、いまでは個人勢の中でもそこそこ有名でチャンネル登録者数10万人を超えた！　今度その記念にダンジョン配信を始めるってがんばってて――ん、ダンジョン配信？

「あなたには論より証拠《しょうこ》よね――【魔法武装《マジカル》】！」

紅《くれない》が煌《きら》びやかな光に包まれ、魔法少女特有の変身演出が派手に始まる。

可愛らしい衣装《いしょう》は、銃弾《じゅうだん》をもはじく堅固《けんご》な鎧《よろい》。

つぶらで煌びやかな深紅《しんく》の瞳は悪を許さぬ正義の光。

しなやかに伸《の》びる肢体《したい》はこちらの目が眩《くら》むほどに白く美しい。

黒髪《くろかみ》から一新して、燐光《りんこう》をまとう紅玉《ルビー》色の長髪《ちょうはつ》をなびかせる——

儚《はかな》さを帯びた薄幸《はっこう》の美少女がドドーンと見参。

そして、お決まりのポーズをビシッときめる。

「自由にきるるんマジカルきるるん☆　魔法少女ＶＴｕｂｅｒの首輪きるるだよー♪　君の首輪もきるるーんるーん☆」

いや、まじか。

◇

「首輪きるるだよー♪　君の首輪もきるるるーんるーん☆」

「え……」

あの紅《くれない》が首輪きるる⁉

いや、あの紅《くれない》が『きるるーんるーん☆』って。

いやいやいやいや、え⁉　まじか！

「……っす、え、すぅー……でっ？　あー、ふーん、く、く、紅《くれない》が魔法少女ＶＴｕｂｅｒね、ほー

ん。て、ててて、ててって、首輪きるるるっかー、き、聞いたこともないけど、すぅーっ」

なぜかこちらをニヤニヤしながら俺を見つめてくるきるるん。

いや、きるるんがそんなあくどい表情するとか新鮮《しんせん》すぎて尊い……じゃない、まじで何なの？

あの紅《くれない》が俺の推しだったたって事？

はー!? はーッ!? はーッッッ!?

俺は推しに直で会えた嬉《うれ》しさと、紅《くれない》が推し本人だったという悔《くや》しさで感情がグチャグチャのドロドロだ。もうどうにかなってしまいそうだったので、とりあえず知らんぷりをした。

「それで、話を進めてもいいかしら？」

「あっ、すぅー、えっ、あ、はい」

うわっ、まぶしっ、じゃない、照れてる場合じゃない。きるるんを見ろ、そこはかとなくいつも通りに見るんだ俺。推しがこんな間近にいる機会なんて滅多《めった》にないんだから、ってそうじゃない。

……今ここで俺がリスナーでした、なんてバレたら紅《くれない》のことだ。

めっちゃ罵《ののし》って奴隷《どれい》扱《あつか》いしてくるに決まってるんるーん☆

がんばれ俺！ 負けるな俺！ きるるんはいつだって挑戦してるじゃないか！

俺だってふっつーに見れる。怪《あや》しまれないように自然に推しを見れる！

「ぷーくすくす」

笑ってるきるるんかわえええええええ！ 生きるるんかわえええええ、もう溶《と》ける。

いや、落ち着け俺。

確かにきるるんは紅《くれない》と容姿が似てる！

あいつ顔が良すぎだから変身しても全く違和《いわ》感ないけど、なんつーか、え、姉妹《しまい》ですかってぐらい似てる！　白状します！　クラス内でも敬遠されがちだった紅《くれない》になんだかんだ応答してたのは……そこはかとなく推しに顔が似てたからです！

はいっ、こんなこっぱずかしい自問自答はこれで終わり！

「そっそひぇで話の続きって？」

くそっ。声が裏返る。

「私の隣に立つ以上、しっかりした物に身を包みなさい。なので、これがあなたの作業服よ」

そう言って推しから手渡されたのは立派な執事服だった。ん、なんで？

◇

物陰《ものかげ》で仕事服に着替《きが》えた俺は、さっそく雇用主《こようぬし》に尋《たず》ねる。

「そ、そひゃで紅《くれない》、俺たちは何をするんだ？」

「なんて主体性のない従者なのかしら。そうね、まずは【世界樹の試験管《フラスコ》リュンクス】を存分に観光しましょう」

しっかり毒舌《どくぜつ》を発揮しながらも当面の目的を提案してくる、きるるんこと紅《くれない》。

「それと、ここでは『きるる様』か『お嬢様』と呼びなさいね。名無し《ナナシ》」

「ちょっ……中学時代のあだ名で呼ぶなよ」

「あら？　七々白路《ななしろ》だろうがナナシだろうが変わらないわよ？　それとも今のあだ名で呼ばれたいわけ？」

「……っす、今のあだ名よりは……ナナシでおねしゃす」

俺は発見した。推しに罵られるとかご褒美《ほうび》でしかない。が、平常心をどうにか保つ。

というかすでにだんだん慣れてきた。

だってきるるんだけど、中身はやっぱり紅《くれない》なのだ。当たり前だけど、魔法少女ＶＴｕｂｅｒのきるるんは、みんなに向けた幻想《げんそう》。現実は紅《くれない》だ。

推しを推しと見れなくなってゆく、そんな感覚に一抹《いちまつ》の寂《さび》しさを覚える。

推しは推せる時に推しておけか……これほど、この名言が胸に沁《し》みる瞬間が来ようとは……。

「ほら、まずはカメラテスト。しっかりついてくるのよ」

「はっ、はいー……あ、普通に歩いていく感じね、うん」

なるべく彼女を視界に収める職務をこなすけど、やはり移動していると【世界樹の試験管《フラスコ》リュンクス】の幻想的な光景に所々で目を奪《うば》われてしまう。太い幹そのものが道になり、木漏《こも》れ日が溢《あふ》れる緑の下には、様々な建物がある。もし旅人たちが大空を飛ぶ自由な鳥だとしたら、ここは羽を休められる巨大な宿り木そのものだ。

「けっこう高いわね」

「試験管《フラスコ》の外は青い砂漠……【転生オンライン】と同じで、【世界樹の試験管《フラスコ》リュンクス】は人工的なオアシスって設定なのか？」

連なり盛り上がった幹は、俺たちが中層部にたどり着くための坂になっている。下に広がる景色を楽しみつつも、上層部を目指す他の冒険者が進んでいくのを眺《なが》める。

「ここからは文明的な街並みね」

「吊《つ》り橋、はしご、家、どれも木製だけどな」

「世界樹と共生する街ってところね。たしかエルフの里をコンセプトにこの【世界樹の試験管《フラスコ》リュンクス】は設計されたそうよ」

「へえ……詳《くわ》しいな。エルフと言えば森の守護者とか、木々や自然を大切にするってイメージあるもんな」

それから俺たちは世界樹にある各施設《しせつ》を見て回り、頂上まで登る。

推しと世界樹からの景色を堪能《たんのう》する日が来ようとは。

生きててよかった。

「隣の試験管《フラスコ》への移動はこの蔓《つる》を伝って移動するのね」

「落ちたら死ぬんだろうなあ……」

隣の世界樹に繋がる蔓にハンギング棒をからませ、そのまま滑空《かっくう》するという原始的な移動手段に生唾《なまつば》をゴクリと飲む。なにせ蔓を滑《すべ》っている最中に棒から手を離《はな》せば下に真っ逆さまだ。

「ちょっとアトラクションみたいで刺激《しげき》的よね。さっ、いくわよナナシ」

学校では常に不機嫌《ふきげん》そうな紅《くれない》が妙《みょう》に活《い》き活きしているので、しっかりとその麗《うるわ》しいご尊顔を視界に収めながら飛び込む。前を行く推しの表情はワクワクで彩《いろど》られ、綺麗《きれい》な微笑《ほほえ》みを浮《う》かべている。

やはりきるるんは神かもしれない。

さて、こんな調子で30分ほど試験管《フラスコ》に培養《ばいよう》された世界樹の都市を巡《めぐ》り、一つの結論が出る。

「どうやら各試験管《フラスコ》が区として分けられているわけね」

「くれ、きるる様は初めてくるのか？　異世界《パンドラ》慣れしてそうだったけど」

「初めてくるるーん☆」

「ぐっ……」

不意打ちやめろ、まじで。

「【剣闘《けんとう》市オールドナイン】と【黄金郷リンネ】は行ったことあるわ。どちらも私には合わなかったけれど」

しかも秒で紅《くれない》のテンションにスッと戻《もど》るとか、可愛いからの恐怖《きょうふ》でこっちのテンションも塗《ぬ》りつぶされる……俺の心の容量《キャパシティ》はもう限界よ。

「へ、へえ……それにしても異世界《パンドラ》人ってのは割と普通というか、けっこう地球人を受け入れてるんだな？」

「愚鈍《ぐどん》な従者ね。もちつもたれつってやつでしょう。地球の資源もまた、こちらにとっては物珍《ものめずら》しいものなのでしょう。そして地球の戦力も」

「あ、なるほど。ゲーム通りだと、人類などの生息圏《せいそくけん》は著《いちじる》しく狭《せば》まっていて……封《ふう》じられた神々を解放することで、人類が過ごせる【黄金領域】を取り戻せるって設定だったか？」

「……あなた、仮にも元プレイヤーなのに【パンドラ】についてその程度しか知らないの？」

「まあ。【パンドラ】がらみの情報はできれば目に入れたくなかったからな……」

誰が好き好んでトラウマを思い出す情報を目にしたがるんだ。

「でも今は、そのパンドラに来てるのね？」

ちょっと嬉しそうにはにかむ紅《くれない》に即座《そくざ》に返す。

「金のためだ」

「そう」

紅《くれない》にしては珍《めずら》しく一瞬だけ悲しそうな顔になる。

しかしそんな一面はすぐに引っ込めて、いつものニチャニチャとした笑みを浮かべる。

きるるんの顔でそれをやられるのは複雑だ。でも可愛いな、おい。

「そういえば四つ目の試験管《フラスコ》は人外の区域なのかしら？」

「ああ……獣耳《けもみみ》王国と言っても過言ではない！」

「なに急に、キモイわよ」

俺が先ほど見かけたばかりのケモ耳っ娘《こ》に思いを馳《は》せていると、辛辣《しんらつ》な言葉が突《つ》き刺《さ》さる。

「他にもだいぶ歪《いびつ》な形態の異世界人《パンドラ》がいたわよね」

「あー……蛇の頭と羊の下半身が混じった人間とかな……」

「ゴリラの身体《からだ》に人間の女性の頭が繋がっているのは、この私でもちょっとびっくりしたわよ」

「……人面犬もいたよな」

「ま、あそこは異種族区画だとひとまず命名して、あの異形《いぎょう》たちを造ったご本人様が最後の試験管《フラスコ》にいるらしいわね」

「人類最後の【黄金領域】を守る神々の五柱が一つ、【神の模倣者《もほうしゃ》リュンクス】だったな？」

「どんな神様なのか楽しみね」

そういえばゲーム時代もリュンクスには会ったことがない。

現実に神様ってのが普通にいるのも不思議な話だけど、【異世界アップデート】が来てから、わりと自然に受け入れられてるんだよなぁ。

とにかくすごい不思議な力を持った偉大《いだい》なる存在だとか、異世界《パンドラ》では人類の守護神だとか色々言われてるけど、当然お目にかかれるのは初めてだ。

そうして最後の試験管《フラスコ》を探索《たんさく》するも、世界樹の上層に立派な教会が併設《へいせつ》されている以外、目を惹《ひ》く存在は発見できなかった。というか探していた神もいなかった。

異世界人《パンドラ》に所在を聞き込みしてみると『リュンクス様は気分屋で神出鬼没《しんしゅつきぼつ》だからにゃ～』と、どの異世界人《パンドラ》も呑気《のんき》に語る。

「この調子だと、何かの条件をクリアしないと神様には会ってもらえなそうね」

「いかにもＲＰＧっぽいな。そうだ、せっかくだから冒険者と情報交換《こうかん》してみたらどうだ？　さっきから遠巻きにくれな……きるる様を眺めてる人らがいますよ」

主に男性冒険者が中心だけど、紅《くれない》とすれ違ったりすると八割ぐらいが振《ふ》り返っては紅《くれない》に見惚《みほ》れていたりする。

「あなたの知能指数の低さにはびっくりだわ。チャンネル規模が大きくなったら、必ず過去の所業が明るみに出てくるのよ。そうなると私が異世界《パンドラ》で異性と仲良く絡《から》んでいた、なんて動画が出回ったりでもしたら……リスナーたちが悲しむじゃない」

「……意識が高いこった」

まあ、そういう浮いた話一つ出てこないのも、きるるんの魅力ではあった。

なんというか本気なんだよな。リスナーにさ。

「待て、じゃあ俺と一緒にいるのもまずいんじゃないのか？」

「あなたは問題ないわよ」

「男女の前に、まず人じゃないってか？」

ジロッと紅《くれない》は視線を寄越《よこ》し、なぜか呆《あき》れるような顔で溜息《ためいき》をつく。

「あなたのその容姿なら問題ないって言ってるのよ。本当に鈍《にぶ》いのね」

「俺の容姿……？」

俺が首を傾げると、何故《なぜ》か紅《くれない》はボソボソと呪詛《じゅそ》を吐くかのごとく早口で何事かを呟《つぶや》く。

「綺麗な女顔だから男装執事に見えるわよ。ナナシちゃん」

どうせまた俺に対する悪口だろう。

そんな風に彼女の毒舌を流し、俺は世界樹の幹に生い茂った緑の葉が目に入ったので、何気なく採取しておく。

おっ、なんか美味しそうなミント？　ハーブっぽい色や匂《にお》いをしてるな。

「そういえばナナシはさっきからちょこちょこ何をしているのかしら？」

「ん？　何って【世界樹の枯《か》れ葉】って素材を採ってる」

ここに来てから俺たちの世界では見た事のない物ばかり目にする。せっかくだから美味しそうな素材を発見しては、家族へのお土産にと鞄や瓶に詰《つ》めているのだ。

どうやらゲーム時代と現実では素材も生態系も違うようだ。

「……どうしてそこに素材があるのかしら？　私には見えないのだけれど」

んん？　確かに半透明《とうめい》な葉っぱだけど紅《くれない》には見えてないのか？

試《ため》しに目の前でゆらゆらしてみるが、紅《くれない》の視線は俺の手そのものを注視しているように思える。

「ん……ああ、多分ステータス内にある技術《パッシブ》【審美眼《しんびがん》】のおかげかな？　裏ステータス【発見力】が高くなるのはゲームと同じ仕様か」

「ちょっと待ちなさい、ナナシ。あなたの身分は……¶±Θ§執事？　どうして文字化けしてるのかしら……ステータスと身分を聞いてもいいかしら？」

すっと目を細める紅《くれない》。

おっと、相手を注視すれば身分を目視できちゃう仕様もゲームと同じか。

「あーはいはい」

【転生オンライン】で他の転生人《プレイヤー》から散々馬鹿にされてきたステータスを白状しなきゃならない時がきたか……。

ステータスと念じ、俺はありのままの内容を紅《くれない》に伝えてゆく。

「えっと、身分は【神宮執事】で――――」

「王宮どころか、神の宮殿《きゅうでん》に仕える執事、ね……ふんっ私に仕えるにふさわしいわね」

いや、役立たずのゴ身分《みぶん》だと馬鹿にされ続けた身分です。

かなり珍しい身分ではあったけど、こんな身分のままキャラを強化し続けたのは俺以外いないと断言できる。なにせ【転生オンライン】はキルされるとキャラロストして生まれ変わり、身分も変わる仕様だったのだ。

当たり身分を引き当てるために何度も転生する、なんて転生人《プレイヤー》はザラにいた。

いわゆる転生ガチャと呼ばれ、おかげでゴミ扱いの身分は絶滅危惧《ぜつめつきぐ》種だろう。

身分：神宮執事
Ｌｖ：０　記憶《きおく》：９９９　金貨：０枚
命値《HP》：３（＋３００）　信仰《MP》：１（＋４００）
力　：２（＋３００）　色力《いりょく》：１（＋４００）
防御《ぼうぎょ》：２（＋３００）　俊敏《しゅんびん》：２（＋３００）
【スキル】
〈神宮執事Ｌｖ０〉
〈主の矛《ほこ》にして盾《たて》Ｌｖ０〉

【技術《パッシブ》】

〈審美眼Ｌｖ99〉

〈天宮廷《てんきゅうてい》の料理人Ｌｖ80〉〈神獣《しんじゅう》住まう花園師Ｌｖ80〉〈放牧神の笛吹《ふえふ》き人Ｌｖ80〉

〈神域を生む建築士Ｌｖ70〉〈神薬の調律士Ｌｖ70〉〈神を彩る裁縫士《さいほうし》Ｌｖ70〉

〈神界の家具士Ｌｖ50〉〈至宝飾士《しほうしょくし》Ｌｖ50〉〈神器職人Ｌｖ50〉

〈七色硝子《がらす》の貴公子Ｌｖ50〉〈宝物殿《アイテムボックス》の守護者Ｌｖ50〉

〈千年書庫の主Ｌｖ40〉〈万物《ばんぶつ》の語り部Ｌｖ40〉

〈魔法設計Ｌｖ30〉〈神を惑《まど》わす調香士《ちょうこうし》Ｌｖ30〉

〈占星術《せんせいじゅつ》Ｌｖ20〉〈幻想曲《げんそうきょく》の弾《ひ》き手Ｌｖ20〉〈王室御用達《ロイヤルワレント》Ｌｖ20〉


ん？　ステータスに謎の＋補正値がついてる？　まあ、ついたところでゲーム時代よりちょこっと強化されたぐらいだから気にする必要はないか？　記憶は９９９……ゲーム時代と変わらずか。だとすると、記憶量の分だけ技術《パッシブ》Ｌｖを上昇《じょうしょう》できる仕様もそのまんまかな？

ちなみに【転生オンライン：パンドラ】はレベルも記憶も、モンスタードロップで手に入る【金貨】を消費して上昇させたけど、そのへんは今も同じなのか？

「っと、まあこんな感じでステータスはゲームと変わらない。これでわかったと思うけど、使えないゴミ技術《パッシブ》ばっかりだろ？　スキルにしたって器用貧乏なものしか習得できないだろうし……」

「ナナシ……あなたおかしいわよ？」

「あーはいはい。どうして生産や放牧の技術《パッシブ》を上げたのかって話な。シンプルに物作りとか獣《けもの》とか好きだったんだよ。たとえダンジョンのドロップ品に劣《おと》る物しか作れないと揶揄《やゆ》されたり、ザコモンスターしかテイムできないから無意味だと言われても、俺はこのプレイスタイルが好きだったんだ」

「いえ、そこじゃないわ。そもそもステータスに目覚めた人間は、ゲームで習得した全《すべ》ての技術《パッシブ》を失ってるはずよ。当然ＬｖやスキルＬｖも０からスタートなの」

「ん……？　そうなのか？」

キャラＬｖやスキルＬｖは０だが、技術《パッシブ》はゲームをプレイしていた時と変わりない。

そこがおかしいのか？

「……ナナシは知らないだろうけど、この２年で冒険者がどれほどの高みに到達《とうたつ》したかわかりやすく言うわね」

妙にもったいぶる紅《くれない》に首を傾げる。

「現在の冒険者は……技術《パッシブ》Ｌｖ15が最高峰《さいこうほう》よ」

「は？　そうなの？　金貨ってそんなに手に入り辛《づら》くなったのか？」

「そうね。ゲーム時代と違って、金貨は物凄《ものすご》くレアドロップになったの。ただステータス強化は同じで、Ｌｖが１上がる毎《ごと》に好きなステータスに１ポイント振れるわね。知っての通り魔法少女はステータスポイントが増えないけどね」

「えーっと……今って最高レベルの冒険者っていくつなの？」

「最強と言われる冒険者でＬｖ20よ」

「じゃあ……ステータスもトータルで20しか上昇してないのか？」

「それでも化物級の身体能力よ？」

ゲーム時代と違い、ステータスは1増えるだけで劇的な変化があるようだ。

じゃあ、俺は……俺のステータスは合計で２０００も増えているぞ⁉

最強冒険者の約１００倍だ。

「ナナシがどうして異世界《パンドラ》に関する情報を忌避《きひ》するかは……この際、詮索《せんさく》しないわ。だけどこれからは、仕事として情報収集は怠《おこた》らないように！」

一度溜息をついた紅《くれない》は再び、俺と向き合う。

うーん、きるるんの顔で見つめられるとそわそわしてしまう。

「はっきり言って、ナナシのステータスは異常よ」

ちなみに聞くところによると、一般《いっぱん》的な成人男性のステータスはこのような数値らしい。

【成人男性のステータス】
Ｌｖ：０
ＨＰ：０　記憶《ＭＰ》：０
命値《ＨＰ》：２　信仰：１

力　：2　色力《いりょく》：1
防御：2　俊敏：2

うん。俺、異常かも。

この異常を究明するために、すぐさま身分の確認をする。


【神宮執事】

神に仕える執事。主である神を支えるため、時に神々をも凌駕《りょうが》する力を発揮する。神の宮殿を取り仕切る、縁《えん》の下の力持ちにふさわしい身分。

自らが認める存在と主従契約、もしくは雇用契約を結んでいる場合、偉大な主君に仕えるにふさわしい技術《パッシブ》Ｌｖに至る。

主君と阿吽《あうん》の呼吸で意思疎通《そつう》を図《はか》れるよう【万物の語り部】も習得している。

いざという時のために、主君の矛と盾になれるスキルを習得している。


あれ……？

色々とゲームの時と仕様が違う気がする。

特に二項目目《こうもく》の主従契約がどうのってやつもそうだし、語り部なんてのも記憶にない。

おそらく最初から技術《パッシブ》Ｌｖが高いのは紅《くれない》と……きるるんと雇用契約を結んでいるから？

「ナナシ。その技術《パッシブ》Ｌｖについて、なるべく他言しない方がいいわよ？」

「どうしてだ？」

「色々と面倒《めんどう》なことになりそうだからよ。他の冒険者の嫉妬《しっと》を買いたくないなら、私だけに教えなさい」

「くれな……きるる様がそう言うなら」

雇い主の命令は絶対だ。

なにより紅《くれない》なりに俺を心配してくれているのがわかったので、反抗《はんこう》する理由がない。

「で、その身分では他に何ができるのかしら？」

「あー……馴染《なじ》み深そうなものだと、料理とか？」

俺はゲーム内でよくやっていた料理を思い出す。

技術《パッシブ》【天宮廷の料理人Ｌｖ80】のおかげで、裏ステータス【調理力】が８００もある。

「あら、それは楽しみね？」

作ってやるなんて一言も言ってないのに、ご馳走《ちそう》されるのを前提に話を進める紅《くれない》さん、さすがっす。

俺が雇用主の要望に粛々《しゆくしゆく》と頷くと、早速《さつそく》料理や調薬などができる建物に移動する運びになった。

【世界樹の試験管《フラスコ》リュンクス】は地球と提携《ていけい》しているだけあって、冒険者向けのサービスが充実《じゅうじつ》している。

ウッドハウスならではの木々の温かな色合いが堪能できる屋内には、香草《こうそう》や食材、調理器具などがオシャレに陳列《ちんれつ》されており、俺の料理意欲をかきたてる。

「ちなみにナナシ。ゲーム時代と同じでパンドラ素材の料理は立場が低いわよ。どんな風に調理しようと、舌が千切れるってぐらいに不味《まず》いのよね……特別な効能が見込めるわけでもないし」

「需要《じゅよう》が低いから習得していても無駄《むだ》って話?」

「ナナシにしては理解が早いじゃない」

【世界樹の枯れ葉】を使って、何かご馳走してくれと要望してきたご本人様とは思えない否定っぷりだ。だが俺は別に構わない。

ゲーム時代と同じように料理を楽しめばいいんだ。それに地球じゃ材料費だけで一食数百円は失われるのに、ここではいくら採取しても無料。色々な物を味わえるチャンスだと思えばお得だ。

「きるる様のお眼鏡にかなうよう精進《しょうじん》して参ります」

俺は仰々《ぎょうぎょう》しく会釈《えしゃく》をして、調理をスタートする。

外野がなんて言おうと、パンドラ産の食材を使って調理するのはワクワクでしかない!

まずは【審美眼】を発動して【世界樹の試験管《フラスコ》リュンクス】で採取していた素材を各々《おのおの》見定めてゆく。

【世界樹の枯れ葉】

『月樹神アルテミスと太陽神アポロンの祝福を受けた世界樹。その枝木を取り、試験的に育てた世界樹の葉。見た目は本物の世界樹の葉と変わらないが、その効能は枯れ葉同然である。月光を十分に浴びせると本来の力を発揮しやすくなる。また、栄養価の高い液体との相性《あいしょう》も良い』


「月光か……ふむ。太陽光も関係してそうだし、これは少し時間を置いた方が良いかも？」

外に目を向ければもうすぐ日が暮れる頃合《ころあ》いだ。俺は急いで【世界樹の枯れ葉】を数枚取り出し、夕日が当たりやすいウッドデッキに干しておく。

それから天候が月夜になるのを祈《いの》り、他の素材を吟味《ぎんみ》する。


【無色に堕《お》ちた蜜《みつ》】

『本来、世界樹の蜜は目が覚めるような黄金色《こがねいろ》だが、栄養が不十分だったため無色透明に堕ちた蜜。神々が負った呪傷すら癒《い》やす世界樹の蜜とは雲泥《うんでい》の差がある。とはいえ、人間にとっては栄養満点。煮沸《しゃふつ》は20秒から30秒がちょうどよい』


【神無き楽園の果実《ノーバディアップル》】

『知恵《ちえ》の実の模倣物。禁断の果実より酸味が強く、人の信仰や色力《MP》を底上げする可能性を秘《ひ》めている。採取してから5分以内に【星水《せいすい》】にひたさないとすぐさま腐《くさ》る。そのありさまは、まさに神々の祝福から見放され、短き時を生きる人間そのものである』

「すぐに腐る⁉」

鞄を確認すると採取しておいた【神無き楽園の果実《ノーバディアップル》】が、五つあるうちの二つがすでに腐っていた。

「やば！　『星水《せいすい》』につければいいんだよな……？　たしか、世界樹の葉っぱからそんなような素材を採った気が……」

【星水《せいすい》】

『星々の光をため込んだ世界樹の雫《しずく》。永遠の光を宿す雫は、触《ふ》れた物質の時の流れを止めてくれる』

俺は大急ぎで【星水《せいすい》】をボウルに空け、残り三つしかない【神無き楽園の果実《ノーバディアップル》】をひたす。

「なんだか時間がかかりそうなのね」

「そうだな。俺が料理してる間に他を見てきても構わないぞ」

「あら、ナナシはさっそく職務怠慢《たいまん》ってわけね？」

確かに紅《くれない》の言う通り、俺が彼女の撮影を一時的に放棄《ほうき》する発言にも取れるだろう。

だが俺としてはじっくりと素材たちを吟味して、なるべく良い物に仕上げたいと思っている。きるるんに隣でそわそわ待たれていると気が散って、彼女の満足いく物ができるか不安なのだ。

「いや……ご主人様の時間を有意義に使ってほしいと思ってな。変身の維持に魔力とか使ってるんだろ？」

「ナナシにしてはいい心遣《こころづか》いね。わかったわ。私は【世界樹の試験管《フラスコ》】を出て、外の魔物を数匹狩《ひきか》って来るわ」

「だ、大丈夫なのか？」

「魔法少女をなめないでほしいわね」

「そ、それもそうか。じゃあ30分後にまたここで再会しよう」

「ええ、そうね」

そうと決まれば紅《くれない》は颯爽《さっそう》と世界樹の上層部へ足を向けていた。

ちなみに【世界樹の試験管《フラスコ》】から出る方法は、巨大な試験管《フラスコ》から突き出た世界樹の天辺《てっぺん》近くまで登り、そこから垂れ下がる蔓《つる》から降りるというアグレッシブな降下手段だ。

蔓を自身に括《くく》りつけてバンジーみたいな飛び降り方をする者もいれば、軍人みたく蔓を握《にぎ》ったままシュルルーっと滑り降りる者もいる。ちょっと怖《こわ》いし、出られない人もいそうだな。

「ま、魔物と戦う予定のない俺には関係のない話だけどな」

こんなに美しくほのぼのした空間があるってのに、わざわざ自分の身を危険にさらす気持ちがわからない。俺は紅《くれない》を見送りつつ、ウッドデッキへと身を乗り出す。

ガラス製の壁《かべ》の向こうには夕日が沈《しず》みきり、夜の藍色《あいいろ》がうっすらと広がっていく。そして星たちの瞬《またた》きが世界樹の緑に降り注ぎ、温かな街灯の炎《ほのお》が宿りだす。

すると【世界樹の試験管《フラスコ》リュンクス】には、黄金に光る葉のような物がヒラリヒラリと舞《ま》い落ち始めた。

「光る雪……？　いや、この燐光は何だ？」

淡《あわ》く輝《かがや》く粒子《りゅうし》は触れると消えてしまう。

目の前の幻想的な光景に心が奪われ、そっと上空へと目を向ける。

枝の間からは、ぼんやりと三つの白い月が顔を覗かせていた。

「へえ、異世界《パンドラ》って月がたくさんあるんだな」

ゲーム時代とは似ているようでやはり違う。

そしてこの様子なら、【世界樹の枯れ葉】にたっぷりと月光を浴びせられそうだ。

集めた素材のラインナップからして、俺の中で作る物がだいたい決まってきた。なのであとは、味をどう調《ととの》えるかだ。

「────【神降ろし三枚おろし】」

この技術《パッシブ》は【天宮廷の料理人】で習得する。

ナイフや包丁などに、暴食の神の祝福を宿す。これにより素材の旨味《うまみ》を潰《つぶ》さず、最大限に活《い》かせる切り方ができるのだ。

その技《わざ》で【星水《せいすい》】に浸《ひた》してある【神無き楽園の果実《ノーバディアップル》】をナイフで薄《うす》く切り揃《そろ》える。腐らないよう水に浸したままの状態で切り出すのでなかなか難儀《なんぎ》したけど、自分の中で満足いく出来になった。

次は少し早いけど、外に干した【世界樹の枯れ葉】を一枚取り水の中に入れて沸騰《ふっとう》させる。それから【無色に堕ちた蜜】を別の容器で20秒から30秒だけ煮沸し、枯れ葉の湯へとほんの少し垂らす。

ここに薄切りにした【神無き楽園の果実《ノーバディアップル》】を加えれば、ハーブティーならぬハニーアップルティーの出来上がりだ。

「うん、いい香《かお》りだ」

華《はな》やかな香りが心を満たしてくれる。さらに目を瞑《つむ》れば、辺り一面に広がる美しい秋の紅葉に包まれているような気分になった。

まるで落ちゆく枯れ葉すらも、煌めく宝石の一つなのだと、全てをポジティブに捉《とら》えられるような素敵《すてき》な香りだ。

俺はその香りを十分に堪能した後、琥珀色《こはくいろ》に輝く紅茶へ【審美眼】を発動させる。

どれどれ品質の方は……。

【世界樹の紅茶《リュンクス・ハニー》】☆☆☆
世界樹の茶葉がすっきりとした香りと余韻《よいん》を残す。栄養たっぷりな蜜の甘《あま》みと果実の酸味が、より紅茶の旨味を引き立てる。『神々の黄昏《たそがれ》』に出しても申し分ない逸品《いっぴん》。
基本効果……あらゆる状態異常が治る。即座に命値《HP》を1回復する
★……30分間、ステータス色力《いりょく》＋5を得る
★★……3分間、1分毎に命値《HP》を1回復する効果を得る
★★★……基本効果の回復量が命値《HP》5になり、永久的にステータス色力《いりょく》＋2を得る

【必要な調理力：100以上】

おおう。料理に効能は期待できないとか紅《くれない》は言っていたけど、しっかりバフ効果が発生するじゃないか。ゲーム時代ともだいぶ違うっぽい？

しかも★3の品質となれば、飲んだだけで色力《いりょく》、すなわち魔力っぽいものが2上昇するのか。それに加えて★1と★2の効能付きで全部盛りってわけだ。

さてさて香りや見た目、そして効能も十分に満足できるものだけど、肝心のお味はどうだろうか。茶器が備え付けの物なのが少し残念だけど、俺は一足先に味見をしてみる。

「……ん、んん……」

アップルと蜜のコラボレーション……癖《くせ》になりそうな味わいだ……。

うん、冴《さ》えわたる清涼《せいりょう》感と、そしてほんのりとした甘みが口に広がる感じ。芳醇《ほうじゅん》な香りが花開くのもいいぞ、これは。

十分余韻に浸れる紅茶だ。このレベルで出来栄《できば》えが☆なしという最低ランクなら、★付きの美味《うま》さは格別なんじゃないだろうか？

どうせなら紅《くれない》お嬢様の舌を唸《うな》らせる一杯《ぱい》を作りたいと思い、再び紅茶作りに専念する。

まずは一旦《いったん》外に出て【神無き楽園の果実《ノーバディアップル》】を採取し、すぐさま【星水《せいすい》】に浸《つ》ける。これで先ほどよりも素材の劣化《れっか》具合が緩和《かんわ》されただろう。

薄切りにする工程も、見栄えも良くしたかったので桜の花びら風の形で整えてみる。なかなかに味わい深いデザインになった。

それから【世界樹の枯れ葉】も月光がなるべく当たりやすい所に移動させて干す。紅《くれない》が戻ってくるギリギリまで干しに干し、たっぷりと月光を浴びせたところで回収。

最後は【無色に堕ちた蜜】をきっかり20秒だけ煮沸してとろみを出す。

「知識は武器だな」

これまで全て【審美眼】があっての物種だ。

普通、紅茶といえば煮沸はそれなりの時間を要するし、茶葉を発酵《はっこう》させる過程も全然違う。けれど俺はここまで【審美眼】で素材の説明文が見えたからこそ、自分なりに答えを出せた。

‥【世界樹の紅茶《リュンクス・ハニー》】★★☆が完成しました‥

「よし……★2まで作れるようになったか」

「あら？　ナナシに似合わずいい香りね」

「お、ちょうどよかった。って何だよ、その恰好《かっこう》は……」

振り向けば血塗《ちまみ》れになった紅《くれない》が澄《す》ました顔で立っていたので、ちょっとビビってしまう。

「身分【吸血姫《きゅうけつき》】の効果で、血をまとってる方が狩りの効率がよくなるのよ」

「それはお前の血なのか……？」

「さあ？　返り血かもしれないわ」

なんてニコリと笑うきるるんに、思わずゾクリときてしまう。

さすがきるるん。敵を千切っては殺し千切っては屠《ほふ》ってきたのだろう。

「それでナナシ。約束通りの時間に来たのだけれど？」

バッと服を振り払い、ついた血を霧散《むさん》させたきるるんが優雅《ゆうが》に着席する。

洗濯《せんたく》いらずとか、やっぱ魔法って便利だな。

そしてきるるんかっこええええ、そこはかとなくご主人様らしい所作が似合い過ぎるんだが!?　と思いつつ、至って平坦《へいたん》な表情を作ったまま【世界樹の紅茶《リュンクス・ハニー》★★☆】を丁寧《ていねい》に差しだす。

「紅茶にございます。きるる様」

なんとなく雰囲気《ふんいき》にあてられて、執事っぽい感じで渾身《こんしん》の紅茶をお披露目《ひろめ》。

「……」

きるるんは窓からこぼれ落ちる月明かりを背に、スッと姿勢を正す。それから上品にティーカップを手に取り、慣れた様子で紅茶の香りを楽しむ。

「……気持ちが楽になる香りね。構えずに紅茶を楽しめるわ」

さすがリアルお嬢様なだけあって、全ての動きが堂に入っている。

俺にとって、作り上げた紅茶がメインだったはずなのに……いつの間にか紅《くれない》の優美さを飾《かざ》る紅茶になっている。飲む人によって紅茶の輝きも変わるのだと実感せざるを得なかった。

「そう、相変わらず優しい味ね」

ほっこりと笑う紅《くれない》は……俺が今まで見てきた中で一番、魅力的に思えた。

きっ！　きるるんの可愛らしすぎる笑顔、いただきましたー！

普段からこういう一面をクラスの奴《やつ》らに見せていれば【二姫《ニキ》】だなんて言われずに済むのに。なんだかもったいないと感じてしまうのは傲慢《ごうまん》だろうか？

そんな思いを感じ取ったのか、紅《くれない》は俺の方を見返してくる。

自分の考えを口に出すのは憚《はばか》られたので、無言を貫《つらぬ》く。

今は少しでも紅茶を堪能してほしいと思ったからだ。

そうして紅《くれない》が紅茶を飲み干し、ほっと一息つく頃になったので質問を浴びせてみる。

「なあ……思いっきり楽しんでる俺が言うのもなんだけどさ。こんなに遊んでていいのか？」

どうにも仕事をしている気分にならないというか……これで月100万円もいただいてよいのだろうか？　という罪悪感にも似た何かがふつふつと湧《わ》き出てしまうのだ。

「いいのよ。ナナシが編集する私は、あくまで自然体の【首輪きるる】の魅力だもの」

「自然体……？」

「生配信ではやらかせないミスも、録画であれば後で編集できるからいくらでも素《す》を出して大丈夫でしょう？　だからナナシと過ごす時間はライバーにとって息抜《いきぬ》きにもなるようにしたいのよ。その辺を試験的に導入しているのが今の段階ね」

「なるほど……で、結果はどうだった？」

紅茶も含めた感想を求めてみる。

「ナナシにしてはなかなか――と言いたいけれど、風景も紅茶も異世界産《パンドラ》だから刺激に満ち溢れているってところね」

「ですよねー」

やはり相変わらず俺に対しては辛口《からくち》だった。

だけどまあいいかなって思える。

「おかわりよ、ナナシ」

なにせこうしておかわりを御所望《ごしょもう》してくる事実が、俺の淹《い》れた紅茶が悪くないのだと、辛口お嬢様が認めてくれてるってわけだ。

なにより、推しとの優雅で穏《おだ》やかなひと時を満喫《まんきつ》するのは……控《ひか》えめに言って最高だった。

……俺は【異世界アップデート】が来てからこの2年、頑《かたく》なにスキルやステータスを見ようとはしなかった。

でも誰かとこうやって幸せを分かち合えるのなら、また夢中になってもいいのかなって……思えてしまう。

「ん、ちょっと待ちなさい……この紅茶、飲んだらステータスに変化があるわよ。どういうこと?」

「うん?　なんかそういう効能があるっぽいぞ」

「うそ……そんなの前代未聞《みもん》よ……!?」

紅茶の効果を教えると、紅《くれない》は紅茶のカップを凝視《ぎょうし》しながら血相を変える。

しばらく考え込んだ後、紅《くれない》は月光が降り注ぐ窓際《まどぎわ》で、綺麗な笑みを静かに咲《さ》かせた。

「これなら……ステータスが成長しない魔法少女の未来が、切り拓《ひら》けるわ」
★3だと色力《いりょく》が永続的に＋2ってあったしな。
どうやら紅《くれない》お嬢様にはご満足いただけたようだ。

俺はそんなきるるんの煌めく笑みをしっかりと録画しておく。

「それにしても驚いたわね……」

俺から【世界樹の紅茶《リュンクス・ハニー》★★★】の効能を聞くと、紅《くれない》にしては珍しく脱帽《だつぼう》していた。

「魔法少女☆革命ね!?　常識ぜんぶ、きるるーんるーん☆」

なぜか配信用の顔にまでなっている動揺《どうよう》っぷり。

まあ、きるるんド安定でかわええからオッケー！

「ナナシ！　何ぼうっとしてるのよ！　こうなったらまずは異世界課《パンドラ》が管理してる冒険者ギルドに行って、この紅茶を査定に出すわよ！」

「えっ、はあ……切り替《か》え早ッ……」

「さすがナナシ。事の重大さが理解できてないようね。冒険者はＬｖが1上昇するとスキルポイントが1、ステータスポイントが1もらえるのよ？」

「いや、知ってるが？」

「……2年かかって、頂点に座す冒険者はＬｖ20なのよ？」

「そうだな。さっき聞いた」

「最強の冒険者でも、この2年で合計20ポイントしかステータスが増えてないのよ！」

「あっ……」

「ナナシの作った紅茶を飲めば一時的とはいえ、色力《いりょく》が5も増えるのよ？　たった4杯飲めば、現行最強の魔法少女ができあがりよ？」

「なるほど……」

「それに冒険者は状態異常で命を落とすのも少なくないわ。未知の世界には未知の細菌《さいきん》やら、毒やらがたくさんあるのよ……そんな状態異常も全て回復って……しかも貴重なポーションより回復量が上回るだなんて、この紅茶、化物よ？」

俺の丹精《たんせい》込めて作った紅茶が化物呼ばわりされた。

というわけで俺は大急ぎで【世界樹の紅茶《リュンクス・ハニー》★★☆】を三つ作れと命令され、その後は都市内にある日本政府管轄の冒険者ギルドに連れてこられた。

「政府が管理してるって言っても、ゲーム内に出てくる冒険者ギルドっぽいな」

「正確には現地民と共同で管理してるのよ」

「なるほど……」

「いい？　査定に出すだけで絶対に売っちゃダメよ？」

ギルドの受付で並び始めると、紅《くれない》がコソコソ内緒話《ないしょばなし》をしてくる。

「絶対に、絶対に、だからね？　わかってるわよね？」

「お、おう……」

そんなに耳元で何度もささやかれるとこそばゆい。

うん、耳元で推しに囁《ささや》かれるとかご褒美……じゃない。浮かれてる場合じゃない。

受付のお姉さんもなかなかの美人さんだから、ニヤケ面《づら》をさらすわけにはいかない。

「はーい、次の方。私はリュンクス支部の受付嬢、葛城《かつらぎ》です」

「あ、冒険者の七々白路《ななしろ》です」

「はーい。ではギルドカードを見せてください……なるほど、冒険者デビューしたてですね」

「はい。それで今日はこちらの紅茶の査定をお願いしたく……」

「紅茶？　あー、ふーん、なるほどです」

なぜか葛城《かつらぎ》さんは俺を生暖かい物を見るような目つきになった。

「やっぱり異世界《パンドラ》デビューするとワクワクしちゃいますよね？」

「は、はあ……それは、まあ」

「見たことないものばっかり。だからもしかしたら、この飲み物やあの飲み物もすっごいお宝だったりーって！　期待しちゃう気持ちはわかります。でも、期待のし過ぎはよくありませんよ？」

ああ、なるほど。

新米冒険者がはしゃいで、何の変哲《へんてつ》もない量産品を査定に出してきたと勘違《かんちが》いされている？

こういうところで、先輩《せんぱい》冒険者としての実績がありそうな紅《くれない》が出張って、説明してくれてもいいものなのに……俺の後ろでだんまりを決め込んでいる。

「あの、とにかく査定をお願いします」

「ふう。仕方ないですね、今回は特別ですよ？」

愛想《あいそ》のよい笑顔だが、葛城《かつらぎ》さんは背後の事務所に入る直前に小さな溜息をこぼしていた。めんどくさい仕事が一つ増えたと思っているのかもしれない。

それから数分後、葛城《かつらぎ》さんはやたら脂汗《あぶらあせ》を垂らしながらニコニコと質問をしてきた。

「さ、査定は終わりました。えー……えっと七々白路《ななしろ》さまは、この紅茶をどちらで……？」

「えーっと……冒険者条項《じょうこう》27にのっとり、黙秘《もくひ》させていただきます」

「はひゃっ」

冒険者条項27とは、冒険者が自身の生命危機に関する情報は秘匿《ひとく》してもよい、といった決まり事だ。これは予《あらかじ》め紅《くれない》から『紅茶の出所』について聞かれた場合はこう答えろ、と言い聞かされている。

どうして紅茶一杯で生死を問われる状況《じょうきょう》になるんだーなんて疑問を挟《はさ》む余地はない。

なにせここは異世界《パンドラ》。どんなルールや風習があるかわかったものではない。

例えば、この紅茶がとある種族からは神聖視されるもので出所を誰かに漏《も》らした場合、命を狙《ねら》われる、なんて危険性が無きにしも非《あら》ずなのだ。

まあ、真相は俺が作ったからそんなことはないけれど。

「さ、さようでございますか……で、では、査定金額の結果ですが……その、5万円、です」

5万円⁉　なんて高額なんだ⁉

目の前にぶら下げられた金額に釣《つ》られそうになるも、背後から黒いオーラを放っている（ような気がする）紅《くれない》のおかげで踏みとどまる。

いだっ⁉

いだだだだだ⁉

ちょっ、きるるん！　後ろからおしりをギャンつねりしないで⁉

それっ、御褒美でしかないからああああ⁉

「その、七々白路《ななしろ》さま？　紅茶を売っていただけ、ますか？」

「すすすすすみません。お譲《ゆず》りできません」

「でしたら！　な、７万円でいかが、でしょうか？」

おっと。２万円も吊り上げてきた⁉

しっかし葛城《かつらぎ》さんは先程の快活な態度と打って変わって、ビクビクしてるのはなぜだろうか？

「コホン。葛城《かつらぎ》嬢、後ろから失礼するわね。私はゴキ、この男子の付き添《そ》いの夕姫《ゆうき》紅《くれない》と申します」

「夕姫《ゆうき》……？　あっ、夕姫《ゆうき》財閥のお嬢様でいらっしゃいますか？」

「ええ。大手商社をグループ傘下《さんか》に持つ夕姫《ゆうき》財閥の当主、夕姫赤城《ゆうきあかぎ》の次女です。その私が見積もれば、彼《かれ》の紅茶はざっと１００万円以上の価値があります。ギルドは10分の１以下で買いたたこうとしていらっしゃる？」

１００万円⁉　この紅茶一杯が⁉

「全ての状態異常の回復は貴重な効果でしょう？　この一杯で命が救われると思えば１００万円なんて安すぎるぐらいです。万病に対する薬ですよ？　それに加えて一本10万円相当のポーションより高い治癒力《ちゆりょく》、おまけにステータス色力《いりょく》の上昇……どんな良心的に見積もっても１００万円ですわ」

「そっ、それは……」

紅《くれない》はうろたえる葛城《かつらぎ》嬢から、紅茶をサッと取り返す。

そして去り際に宣言した。

「この紅茶は、夕姫《ゆうき》財閥が責任をもって世にお披露目します。あまりやりすぎると、ご縁をきるるーん☆っと切りますわよ？」

おい、きるるんが出ちゃってるぞ。

「あっ、うぅ……」

さすがに相場？　の10分の1以下で買い叩《たた》こうとした葛城《かつらぎ》嬢は何も言えずにしょげていた。そんな彼女もきっと上の判断でこのような対応をしなくちゃいけないハメになったのかもしれない。

そう思うと少し不憫《ふびん》だったが、損を被《こうむ》りそうだった俺としては冒険者ギルドにぬぐえない不信感が残る。俺たちは気まずい空気もそのままに、さっさとその場を後にした。

「安値で買い叩くのは仕方ない点もあるのよ。どんどん新しい未知が発見されるから、政府としてはあれもこれも高額で取り引きしすぎるとリスクなのよね」

「昨日は貴重だった物も、明日には量産品になるってことか」

「そうね。すぐに値崩《ねくず》れする物を高額で売りつけたら、それを買ってしまった冒険者の反感もひどいでしょうし」

「でも……じゃあ、どうしてこの紅茶には１００万の価値があるって言いきれるんだ？」

「ナナシにしか作れないからよ。新しいフィールドで新しく見つかったものじゃないでしょ？　生産量、供給量が限られている希少な物なのよ」

「な、なるほど……」

「それに本音を言えば、この紅茶には２００万円以上の価値があるわ」

「２００万ッ⁉」

きょ、驚愕《きようがく》すぎる。

「そんなのをホイホイ作れちゃうナナシはどうなっちゃうのかしら？　ゴキブリホイホイで永久投《とう》獄《ごく》かしら、ね？」

「ど、どういう意味だよ……」

「権力者って怖いのよ？　なーんの後ろ盾《だて》も保護もないあなたに目をつけて、閉じ込めて、虫以下の待遇《たいぐう》でボロ雑巾《ぞうきん》のように使い潰す、なあんて業界人もいるわよ？」

「……」

「悪いようにはしないわ。絶対にナナシにとって一番儲《もう》かる仕組みを私が実現してあげる。だから私を信用して、うちのグループ商社の庇護《ひご》下に入りなさい」

個人で利益を独占《どくせん》～とか、独立なんて考えはやめておいた方がいいのかもしれない。そもそもこの紅茶だって、技術《パッシブ》Ｌｖが高かったから作れた代物《しろもの》だ。

つまり神宮執事としての主従契約が成り立っているからこそ、生産できるわけで……。

この力を保持するには、雇用主が必要ってのがポイントなのだ。

ここは大人しく紅《くれない》お嬢様にお任せした方がよいのかもしれない。

「では手始めに、この紅茶をうちで卸《おろ》す権利を２００万円で買い取りたいわ」

「に、２０００万円⁉」

家の借金が一瞬で帳消しにできる金額が、推しの口から飛び出たのだった。

◆掲示板◆　【異世界《パンドラ》】レア身分を晒していく【冒険者】

今熱い身分は『傭兵』だよなー

『戦乙女オルトリンデ』って最下級神の封印が解かれてから、かなり優遇された

加護な。身分『傭兵』の冒険者はステータス力＋２ってバフが永遠につくんだもんなあ。あと刺突系の武器ダメージ＋10％だろ？　槍使い一強じゃん

身分『傭兵』って『剣闘市オールドナイン』の闘技場で３勝するとなれるんだっけか？

いや、それは身分『剣闘士』な

傭兵団に所属すると身分『傭兵』になれるぞ。
団長の善し悪しで、生き死にが変わるけどな

能無しにあたるとけっこうな死地に突貫するはめになるから、お勧めはできない

やっぱ神々の封印を解くと、特定の『身分』に恩恵があるのって面白いよな

神を解放して、人間が暮らせる【黄金領域】を広げるのが俺ら冒険者の使命だしな

あと異世界《パンドラ》産の素材を持ち帰って金儲け

おい、未知を既知に変える崇高な行いだぞ

神の封印を解くモチベに全て繋がる

次は吟遊詩人の神であってくれー！

おい、レア身分を晒してくスレだぞ

そうだった。すまん

珍しい身分といえば、ゲーム時代は『使用人』なんてのがあったぞ

うわ、使えなそうｗｗｗ

初期技術《パッシブ》が『料理』だったから即行で転生したわ

料理はあの頃も今も不遇だよな。味はあってもバフがない

しかも素材が悪いからなのかゲロ不味い

レベル上げても先行きが暗いなら料理技術《パッシブ》はパスだな

『獣魔《じゅうま》使い』って身分は使えるらしいな。
『獣語』って技術《パッシブ》で、特定の魔物と意思疎通できるらしい

一時的にって縛りはあるけどモンスターも使役できるらしい

なにそれ、ポケ〇ンマスター的なやつじゃん

完全にテイムっていうのは聞かねえよなあ

できたらロマンなんだけどなあ

そういえば身分『吸血姫』って子を【砂の大海《サンドブルー》】で見かけたな

なにそれ!?

『王』とか『姫』がつく身分って強力だったよな？　初期街でもいるんだなレア身分

ほれ、この子だ

５匹の砂魚にソロで囲まれてる……少女？

血液を武器に変えて戦ってる……？

なにこの赤髪の美少女……かっこいいな

吸血姫か……お近づきになりたいぞ

あーそれな。俺もそう思って声かけたんだわ

は!?　うらやましいわ

いやー……なんていうか無視に近い感じでいなされたわ。
こっちを見る目がすごい冷たくてさ……ちょっと怖かった

出会い厨乙

やっぱ高嶺の花って感じですかねー。姫なんて身分だし

あ、この子か。俺も世界樹のウッドハウスで見かけたぞ。
あまりにも可愛い笑顔をしてたから、ついつい盗撮しちまった

ないすうううう！

やわらかな笑みを浮かべながら、ティーカップを口元に傾けてるな

姫の傍らで執事服の長身女性が、甲斐甲斐しくティーポット持ってて笑う

まさに吸血姫の優雅なお茶会だな

さっきの戦闘とのギャップが激しいな

凛とした表情から満面の笑みか。惚れた

こんな顔もできるんだな……俺が声をかけた時とは大違いだ

出会い厨乙

てかさ、男装の執事ちゃんもかなりの美女？　美少女だよなあ

吸血姫と男装執事とか最高やん！

あれ……？　この吸血姫の方、VTuberやってる子じゃないか？

調べた。魔法少女VTuberだ

うっわ……まじか

魔法少女ってガチか……がんばってんな……

確か魔法少女って【異世界アップデート】の際、いち早くステータスに覚醒した連中だよな？

でもレベルアップしても強くなれないんだとよ

ちなみに身分も固定で変更不可。冒険者として終わってるやつ

でも身分とスキルが特殊なんだろ？　異例の三つ所持だとか

確かに普通の冒険者は身分が一つ、スキルは二つしか持てない

だけど、ステータスが上がらないってマジで絶望だぞ

スキルで習得した技を発動する信仰《MP》が足りなかったり、力が低いと肉体が技に追い付かなくて、身体が引きちぎれるとかあるからな

一番のネックは変身が解けると一般人と変わらないステータスに戻る点だな

だいたい1時間から2時間程度で変身が解けるから、正直使いものにならない……

短めのダンジョン攻略とかなら破格のスペックだけどな。
Lv10相当のステータスぐらいにはなる

変身に必要な信仰《MP》が増やせれば、話はまた別だったよな

どのみち他の冒険者は伸びしろあるのに、自分だけないってのは……

将来性がないのはキツイな

魔法少女なのにがんばってるのか……

逆境にもめげず戦い続ける麗しの吸血姫ちゃん

そして裏で主人を健気に支える男装執事ちゃん

美しい主従関係だ

推せる！！！

こうして彼女たち？の動向は
密やかな癒やしの対象として、一部の冒険者の間で
広まっていくのであった。

3話　推しを支える覚悟

拝啓《はいけい》、母さん。

俺《おれ》はスマホに映る自分の銀行口座に、2000万円が振《ふ》り込《こ》まれるのを見届けています。

これは夢なのでしょうか？　混乱しそうです。

ちゃちゃっーと簡単な契約書《けいやくしょ》にサインして、ちょちょーっと推しに協力するだけで2000万円が手に入りました。これで我《わ》が家の借金は帳消しです！

やっふうううううううううううううう！

「ナナシ。これからしっかり働いてもらうわよ？」

「あっ、はい！」

俺は先程《さきほど》の紅茶を最低でも週5個、紅《くれない》のところに納品する契約《けいやく》を結んだ。

売値は一つ100万円らしい。★3の出来栄《できば》えの場合はなんと一つ500万円だそうだ。

紅《くれない》は一杯《ぱい》200万円以上の価値があると豪語《ごうご》したものの、俺も彼女も冒険者《ぼうけんしゃ》に死んでほしくないといった思いがある。だから買いやすいよう、できるだけ価格を下げることにした。

それでも一杯100万円の紅茶は高級品すぎる。

そんなの売れるのか？　と疑問に思ったが、そこは大財閥《ざいばつ》の力を駆使《くし》して宣伝やらブランディングやら上手《うま》くやるそうだ。

そんなわけで紅茶が一杯売れる度《たび》に、俺には50万円が入る仕組みだ。

１００万円から50万円しか懐《ふところ》に入らないのか、と損した気分にはならない。

なにせ冒険者ギルドであれば5万から7万で買い叩《たた》かれた物が50万円だ。しかも安全に商売できる強い後ろ盾《だて》が得られたのだ！

納品したもの全《すべ》てが売れると仮定すれば月収１０００万円。

即行《そっこう》でお金持ちになれそうだ！

「うーん……紅茶だけじゃ少し物足りないわね」

紅《くれない》は諸々《もろもろ》の手続きを終えて一息つく、なんてことはしない。

一杯１００万円の紅茶を口にふくんだスペシャルアドバイザー兼《けん》ディレクター兼雇用主《こようぬし》は、さっそく次の商売について思考を巡《めぐ》らせていた。

「あーそれは俺も思ってたところ。お茶請《ちゃう》けというか、ちょっとしたお菓子《かし》が欲《ほ》しくなるよな」

「わかっているのなら準備しておきなさいよ、気が利《き》かない低能ナナシね」

うちのお嬢様《じょうさま》は２０００万円を振り込んだ後でも平常運転だ。

「さて、もう一つの業務もしっかりこなしてもらうわよ？　明日は近場の低級ダンジョンに入って配信をするわ」

「ダ、ダンジョン……」

「そんなに気負う必要ないわよ。初期街周辺のダンジョンは難易度が低いものばかりよ。逆に日本に出現したダンジョンの方が危険よ」

「そ、そうか」

「千葉県にある【鈴木《すずき》さんちのダンジョン】なんてひどかったわ」

紅《くれない》はそれなりに場数を踏《ふ》んでいるようなので、そこまで警戒《けいかい》しなくてもよさそうだ？

「じゃあ私はそろそろ変身時間が限界だから……また、明日の放課後ね？」

「うぃー」

紅《くれない》が帰ってからも、俺は【世界樹の紅茶《リュンクス・ハニー》】をいくつか作ってみた。それから、初めてのことだらけでクタクタになった身体を引きずって帰宅する。

どうやら母さんはまだ仕事で帰ってないし、妹たちも在宅ワークで何やら忙《いそが》しそうにしている。

なので家族と話す間もなく、俺は泥《どろ》のように眠《ねむ》ってしまった。

◇

そんなこんなで、明くる日の放課後。

俺たちは【世界樹の試験管《フラスコ》リュンクス】を出て、一面が青い砂漠《さばく》へと冒険に出る。

この辺は【砂の大海《サンドブルー》】と呼ばれていて、一説によると『空が落ちた地』といった伝承が残っている。天より降り注いだ蒼《あお》い炎《ほのお》が全てを燃やし尽くし、青い砂漠となってしまったのだとか。その蒼《あお》い炎の正体が天変地異や神々の怒《いか》り、もしくは極大魔法《まほう》なのかは不明だが、周辺一帯を砂漠へと変える威力《いりょく》は恐《おそ》ろしい。そんな砂から飛びだす謎《なぞ》のキモイ魚に襲《おそ》われたりするのも恐ろしいけど、今のところは紅《くれない》が手際《てぎわ》よく倒《たお》してくれる。

なので俺はきるるんとしての彼女《推し》を撮影《さつえい》するのに集中していた。

まがりなりにも俺はきるるんのリスナー、きる民だ。

なればこそ、彼女《推し》の魅力《みりょく》がより多くの人に伝わるよう練習をしておくべきだ。

彼女《推し》が最も輝《かがや》く瞬間《しゅんかん》、最も可愛《かわい》く映る画角を絶対に見逃《みのが》したくなかった。

あ、や、べつに、私欲とか含《ふく》まれてません。これはお仕事です。はい。

そんなこんなで出発からしばらくすると、俺たちは目的地へとたどり着いた。

「着いたわね」

「ここが……ゲーム時代と同じだけど、やっぱり実際にリアルで見ると圧巻だな……」

ダンジョン【地下砂宮《さきゅう》ブルーオーシャン】。

青い砂漠が大口を開け、全てを呑《の》み込まんとする見た目は入るのを躊躇《ちゅうちょ》させる。

ただの地下に通ずる洞窟《どうくつ》、とは思えない。

数種類の色鮮《あざ》やかな青が織りなす岩肌《いわはだ》は、まるで壁《かべ》に波がたゆたうような美しさがある。冒険者たちを砂の海底に誘《いざな》う、その神秘的かつ異様な景色はワクワク心と畏怖《いふ》の両方を感じさせる。

「さあ、ナナシ。すこし声を出してみて」

「えっ？　あーあー？」

きるるんは【地下砂宮《さきゅう》ブルーオーシャン】を目の前にして、【記憶結晶《ユエス・メモリー》】を何やらタップしている。俺の視界と通ずる異世界産《パンドラ》のＵＳＢだ。

「んん、もうちょっと高音に調整すべきかしら。ほら、ナナシ！　発声して！」

「あーあーあー、これでいいか？」

「そうね、このぐらいかしら」

何やら納得《なっとく》したきるるん。

それから彼女は髪《かみ》の毛や身だしなみを軽くチェックした後、しとやかな笑《え》み浮《う》かべる。

気品に満ちた姿勢、そして顔にはどこか闇《やみ》を抱《かか》えていそうな薄幸《はっこう》の美少女ができあがる。

ほんの少しのピリッとした空気をまとわせ、だけどいつもリスナーたちに元気を届ける【首輪きるる】が俺の目の前にいた。

「配信中はあなたのことをナナシちゃんと呼ぶわ」

「中学時代のあだ名を引っ張るなあ……」

「配信、始めるわよ？　いいかしら？」

「お、おうっ」

俺の視界を通して推しの配信が始まる。

今更《いまさら》ながらその事実に緊張《きんちょう》と興奮が走る。

「カウントダウン、スタート！」

紅《くれない》と俺は見つめ合う。

【首輪きるる】が、この幻想《げんそう》的な青い洞窟を背景に、一番映《ば》えそうな角度に調整する。

「5、4、3、2、1――」

俺が推しの配信に携《たずさ》われるなんて夢のようだ。

だけど、一人のリスナーとして【首輪きるる】を布教したい。

【首輪きるる】の魅力を少しでも多くの人に伝えたい。

だから、この配信を絶対に成功させたい。

そのためには冷静に状況《じょうきょう》を判断して、きるるんを映さなければ。だから個人的な欲求は消せ。全て、この配信のためになることをしろ。

そう、俺は何者でもない。推しを陰《かげ》で支える名無しとなれ。

そんな気持ちを胸に、ゴクリと生唾《なまつば》を飲み込んだ。

「君の首輪もきるるーんるーん☆　首輪きるるだよー♪」

俺たちのダンジョン配信が――

推しと名無しのダンジョン配信が始まる。


『君の首輪もきるるーんるーん☆　首輪きるるだよー♪』

揺《ゆ》らめく炎髪をなびかせる美少女が配信を始めると、リスナーたちは瞬《またた》く間に視聴《しちょう》を開始した。

1週間前から告知していた10万人記念配信。

新しい挑戦《ちょうせん》を始めると豪語した【首輪きるる】が選んだコンテンツ、それは危険な異世界《パンドラ》にて敢《かん》行《こう》するダンジョン配信だ。

魔法少女ＶＴｕｂｅｒとして本気の覚悟を見せつける彼女に、リスナーたちは当然沸《わ》いた。

：配信きちゃあああああああ！
：きるるーん！
：待ってましたあああ！
：俺も切ってくれええええ！
：10万人突破《とっぱ》おめでとおおお！（5000円）
：身体張ってる企画《きかく》すぎて草
：命張ってる企画だよな
：魔法少女がダンジョンなんかに来て大丈夫《だいじょうぶ》なん？
：なんの縛《しば》りプレイ？

ダンジョン配信を行っているYouTuberは珍《めずら》しくはない。冒険者であれば、そういったことを生業《なりわい》にしている者もいる。だが、彼《かれ》らはどちらかといえば安全マージンを慎重《しんちょう》に取って、異世界《パンドラ》を紹介《しょうかい》するスタンスだ。

そんな中、ステータスが上がらない魔法少女がソロで入る、となれば話は全く違《ちが》ってくる。

企業勢《きぎょう》なら万全《ばんぜん》なスタッフ体制の下に行われるだろう。

だが、彼女は個人勢。命を落とす危険性があるのだ。

だからこそ怖《こわ》い物見たさや好奇心を煽《あお》り、人々は集まる。もちろん純粋《じゅんすい》に彼女を応援《おうえん》する推《し》リスナーたちもいるが。

『きる民のみんなー！　ダンジョン！　私、告知通りダンジョンに来ているわ！』

：まじでやっちまったよきるるん
：俺ガチめに心配なんだけど
：ここどこ？

『ここは【地下砂宮《さきゅう》ブルーオーシャン】よ』

：砂が青い？
：俺、異世界系《パンドラ》の配信は初めて見るわ
：今からあのバカでかい洞窟に入るの？
：わくわくするな
：危ないんじゃや……無理だけはしないでくれよー！

『そして！　今日はクラスメイトのナナシちゃんにカメラ撮影を手伝ってもらってるるるーん☆　これから私の奴《ど》れッ、じゃくて執事として手伝ってくれるるんるーん☆』

：奴隷《どれい》って言いかけてたぞｗｗｗ

：俺もきるるんの奴隷になりたかった
：執事ってことは男？
：マジかようらやま死ね
：いや、ちゃん付けしてるあたり女子かもな
：そういえばこの間、きるるんのＳＳがさらされてた。その時、一緒に映ってた男装女子かも
：異世界《パンドラ》にまでついてくるとか命知らずなクラスメイトだな
：それだけ仲がいいってことだろ
：まさかの百合《ゆり》展開、熱い
：ナナシちゃんファイト

『じゃあさっそくダンジョン配信スタート！』

こうして【首輪きるる】は配信のスタートを切ると同時に、自らの腕を指でなぞった。すると淡《あわ》く光る紋章《もんしょう》がうっすらと浮かび、そこから流れ出た血が短剣《たんけん》のような形に変化する。

血を己《おのれ》の武器とする、彼女が得意な魔法だ。

：きるるんの魔法だ！　かっこいいよなあ
：異世界《パンドラ》のダンジョンって、もっとキモいの想像してたけど綺麗《きれい》だな
：壁の断層が海みたいなグラデーションになってて幻想的だわ

：天井《てんじょう》からサラサラ落ち続ける砂もいい味だしてる
：歩ける海底って感じ？　俺も行ってみたい

【首輪きるる】を映すカメラワークには妙《みょう》な臨場感があった。

モンスターが映るようダンジョン内を見渡《みわた》すようにしたかと思えば、しっかりきるるを中心にフォーカスを当てるなど、リスナーに配慮《はいりょ》した動きになっており配信は全体的に見やすい。

：うわっ、きるるんガチで戦ってる
：が、がんばれー！
：あんな毒々《どくどく》しいモンスターと戦ってるのに怖くないんか？

洞窟内に出現したモンスターは大型犬と同じぐらいのサソリだ。

ヌラヌラと光沢《こうたく》を帯びた甲殻類《こうかくるい》は、如何《いか》にも猛毒《もうどく》を持っていそうなグロい見た目をしており、リスナーたちに嫌悪《けんお》感を与《あた》える。

そんな魑魅魍魎《ちみもうりょう》へ、果敢《かかん》に推しが飛び込んでゆくのだから自然と手に汗握《あせにぎ》る配信になる。

それは熱を帯び、加速してゆく。

：今度は3体同時だぞ⁉　さすがにやばそう？

：おいおいカメラマンの方にも来てるぞ!?
：配信画面がぶれるｗｗｗ
：さすがのナナシちゃんも焦《あせ》りまくり
：迫力《はくりょく》ありすぎだろｗｗｗ
：気のせいか？　だんだんきるるんの短剣が通り辛《づら》くなってるように見える
：さっきも剣が霧散《むさん》しちゃったよな。もしかして信仰《MP》切れなんじゃ!?
：いや、血を使ってるから命値《HP》の消耗《しょうもう》が激しいんだろ？
：サソリに刺《さ》されたから顔色が少し悪いよな……
：毒、かな……
：きるるんはよくやったよ。もう帰ろうぜ！（１３００円）
：頼《たの》む。心配になってきた

どうにか【砂サソリ】を3体屠《ほふ》ったきるるに、リスナーたちから心配の声が上がる。
さすがに肩《かた》で息をしているきるるだが、すぐにリスナーたちへ強気の笑顔《えがお》を向ける。
『大丈夫よ。さあ、ナナシちゃん！　私のために紅茶の用意をするるーん☆』
：まさかのダンジョン内でティータイムですかｗｗｗ
：さすがすぎるｗｗ

：どんなに切羽詰《せっぱつ》まってても優雅《ゆうが》にこなそうとする意地が尊いんだよなあああ
：いやいや、危なくね？
：きるるんついにバグった？

リスナーたちが賛否両論をかますなか、カメラマンであるナナシちゃんの手元が映りそそくさと紅茶の準備を始めている。
持ってきたリュックから水筒《すいとう》を取り出し、茶器に紅茶を素早《すばや》く入れてゆく。

：ナナシちゃんマジで執事っぽい服装なんだな
：真っ白な手袋《てぶくろ》とかダンジョンに似合わなすぎだろw
：紅茶を淹《い》れる手際のよさよ
：水筒のままじゃなくてわざわざティーカップで出すのにこだわりを感じる

『心配してくれてありがとう。でも、この紅茶はHPをすごーく回復してくれるるるるーん☆　具体的には即座《そくざ》に命値《HP》を1回復！　さらに持続的に3分の間、1分毎《ごと》に1回復するの！　しかもしかも色力《いりょく》も30分間だけ＋5って効果もつくのよ！　そして目玉なのがあらゆる状態異常を瞬時に治してくれるんるーん☆』
早口でまくしたてるきるるんは妙に説明口調だった。が、リスナーたちはそんな便利アイテムがあるのかと、どよめく。

：合計でHPを4も回復するのか
：たしかHP3回復するポーションで10万円とかじゃなかったか？
：しかも色力《いりよく》＋5と状態異常完治？　ぶっこわれじゃね？
：かなりの値段だったんじゃないだろうか

『ダンジョンじゃ死ぬか生きるかなのよ？　奮発して命が助かるなら安い買い物なの！　それにみんなと一緒に楽しい時間を過ごすためなら、ほんっとに安すぎるるーん☆』

：絶対に無理してるよな……
：健気《けなげ》だぁぁぁああ
：きるるんはいつも言ってるだろ。俺たちの支援《しえん》や銭《ぜに》チャは全て配信活動のために回すって
：今回も……まさか
：きる民なら察しろ
：お、俺たちを楽しませるために⁉
：きるるんだって決して裕福《ゆうふく》ってわけじゃないのにいいい
：俺たちのためにそこまで本気なのかよ

……一生ついていくわ

……こんなに頑張《がんば》っててもステータスは上がらないのか……魔法少女って大変なんだな

……冒険者としてはキツイよなあ……

『心配しなくていいの！　私こそいつもすぐ凹《へこ》んじゃうのに、応援してくれるみんなには元気もらってるる～ん☆』

それにと、きるるはさらに紅茶に注目する。

いや、リスナーたちに注目させた。

『この紅茶、★3の最高クオリティだとステータス色力《いりょく》が永続的に＋2されるの！　私だってステータスを強化できるようになるのよ！』

……な、なんだってえええええ!?

……まてまて、レベルアップ以外でステータスを強化できるなんて前代未聞《みもん》だぞ!?

『でも★3クオリティはちょっと手が出せないお値段だから、お金が貯《た》まったら買うわ！』

……うおおおおお（1万円）

……健気や！（2万円）

：メンタル豆腐《とうふ》きるるんが強く成長しているううう（1万円）
：待って無理しんどい好き（5万円）
：少しでもきるるんのダンジョン配信の足しにして（7万円）
：これは推せる（500円）
：きるるんしか勝たんて（3万円）
：ほんと10万人おめでとおおおお（10万円）

『みんな銭チャありがとるるーん☆　命値《HP》も回復したし、色力《いりよく》も強化されたから！　もうちょっとだけ奥《おく》へ進むわ！』

こうして【首輪きるる】の配信を皮切りに、【世界樹の紅茶《リユンクス・ハニー》】の存在が徐々《じよじよ》に知れ渡《わた》ってゆく。

先ほどまで顔色が良くなかったきるるんは今や肌《はだ》ツヤ万全。さらに刃《は》の通り辛かった【砂サソリ】も、容易《たやす》く両断してゆく光景がリスナーに伝わってゆく。

状態異常『毒』からの回復、および色力《いりよく》の上昇《じようしよう》により魔剣《まけん》の攻撃力《こうげきりよく》アップが目に見えてわかる。

『私にはきる民のみんながいるるーん！　この紅茶があるるーん♪　きるゆー！　きるゆー！』

普通《ふつう》だったら眉唾《まゆつば》ものの効果も、命を懸《か》けて自身の身体で証明している【首輪きるる】がいる以上、この配信を目にした冒険者たちも【世界樹の紅茶《リユンクス・ハニー》】の効能を疑わない。

こうして稼《かせ》ぎの多い一部の上位冒険者たちは、一杯100万円の紅茶に釘付《くぎづ》けになる。

後日、【世界樹の紅茶《リユンクス・ハニー》】に対する問い合わせが殺到《さつとう》したそうだ。

◇

『くれな……き、きるる様、さすがにそろそろ限界です。戻《もど》りましょう』
【首輪きるる】のダンジョン初配信で聞き覚えのない声が発信される。
それは、中性的でやや高めの声だった。

：今のって……
：もしかしてカメラマンのナナシちゃん？
：もっと言ってやれナナシちゃん！
：きるるんが死んじまう！

『はあっ、はあっ……うちの執事もこう言ってるし、もう勘弁《かんべん》してあげるわよダンジョン！』

：秀逸《しゅういつ》な捨て台詞《ぜりふ》ｗｗ
：きるるんよくがんばった！
：ナナシちゃんｇｊ
：ナナシちゃんの声ってちょっと機械的だったな。ボイチェンか？

『ナナシちゃんは一般人《いっぱんじん》なので、プライベートとか顔バレとか避《さ》けるためにボイチェン使ってるるーん☆　みんなわかってあげるんるーん☆』

：把握《はあく》
：もう掲示板《けいじばん》にナナシちゃんの美人っぷりが晒《さら》されてる件
：男装執事のナナシちゃんも推せる
：百合な主従関係とか俺得すぎる

そんなこんなで『遠足は帰るまでが遠足なのよ！』とのたまう【首輪きるる】によって、ダンジョン配信の帰還《きかん》編が始まった。

『ちょっと、ナナシちゃん。何をしているのかしら？』

『あっ、や、じつは行きの時にお見掛《みか》けして――――あ、やっぱり素材でした』

きるるんの指摘《してき》によって、ナナシちゃんが配信画面を【首輪きるる】から外す。きるるんが何を見ているのか、自身が何をしているのかをリスナーにわかりやすくするためだ。

画面は砂丘《さきゅう》の上に移る。洞窟の天井からこぼれ落ちる砂がたまり、こんもりと盛り上がった砂丘には、金の粒《つぶ》のような物がいくつか散見される。

それらをナナシちゃんの手が拾った。

『これ、何かしら？』

【金蜜虫《きんみつちゆう》の死骸《しがい》】、だそうです。ただのキモい虫の死骸ですね』

『そうなの……私にはただの砂粒にしか見えないわ……』

『何の役にも立ちそうにありませんが、【シュガーアント】の好物だそうです』

『……これでみんなもわかったと思うけれど私の執事は博識なのよ。みんな褒《ほ》めるるーん☆』

：自由なカメラマンだなｗｗ

：それを許してるきるるんとナナシちゃんの関係値がよい

：しかもきるるんがそこはかとなくナナシちゃん自慢《じまん》してるところがいじましい

それからなぜか、きるるんの命令によりカメラマンことナナシちゃんが、モンスターの死肉などを淡々《たんたん》と採取するシーンがちらほら続く。

『あっ、きるる様。ここの砂丘に潜《もぐ》ってるもふもふが安全な帰り道を案内してくれるそうです』

『どっ、どうゆうことかしら？』

『先ほど拾った【砂うさぎ】の死肉と交換《こうかん》条件で、モンスターが出現しにくいルートを先導してくれるようです』

『それは助かるのだけれど……もふもふなんてどこにいるのかしら？』

『きゅっ、きゅいいーっ？』

砂丘からぽふっと出てきたのは、もこもこふわふわのキツネだった。

体毛は白に近い水色で、青い砂に埋《う》もれたら発見が難しそうだ。

『えっと、【空色きつね】だそうです』

：【地下砂《さ》宮《きゅう》ブルーオーシャン】にあんな動物いるんだな
：毛がもっふもふやん
：キツネっていうか『犬』に近くね？

：尻尾《しっぽ》はリスっぽいのな
：さ、さわってみたい
：ばか！　キツネって気性《きしょう》が荒《あら》かったりしたら噛《か》みつかれるぞ！

：めっちゃナナシちゃんになじんでるんだが？

空色きつねは自らナナシちゃんの足元へ、ほわっほわな身体を愛らしくこすりつけていた。そしてナナシちゃんの手が空色きつねの首元をわしゃわしゃわしゃともふる。

『くきゅー、きゅぅぅー』

気持ちよさそうにくりっくりっの目を細める空色きつねは……控《ひか》えめに言って可愛すぎた！

その場の全リスナーが癒《い》やされまくった。

『わ、私の執事は動物にも好かれやすいの！　す、すごいでしょう？　でもどうしてそこにキツネさんがいるってわかったのかしら？』

『えっと、はい。技術《パッシブ》【神獣《しんじゅう》住まう花園師】と【万物の語り部】の、えっと【獣語《けもの》り】で意思疎《そ》通《つう》できるみたいです。念話、のようなもの？　かと』

『そ、そうなの。と、ところでそのキツネさんを、私も触《さわ》ってみても――ちょ、ちょっと、触らせなさいよ⁉』

ひょいっときるるの手を避ける空色きつね。

『あの、きるる様、まだ配信中ですよ？　そういった行いは……その、きるる様の残虐《ざんぎゃく》キャラからかけ離《はな》れていますので、おやめになった方がよろしいかと具申《ぐしん》いたしま――』

『い、いいのよ！　そんなブランディングよりも！　早くそのっモフモフをっ、あああ～なんで～～ああああ～どうして私には懐《なつ》かないの？　どうして私から逃《に》げるの？　モンスターに攻撃《こうげき》されたときより痛む。心が痛む……病《や》みそう……』

空色きつねに拒絶《きょぜつ》され、膝《ひざ》から崩《くず》れ落ちる【首輪きるる】。

『……きるゆー、きるゆー、きるゆー、きるゆー……』

：凹んでるｗｗｗｗ

：ナナシちゃんのツッコミとポンコツお嬢様感が最高ｗｗ

：大丈夫。きるるんの残虐性がキャラだってことはだいぶ前から知ってた

：今、政府の異世界課《パンドラ》が公開してるアーカイブにアクセスしたけど【空色きつね】なんて登録さ

れてなかったぞ
：えっ、新種ってこと⁉
：まじかよ⁉
：速報『きるるん、ダンジョン初配信にして偉業《いぎょう》を成し遂《と》げる』
：発見したのはナナシちゃんだけどな

『わ、私の執事の功績は主人である私の功績になるるるんるーん☆』

：ひでえｗｗ
：まじでひどいｗｗｗ
：とりあえず新種発見おめ（３万円）

こうして【首輪きるる】のダンジョン配信は終始盛り上がりを見せた。さらに二人の前をちょこちょこ走って先導する【空色きつね】も癒やし効果が爆増《ばくぞう》である。

少し走っては振り向き『きゅいっ』っと首を傾《かし》げる仕草は、誰《だれ》が見ても可愛いがすぎた。

まるで『ちゃんとついて来てるかな？』とこちらを確認《かくにん》しているようで、画面越《ご》しで見ているリスナーたちですら後を追ってみたくなる、もふもふっぷりだった。

『きゅっ、きゅい？』

◇

「だいだい、だいっっっ成功ね！　よくやったわ、ナナシ！」

帰還後、教室内にいる紅《くれない》とはかけ離れたテンションの上がりっぷりに、俺は少し戸惑《とまど》ってしまう。

それがまして、今や推しの姿なのだから余計だ。

「無事にダンジョンから帰還できてよかった。もうあんまりダンジョンに行くのはやめ――」

ようぜ？　そんな提案を持ち掛《か》けようとするも、紅《くれない》によって遮《さえぎ》られる。

「10万人記念配信だったとはいえ、銭チャの量がエグかったわね。やっぱりダンジョン配信は盛り上がるコンテンツだわ！　そういうわけで、ナナシへの配当として銭チャの20％を給与《きゅうよ》に追加ね」

「え、まじっすか。ちなみに今回の配信の収益は？」

「ざっと36万円ね。そこからＹｏｕＴｕｂｏのロイヤリティで30％取られるから25万２０００円……その20％がナナシの取り分だから、５万４０００円よ」

「次もダンジョン配信やりましょう！！！！！」

「さすが意地汚《きたな》いナナシ。その意気よ」

たった1時間ちょいの配信で５万４００円！

時給５万超《ご》え！

神！

「トレンドにも乗ってるわ！　#きるるん新種発見！　って！」

「ダンジョン配信の話題性ばっちりだな」

推しが注目を浴びるのはちょっと嬉《うれ》しい。

自分の『好き』が世間に認められたような、誰かと共有《シェア》できたような気がするのだ。

「それにしてもナナシのおかげで、きるるの残虐性ってキャラが剥《は》がれちゃったじゃない」

「えーそこ俺のせい？」

「あんなの不意打ちすぎるわ。あんなに可愛い生物がダンジョンに生息してるだなんて……ま、また会えるわよね？」

「お、おうっ……機会があれば、な……」

か、顔が近いんだよなあ。推しの顔だと破壊力《はかいりょく》がありすぎるんだよ。

そんな内心を悟《さと》られまいと俺は話題を変える。

「そういえば、どうして【首輪きるる】なんて名前にしたんだ？」

「1回聞いただけで、忘れられない名前でしょう？」

俺の内心を読んでか、紅《くれない》は妖艶《ようえん》な微笑《ほほえ》みを浮かべる。

「個人勢のVTuberが伸《の》びない理由の一つは、やたらオリジナリティを追求して読みづらい漢字のオンパレードで覚え辛いからよ。事務所の宣伝力を当てにできないのなら、一度聞いただけでも覚えてもらえるようなインパクトと印象、そしてわかりやすい名前が必要なのよね」

「それでわかりやすい【首輪きるる】にしたと……」

「そうよ。日々、私たちを縛る手枷足枷首輪《てかせ》は、全て引き千切りたいって本音もあるのだけれど」

自由に生きたい、そして残虐性である素《す》も出せると……。

「うーん……でもワガママっていうか、ちょっと狂気じみたイメージにならないか？」

俺が懸念《けねん》の声を上げると、紅《くれない》は小馬鹿《こばか》にするように溜息《ためいき》をつく。

「ナナシは馬鹿ね。いいかしら、王子様系のキラキラした配信者がオフパコしたらどう思う？」

「お、オフパコ？　それは王子様みたいな印象だったのに、裏でリスナー食ってたら失望するファンも出てくるだろうな……」

「そうね。でも最初から俺はクズです。オフパコ大好きですってキャラでやってたら？」

「うーん……？　オフパコしてても大丈夫？」

「それだけじゃないわ。リスナーの女性はワンチャンあるかもって、彼女たちもオフパコしたがるのよ。やってる事は同じでも、配信スタイルと印象で結果は全然変わってくるのよ？」

「それがきるるんと何の関係が？」

「闇堕ちして殺意が強めだからゲーム実況中に暴言を吐《は》いてしまったわ」

「……なるほど。許容範囲《はんい》だな。むしろキャラ立ちとしては正解か」

「豆腐メンタルだけど死にゲーを必死になってプレイしているわ」

「……ちょっと応援したくなるかもな」

ふあああああん。

見事、その術中にハマっていたのは俺ですううううう。

複雑な気持ちいいいい。

と、とにかく、名前や設定が、配信活動中に粗相《そそう》をやらかしても免罪符《めんざいふ》になるのは強いな!?

印象深く、自身の性格イメージとマッチしていて、失敗もカバーできる……三拍子《さんびようし》を兼《か》ね備えているとは！

「人間って誰でも失敗するし、やらかすでしょ？　最近は赤の他人が偽善《ぎぜん》を振りかざして、失敗してしまった配信者を、攻《せ》めに攻めて追い込む風潮が蔓延《まんえん》してるわよね」

「……ＹｏｕＴｕｂｅｒとかの炎上《えんじよう》か。まあ、悪い事したらそりゃ、なあ……」

「私は……もし失敗しても、悪かったところを見直して成長したいの。人間って本来はそういうものので、ＶＴｕｂｅｒだからそれが許されないなんて……寂《さび》しすぎるでしょ？」

「まあ、な……」

納得《なつとく》した俺に紅《くれない》はズイッと綺麗な顔を近づけてくる。

「最悪の印象でスタートしたなら、あとは上がっていくだけなのよ」

「そこまで考えていたのか」

「当たり前じゃない。やるからには本気よ」

微塵《みじん》も俺の目から視線を逸《そ》らさない紅《あか》い双眸《そうぼう》が半月の弧《こ》を描《えが》く。

紅《くれない》の黒い笑みが静かに咲《さ》いた。

「……ッ！」

推しの真実を知れば知るほど、萎《な》える人はいるのかもしれない。

知りたくなかったと嘆《なげ》く人もいるかもしれない。

だが、俺は不思議と紅《くれない》の活動方針を聞いても、きるるんへの熱は冷めなかった。むしろ、なんていうか……俺が少しでも力になれるなら、なりたいって思ったし……紅《くれない》が目指す『成長』ってやつを傍《そば》で見てみたい。

そして、活動を通して俺自身も成長したいとすら思った。

それは多分……ひとえに紅《くれない》自身が、真剣《しんけん》に、全身全霊《ぜんれい》をかけ、リスナーと向き合って活動しているからなんだろう。

「それにひたむきに頑張る女の子って、かわいいのよね？」

「…………そ、そうかもな」

俺はどうにか冷静に……きるるんの尊すぎる笑顔を受け流した。

4話　夕姫の秘密

3年前。

私がまだ中学一年生だった頃《ころ》、父の夕姫赤城《ゆうきあかぎ》は言ったわ。

『夕姫財閥《ゆうきざいばつ》の後継《こうけい》になりたくば、18歳《さい》までには年商20億のビジネスを成功させろ』

正直、後継にはあまり興味がなかった。私がダメでも夕乃《ゆうの》姉さまがいるし、妹の緋奈《ひな》だっている。

『もしできなければ、財閥の利になる良家と縁《えん》組むだけの人形であればよい』

でもお見合いの道具になるのはごめんだわ。

人生のパートナーを選ぶ権利すら勝ち取れない屈辱《くつじょく》は、到底《とうてい》受け入れられなかった。

親は選べなくても、せめて伴侶《はんりょ》ぐらいは自分の意志で選びたい。

私たち姉妹《しまい》を道具としか見てない父の鼻を明かしてやりたい、その一心で挑戦《ちょうせん》しようと誓《ちか》ったわ。

私が生まれた夕姫《ゆうき》家は良くも悪くも実力主義。結果が出せるなら自由にやればいい。ただし父に認められる業績、もしくは父の課題をクリアできるのであれば、という条件付きなの。

父に管理されていた私たちにとって、与《あた》えられる自由はとても少ない。

そんな希少なチャンスを逃《のが》すはずもなく、私は父に交渉《こうしょう》を持ち掛《か》けたわ。

『お父様。私が年商20億のビジネスを成功させたなら、後継任命とは別件の希望がございます』

『なぜだ？』

要望の内容は何だ？　ではなく、なぜそんな申し出をするのかと疑問を抱《いだ》くのがお父様らしい。

『夕乃姉さまも緋奈も、私以上の結果を出す場合がございます』

その時、お父様は平然と一番業績の良かった者以外は後継者の資格なしと見て、お見合いの道具にするのでしょうね。

『年商20億円の成果を出したのに、ただお見合い人形になり果てるなど納得《なっとく》がゆきません』

『……ふっ。それもそうか。嫁《とつ》がせるだけが有用な使い方でもあるまい、か』

『どうかご留意を』

『希望内容を書面にまとめておくのだ。後ほど精査しておこう』

『ありがとうございます』

それから私は学業の合間を縫《ぬ》ってどうにか二つの事業を展開してみた。

結果は一つが赤字、もう一つはぎりぎりで黒字……とても年商20億には届きそうもなかったわ。

ビジネスの世界は結果が全《すべ》て。どんなに頑張《がんば》っていようと、どんなに工夫《くふう》していようと、結果が出なければ従業員さんのお給料も支払《しはら》えなくなる。泣き言をもらすヒマなんてなかった。

でも息が詰《つ》まりそうだった。

何度も、何度も、逃《に》げ出したいと、そう願うときがあった。

そんな時に出会ったのが【転生オンライン：パンドラ】というＶＲゲームだったわ。

ＶＲゲーム産業に何かしらのビジネスチャンスはないかと、リサーチのために始めたゲームだったけれど、私はそこで不思議な少年と出会ったの。

『そんな眉間《みけん》に皺《しわ》を寄せて大丈夫《だいじょうぶ》？　紅茶でも飲めばリラックスできるよ』

お節介《せっかい》だわ、と吐《は》きかけた言葉を当時の私は呑《の》み込《こ》んだ。

VR産業で自社製造の食品を広告として売り込む場合、参考になるかもしれないと思ったのよ。

『優《やさ》しい――味ね――』

だけれど、彼《かれ》が淹《い》れてくれた紅茶を口に含《ふく》んだ瞬間《しゅんかん》。

ビジネスに関する思考は瞬時《しゅんじ》に溶《と》けて、幸福感に満たされたわ。

それはゲーム内で何かしらのバフが付与《ふよ》されるわけでもなく、ボーナスがつくわけでもない紅茶。

それでも私の荒《すさ》み切っていた心は満たされたの。

後から知ったのだけれど、彼は全く役に立たない料理技術《パッシブ》や、放牧技術《パッシブ》を上げていて、他の転生《プレイ》人《ヤー》からつまはじきにされていたわ。

それでも自分の好きを貫《つらぬ》き通して、ゲームを楽しんでいる彼が不思議と気になってしまったわ。

『どうしてあなたは役に立たない技術《パッシブ》に力を入れているのかしら？』

『楽しいからだし、好きだからだよ』

『だからって、そんな技術《パッシブ》を上げても意味ないじゃない』

『そう？　楽しいことがあるから、がんばれるーって時もあるだろ？』

『それは……』

『好きなことなら徹底的《てってい》に楽しむべきだ』

それから私は彼が淹れてくれる紅茶や、ゲームで出会った人達との交流が息抜《いきぬ》きになっていたわ。

この場があるから、嫌《いや》なことがあっても頑張れる。

効率が全てではない――楽しいや落ち着くが、一周回って効率に繋《つな》がることもあるのだと知った。

そして人間の心がビジネスに通ずるのだと、今さらながら再認識《さいにんしき》できたわ。

ビジネスの基本は社会的貢献《こうけん》、つまり誰《だれ》かの心を動かしたり、何かを便利にしたり、役に立つこと。私の心を動かしたあの少年のように……。

『そう言えば、あなたはどうしてナナシってキャラ名なの？』

『あー……まあ、クーさんにならいっか。俺《おれ》さ、学校じゃ【いない方がマシ】って言われてるんだよな。ちょっと一言多いっていうか、ポロッと相手が不快に思う言葉をこぼしちゃうっていうか』

『だから【名無し】？』

『そっ。俺のあだ名は名無し。嫌なあだ名だけどさー、なんか逆にここでは周囲の思惑《おもわく》とか？　視線とか気にせずにやってやるぞーって』

『ふーん』

そういえば同じクラスにナナシと呼ばれる男子がいたと思い出す。

彼の諸々《もろもろ》の言動を精査した結果、彼がその男子本人だと気付いたわ。

現実の彼もやっぱり変わり者で、いくら私が口汚《くちぎたな》く罵《ののし》ってもケロリとしているの。

夕姫《ゆうき》財閥の恩情目当てで、私にすり寄ってくる人達を遠ざけるための毒舌《どくぜつ》も……今じゃ彼専用ね。

もう、私と話してくれる同級生なんてほとんどいないもの。

でも私がゲームでのクーさんで、クラスメイトの夕姫《ゆうき》紅《くれない》であるのは黙《だま》っておきましょう。

だって、そっちの方が楽しそうだもの。

そうして私は、自然といつも彼を目で追ってしまっていたわ。

『もちろん学校じゃ、ナナシなんてあだ名を払拭《ふっしょく》するために他人の気持ちを汲《く》めるよう努力はしてるさ。でも、ここはゲームだし、自由だから……』

『私と同じで羽を伸《の》ばしてるってわけね』

ここでは責任もなく、自由な身分で、自由に過ごせる。だから正直に色々と彼に話せる。

そんな空間が当時の私にとってどれだけ心地《ここち》よかったか。

『あらあら、今日もいいゴ身分《みぶん》ね。モンスターを狩《か》りにも行かず、料理に明け暮れているなんて』

『クーさんか。とか言いつつ、俺の紅茶をもらっていくんだろ？』

『当たり前じゃない』

『クーさんの身分は【魔法少女】だっけ。そういえば最近、やたら残虐性《ざんぎゃくせい》のある戦い方をする魔法少女がいるって聞いたけど……』

『好きなことは徹底的に楽しむべき、って言ったのはあなたよ？』

『さいですか』

『現実でね、落ち込んだ時はモンスターを捻《ひね》り潰《つぶ》して発散するのよ。徹底的にね？』

『そして返り血まみれで紅茶を飲む、刺激《しげき》的だね』

『何それ、褒め言葉のつもり？』

私の質問に、彼は少し首をかしげる。

『んんーそういう過激なストレス発散ってさ、自分のキャパを超《こ》えちゃうからするんだよね？』

『そう……かもしれないわね？　また、前を向くために……気持ちを切り替えようとしているわ』

『だったら可愛《かわい》いと思うなあ』

『か、かわいい？』

『応援《おうえん》したくなるっていうか、守りたくなっちゃうっていうか』

『どうして？』

『クーさんが抱えている悩みはわからないけど、多分大変なんだと思う。でも諦めずに、自分のキャパを超える程《ほど》ひたむきに頑張って、失敗して、凹《へこ》んじゃって。それから苦しみを吐き出して、現実と向き合って、きっとまた挑戦しようとしてる。そんなの応援したくなっちゃうよ』

だから、と彼は言う。

『ひたむきに頑張る女の子って可愛いんだよ』

私の中で何かが煌《きら》めいた瞬間だったわ。

そう、彼は『こんな私』でも可愛いって言ってくれるのね？

口も悪くて、残虐で……ひたむき、かどうかはわからないけれど……。

こんな私を肯定《こうてい》してくれる人がいるのなら、ＶＴｕｂｅｒ業界にも手を出してみようかしら？

『それに血まみれで紅茶を飲むクーさんはかっこいいよ。いうなれば……闇堕《やみお》ちサディスティック、みたいな？』

そうして彼がいたから――

『首輪きるる』という魔法少女ＶＴｕｂｅｒが生まれたわ。

5話　もふもふとふわふわ

「母さん！　借金、借金が返済できるよ！」

「寝言《ねごと》は寝て言いなさい」

紅《くれない》との配信を終え、異世界《パンドラ》から帰還《きかん》した俺《おれ》は真っ先に家族に稼《かせ》ぎを報告した。

最初は呆《あき》れ半分で耳を傾《かたむ》けていた母さんも、今では口をあんぐりと開けて身体《からだ》を震《ふる》わせている。

「あ、あんた……ヤバイ仕事をしてるんじゃないでしょうね⁉」

数日で２０００万円を稼いできた息子《むすこ》。

常識的に考えてまっとうな仕事じゃないと勘繰《かんぐ》ってしまうのは無理もない。

そもそもちょっとヤバイ仕事ではあったりする。

「ほら、異世界《パンドラ》。俺のステータスで異世界《パンドラ》産の素材を商品にできることが発覚してさ。雇《やと》い主の夕《ゆう》姫財閥《きざいばつ》のお嬢《じょう》さんが、その売買権利を買い取りたいって」

「夕姫《ゆうき》財閥なら……信用できるのかしら、ねえ……あんたまでお父さんみたいに突然《とつぜん》いなくなったりしないわよね？」

「大丈夫《だいじょうぶ》大丈夫。ほら、見てよ。これが俺の商品ページっぽいんだ」

夕姫《ゆうき》紅《くれない》は仕事が早かった。

いや、早すぎた。

彼女は昨夜のうちに各所へ連絡《れんらく》し、俺の【世界樹の紅茶《リュンクス・ハニー》】を大々的に宣伝してくれたのだ。

スマホに映ったのは、高レベル冒険者《ぼうけんしゃ》向けの高級グルメ品として販売《はんばい》されている紅茶だ。

「一杯《ぱい》100万円の紅茶⁉　あ、あんた、詐欺《さぎ》でも始めたの⁉」

「いや、この一杯で万病も治せるんだ。だから100万円は安い価格なんだよ」

「万病を治せる……？」

一部の高レベル冒険者はその稼ぎも尋常《じんじょう》じゃなく、年収1億なんてのはザラらしい。だからこそ一杯100万円の高級紅茶としてのブランディングを確立させれば、売れる見込《みこ》みだそうだ。

夕姫《ゆうき》財閥傘下《さんか》の商社の伝手《つて》で、広告も各種メディアに織り込む予定だそうだ。

「あんた、夕姫《ゆうき》のお嬢さんとは仲良くね⁉」

「あっ、うん」

全《すべ》て説明しきった後の母さんの掌返《てのひら》しは圧倒《あっとう》的だった。

目に涙《なみだ》を浮《う》かべ大喜びの形相だ。

父さんが借金作って逃《に》げてから精神的にも肉体的にもきつかったもんなあ……よく今まで家族の支柱として頑張《がんば》ってくれたと感謝している。

母さんの安堵《あんど》に満ちた顔が、紅《くれない》と契約《けいやく》を結んで正解だったと思える何よりの証拠《しょうこ》だ。

「それにしても冒険者さんってのは、ティーカップを持ちながら冒険するのかい？」

「えっ？」

「だってこの商品ページは紅茶がティーカップに入ってるじゃない。冒険者さんっていうのは激しい運動をしたりするんだろう？　これじゃあこぼれちゃうわねえ」

「これはあくまで商品のイメージ写真だから……」

「実際はどんな容器に入れて販売するんだい？」

「確か頑丈《がんじょう》な水筒《すいとう》に入れて売るって」

「せっかくの紅茶なのに味気ないわねえ」

母さんの指摘《してき》を受けて、俺は確かにと思ってしまった。

料理は味も重要だが、見た目や香《かお》りなどでも楽しめるからこそ最高なのだ。

それに商品ページの写真だってティーカップの優雅《ゆうが》な一枚よりも、冒険者の在り方に沿った一枚の方が購入《こうにゅう》イメージは湧《わ》きやすいはず。

どうも今のままではチグハグな印象だ。

そうなればまずは――容器の作製から入るか。

ちょうど明日は休日。紅《くれない》との配信前に異世界《パンドラ》へ赴《おもむ》き、色々と準備を進めておこう。

「ましろー！　まふゆー！　お兄ちゃんが異世界《パンドラ》産のお土産《みやげ》持ってきてくれたわよー！　それと嬉《うれ》しい報告もあるの！　下りてらっしゃい～！」

2階にいる双子《ふたご》の義妹《いもうと》たちを呼びつける母さんの傍《かたわ》らで、俺は明日の予定を立ててゆく。そして持ち帰ってきた【世界樹の枯《か》れ葉】を数枚取り出し、そそくさと自室のベランダから吊《つ》り下げる。

「今夜は月夜だ……十分に浴びせてみるか」

◇

明くる日。

俺は月光を十分に取り入れた【世界樹の枯れ葉】を元に、再び【世界樹の紅茶《リュンクス・ハニー》】を煎《い》れてみる。

すると予想通り、【世界樹の紅茶《リュンクス・ハニー》】★★★が出来上がった。

これで永久に色力《いりょく》が＋２される紅茶の完成だ。

「やっぱり前のは月光が足りなかったのか。一杯５００万円、最高級紅茶をがんがん生産できるぞ！」

さて、次は昨日母さんに指摘された紅茶を入れる容器の作製だ。

俺は家にあったいくつかの空き瓶《びん》を取り出し、技術《パッシブ》【七色硝子《がらす》の貴公子Ｌｖ50】の恩恵《おんけい》を借りる。

この技術《パッシブ》は様々なガラス細工を生成したり装飾《そうしょく》したりするのに便利で、ガラスを七変化させては、七転び八起きを華麗《かれい》にこなす貴公子の力を行使できる。

まずは自分の中でしっかりイメージを作る。

命を懸《か》けて戦う冒険者からすれば、頑丈で割れにくい容器に入れるのがベストだろう。だが、頑丈で見た目も美しく、しかも軽いものが作れたら？

「【創世の手《ハンドメイド》】――――【風の羽根】【無色の虹《にじ》】【神殿《しんでん》の聖刻】」

【創世の手《ハンドメイド》】は力のある言葉を発することで、それらに関連する造形美をガラスに施《ほどこ》せる技術《パッシブ》だ。便利だけど、力の言葉の収集や記録には骨がいる。

ゲーム時代、夢中になって集めたものは果たして現実でも意味を成すのか？

そんな疑問の答えはすぐに出た。

なにせ目の前にあったガラス瓶が一つに融合《ゆうごう》し、俺のイメージ通りの形へと進化したからだ。

羽根のように軽く、紅茶の色味が楽しめる透明《とうめい》なガラス。極《きわ》めつきは神聖さと上品さを兼《か》ね備えた模様が刻まれている。

高級な香水瓶《こうすい》としても使えそうな、どこからどう見てもお洒落《しゃれ》な瓶だ。

【世界樹の試験管《フラスコ》リュンクス】の都市形態を模倣《もほう》して、ハーヴァリウムみたいな雰囲気《ふんいき》を出せたりしないだろうか？」

紅茶の他に花やハーブなんかも入れれば更《さら》に見栄《みば》えもよくなるだろう。光に煌《きら》めくガラス瓶が愛《いと》おしくなること間違《まちが》いない。まさに眺《なが》めているだけで癒《い》やされる代物《しろもの》だ。

「ハーブティーみたいだし、受け入れられやすいな。ただ問題は入れる花や葉によって、味や香りが変わったり効能にも変化があるかもしれない」

この辺はゆっくりと試行錯誤《さくご》してゆこうか。

それこそ異世界産《パンドラ》の植物なんかを混ぜてみたら思わぬ効果を発揮するかもしれない。

「あとはダンジョン攻略《こうりゃく》中に、現地で料理とかできたら便利だな」

そうなると調理道具の携帯《けいたい》が必須《ひっす》だ。

その点、俺には便利な技術《パッシブ》【宝物殿の守護者Ｌｖ50】というものがある。この技術《パッシブ》はいわゆるアイテムボックスで、限界容量まで物を出し入れできる優《すぐ》れもの。他にも様々な効果があるけど、ゲーム時代はアイテムボックスが誰《だれ》にでもあったから、こんな技術《パッシブ》はゴミ扱《あつか》いだった。

とはいえ、今ではとても便利な技術《パッシブ》だと思う。

そんな技術《パッシブ》を、俺は前回の配信で使用するのを控《ひか》えていた。

なぜなら貴重な異世界《パンドラ》産の素材を【宝物殿《ほうもつでん》】に入れて、万が一取り出せないといった不都合が発生しないとも限らないからだ。

だから俺は現代調理器具の中でも、特に消失しても良い物から【宝物殿】へと入れてみる。

まずは100均で買ったスプーン。

それから虚空《こくう》に向けて手を出し、【宝物殿】のスプーンと念じてみると無事に取り出せた。

よし……お次はさっき作ったばかりのガラス瓶や【世界樹の紅茶《リユンクス・ハニー》】を入れてみる。前者は俺の技術《パッシブ》で作製した物、後者は間違いなく異世界《パンドラ》産の物。

「どちらも無事に取り出せるのか。よかった」

そうと決まれば調理道具一式を【宝物殿】へとぶちこむ。

さて、諸々《もろもろ》の結果に満足した俺は、一足先に異世界《パンドラ》課が管理している転送門《ゲート》を目指す。

紅《くれない》との合流まであと5時間はある。

それまでにやっておきたいこと、それはお茶請《ちゃう》けの開発だ。

紅《くれない》も言っていたけれど、紅茶だけでは味気ない。ならば紅茶に合いそうなお菓子《かし》があったら大満足なのではないだろうか？

「きゅっきゅいいー？」

俺が【世界樹の試験管《フラスコ》リュンクス】に到着《とうちゃく》すると、木々の合間から出迎《でむか》えてくれたのは【空色きつね】だった。

「おおー、おまえはここにも来たりするのか」

「きゅっきゅいいーきゅいーきゅいっ」

「なんだよ、今日はおまえにあげられる肉はないぞー？」

「きゅっ」

どうやら技術《パッシブ》【神獣《しんじゅう》住まう花園師Ｌｖ80】のおかげですっかり懐《なつ》かれてしまったようだ。このまま足元をちょろちょろされても危ないので、口笛と【獣《けもの》語り】で合図を送る。

すると空色きつねは可愛《かわい》らしく俺の肩《かた》に乗り、極上《ごくじょう》のもふもふを頬《ほほ》に預けてくれる。

どうやら技術《パッシブ》【放牧神の笛吹《ふえふ》き人Ｌｖ80】の恩恵も活《い》きているようだ。

「きゅきゅきゅっ？」

「あいよー」

そうして俺は空色きつねを肩に乗せたまま街中を歩く。

すれ違う冒険者たちは物珍《ものめずら》しそうに空色きつねを眺め、一撫《ひとな》でさせてくれとお願いしてくる人もいた。しかし、俺以外の人間が手を伸《の》ばすと牙《きば》を剥《む》き出し、全身の毛が逆立ったので丁重《ていちょう》にお断りさせてもらう。

「そういえばお前って呼ぶのもなんかなー……落ち着いたら名前をつけてもいいか？」

「きゅっつきゅっきゅいいい！」

「気に入ってくれたか、後で考えておくな。お、こんなところに鳥の巣があるな」

「きゅっきゅっ」

「取り過ぎはダメか。わかったわかった」

草葉に隠《かく》れた鳥の巣から五つある卵のうち二つだけ拝借する。

親鳥を思うとさすがに全部は取れないしな。

さっそく審美眼《しんびがん》で卵を観察してみる。


【朝日に還《かえ》る不死鳥の卵】

『なりそこないの世界樹を住処《すみか》にする不死鳥のなれの果て。遠い祖先が不死鳥ではあるが、その不完全さから朝日を浴びると卵に戻《もど》ってしまう。日が落ちると【夜に咲《さ》く不死鳥】となり、羽ばたくたびに舞《ま》い落ちる炎《ほのお》と黄金の燐光《りんこう》が、世界樹の街灯に光を灯《とも》す』


あー……【世界樹の試験管《フラスコ》リュンクス】が夜になると、淡《あわ》い光の粒子《りゅうし》みたいのが降り注ぐのは、この鳥のおかげだったのか。しかもここの街灯的な存在だったわけだ。

やはり取りすぎるのは良くないな。

さらに世界樹の天辺《てっぺん》付近にも鳥の巣がいくつか散見されたので、猿《さる》のごとく木登りの真似事《まねごと》をしてどうにか二つほど採取する。

【金冠鳥の卵《ゴールドエッグ》】

『朝を告げる黄金の鶏《にわとり》の卵。黄金に近い性質であるため、食すにはそれなりの工夫《くふう》が必要』

むむ。【審美眼Ｌｖ99】でも網羅《もうら》できない説明文とは……【金冠鳥の卵《ゴールドエッグ》】は素材ランクがかなり高いのかもしれない。

「具体的な調理法が両方とも判明してないのが痛いな……ステータスが足りてないのか……？　それともレシピの発見が鍵《かぎ》となる……？　この辺もゲームと違うのか同じなのか不明だな」

それにしても【審美眼Ｌｖ99】で得た裏ステータス『発見力＋７４０』ってのはどれぐらいの性能なんだろうな？　また、他にも素材発見に有利な技術《パッシブ》はあるのだろうか？

ぜひとも他の冒険者と交流して、情報交換《こうかん》をしてみたい。

いずれはお互《たが》いのレシピを持ち寄って料理ギルドとか美食会なんか作ったり、お茶会を開くなんてのもありだなあ……捗《はかど》るスローライフ。

『こっちを探せっち』

『あっちも探せっち』

『働くっち』

ん……？

俺のスローライフな妄想《もうそう》が幻聴《げんちょう》を生み出したか？

『女王様が栄養を欲《ほっ》しているっち』

『食べ物探せっち』

『蝶《ちょう》の死骸《しがい》を発見っち』

『よし、運べっち』

いや、これは幻聴ではない。確実に聞こえるぞ。

なので俺は試《ため》しに語り掛《か》けてみる。

おーい、そこに誰かいるのか？

『む？　人間のくせに話せるっちか？』

『人間、こっちこっち』

『どこ見てるっちか』

お、えーっとどこだ？

『下っち』

言われるがままに足元を見れば、拳《こぶし》大のありんこが3匹《びき》いた。

でか！　いや、そのままリアルな蟻《あり》がこのサイズならキモいんだけど、なんか妙《みょう》にデフォルメされているデザインで……目とか真ん丸ポツンでちょっと可愛い。

蟻……だよな？

『僕《ぼく》らはシュガーアントっち』

『甘《あま》いものは嫌《きら》いだっち』

『この栄養満点な巨大樹《きょだいじゅ》に住んでるっち』

『女王様がご飯をご所望《しょもう》っち』

技術《パッシブ》【万物《ばんぶつ》の語り部】は空色きつねみたいに何となく言ってることがわかる種族もいれば、こうやって具体的に言葉として認識《にんしき》できる種族もいる。

シュガーアントは後者のようだ。

ん、シュガーアント……？　そういえば昨日の配信中に手に入れた【金蜜虫《きんみつちゆう》の死骸】が大好物なんじゃなかったっけ？

ってなわけで、これ、あげようか？

『金蜜虫っちの死骸っち！』

『にがーい蜜の虫っち！』

『女王様の大好物っち！』

シュガーアントたちの反応は良好だったので【金蜜虫の死骸】をあげてみる。

『お礼に僕らのうんちっち！』

『受け取るっち！』

『甘いのは無理っち！　いらないっち！』

ころころとした金色の粒《つぶ》をお尻《しり》っぽいところから三つも出してくれるシュガーアント。

審美眼で見ると【金砂糖】と表記されていた。

おお！

さらに【金蜜虫の死骸】を追加で一つあげると、さらに【金砂糖】を三ついただけた。

異文化交流ならぬ、異種交流ってやつか。

『虫語り、できる人間初めてっち』

『またよろしくっち』

『これで女王さまも喜ぶっち』

こちらこそありがとう。また取り引きを頼《たの》むよ。

さてさて、金砂糖とはいかがなものか。


【金砂糖】

『黄金樹に生息するシュガーアントのふん。神の模倣者リュンクスに誘《いざな》われ、世界樹の枝葉に移住したらしい。シュガーアントの金砂糖は、洗練された甘みで神の思考をも溶《と》かす絶品である』


シュガーアントから貴重な素材を手に入れた俺はだいたい何を作るか決めた。

あと足りない物といえば……油と薄力粉《はくりきこ》、牛乳ぐらいか。

せっかくだし同じ異世界《パンドラ》のもので作ってみたいな。なので同じような物はないかと商店が軒《のき》を連ねる区画へ移動する。そこで調味料や食材屋らしき店を覗《のぞ》くと、お目当ての3品はあった。

「いらっしゃい」

感じの良い異世界《パンドラ》人だ。

「えーっと……『食用油』と『ホットケーキミックス』、『牛乳』をもらえませんか」

「あいよ。食用の『燃える水《オイル》』は一瓶、８００円。『ホットケーキミックス』は一袋《ふくろ》５００円、牛乳ってやつはないが『ミノタウロスの乳』なら2万だ」

「2万……？」

ミノタウロス、ミノタウロス……モンスターだよな？

筋骨隆々《きんこつりゅうりゅう》の牛人間みたいなやつ？

「なんだあんちゃん、文無しか？　っでも、よさそうな獣を乗っけてんな。毛皮になめしたら、かなりの値がつきそうだぞ……？」

「いえ、この子は売り物とかでないので。それにしても2万円ですか……お高めですね」

財布《さいふ》を確認すると３０００円しか入っていなかった。

うーん。銀行から下ろしてくるのもなあ……。

「あ……えーっと、こちらを売ったりとかできます？」

どうにかお金になりそうな物を先ほど採取した素材からピックアップ。

「ほう！　こりゃたまげたな！　【金冠鳥の卵《ゴールドエッグ》】なら一つ20万で買ってやるぜ」

「20万……!?　え、えーっと、じゃあ一つお願いします」

「毎度ありい！」

少し惜《お》しい気もしたけど、また時間を置いて取りにいけばいいのだから、一つだけ売り出して目当ての食材を複数ずつ購入する。

余った18万の札束は【宝物殿】へ入れておく。

さて、全てはそろった。

いよいよお楽しみの料理タイムだ！

「今日はおまえに試食をしてもらうとするか」

「きゅっきゅっきゅー！」

嬉しそうに鳴く空色きつねをもふもふしてやった。

すると気持ちよさそうに目を細めるので、もっともふもふしてやった。

なんだろう、このもふもふの中に手がすーっと沈《しず》んでゆく感触《かんしょく》。

これ、好きだなあ……うん。

自分が沼《ぬま》にハマってゆく心地《ここち》よさ――

ありがとう、空色きつね。俺、お前のためなら寝ずに料理だって頑張れるかも。

「きゅぃー」

俺はもふもふとウッドハウスに戻り、集めた素材を並べる。

まずは底の深いボウル型の木皿へ、【金砂糖】と【無色に堕《お》ちた蜜】を入れ軽く混ぜる。それから【ミノタウロスの乳】と【朝日に還る不死鳥の卵】を加え、再びささっと混ぜる。

「甘味《あまみ》の宝石と液体、とろみのある卵と牛乳のイリュージョン。綺麗《きれい》なクリーム色だぁぁ……」

最後に【ホットケーキミックス】を投入し、シャカシャカと混ぜれば少し粘《ねば》り気が出てくる。仕上げに家から持参したバターやバニラオイルを少々加えてゆく。

「うん、濃厚《のうこう》な甘い匂《にお》いがたまらない……これぞ金に艶《つや》めく……黄金生地《きじ》のできあがりだ」

俺は四角いフライパンを手に取り、【燃える水《オイル》】を少量敷《し》いて弱火で炙《あぶ》る。

「あとは卵焼きを作る要領で……」

【燃える水《オイル》】を備え付きのクッキングペーパーでふき取り、黄金生地をうすーくとろーり流す。

黄金色《こがねいろ》から焼き色が加わり、ふわふわになったタイミングを狙《ねら》う。丸棒をのせヘラを使いながらクルクルと巻いてゆくのだ。

くるくるふわっ。

ふわもちくるっ。

「うん、形は上々」

巻いたことでフライパンに空きスペースができ、そこに【燃える水《オイル》】の染《し》み付いたクッキングペーパーをささっと滑《すべ》らす。そしてまた黄金生地をとろーっと流し、ほんわりと小麦色に仕上がった時に、先ほど巻き上げた物と絡《から》ませる。

再び同じように巻き巻き。

これを何度も繰《く》り返せば、幾層《いくそう》もの黄金色が連なるお菓子――

ふっくらバウムクーヘンの完成だ。

【黄金樹のバウムクーヘン】★☆☆
不死鳥の不死性は辛《から》く、ミノタウロスの強靭《きょうじん》性は苦い。両者の力を継《つ》ぎつつ、見事な味に昇華《しょうか》さ

せたのが金砂糖と世界樹の蜜。芳醇《ほうじゅん》な甘さと柔《やわ》らかい舌心地《したごこち》を堪能《たんのう》させてくれる黄金バウムクーヘン。稀《まれ》に特定の生物を輪廻《りんね》転生《てんしょう》させる。

基本効果……食べると30分間、命値《HP》＋4を得る
★……30分間、力＋2を得る（この効果は重複しない）
★★……信仰《MP》を即座《そくざ》に2回復する
★★★……天候：タイプ朝の場合、食後から60分以内であれば死んでも復活する

「ほう……これはぜひとも★3料理を作り上げてみたくなるな。死んだ者を生き返らせられるとか、ん⁉　生き返らせられるの⁉」

紅《くれない》の黒い笑《え》みが脳裏《のうり》に浮かぶ。

いやいや、あいつじゃなくて権力者のか？

うっわー、まじで紅《くれない》と契約しててよかった……こんな物が世に出たら、間違いなく大事になっていただろうし……俺の身だって危《あや》うかったかもしれない。

しかし今や夕姫《ゆうき》財閥が俺の後ろ盾《だて》！　安心してお金稼ぎができるぜ！

命は金で買える！　救える！　やっふい！

「おっと、お金の計算よりもまずは味だな。味が良くなくては全て台無しだ。うちのお嬢様は味にうるさそうだし」

そうして出来上がった一品を輪切りにしてゆく。

しっとりと刃《は》が沈《しず》み、そのふわふわわっぷりは一流を超《こ》えているように思える。

それではいただきます！

「もっふもふのふわっふわ……からのまろやかな甘みが口内いっぱいに広がる……だと⁉」

しかし、しかしだ。

何かが物足りないと俺の直感が告げている。

確かに味も食感も申し分ない。けれど、こう、今のままでは甘ったるさだけが口の中に残ってしまう。そこで爽《さわ》やかな紅茶を一口入れれば、無論何ら問題はないのだけれども……このバウムクーヘン単品で食が完成したとは思えない。

「そうだ。柑橘《かんきつ》系の果汁《かじゅう》なんかを入れて、すっきりした味が再現できれば無敵なのでは？」

思い立ったが吉日《きちじつ》、商店へ即座に赴きレモンやオレンジに該当《がいとう》しそうな果実が売ってないか探す。

「レモンかオレンジってありませんか？」

「レモン？　そんなものはないな。羅門《ラモン》って果物ならあるぜ」

「ラモン？」

「ああ。遥《はる》か東方に武士の国があってな。地獄《じごく》に繋《つな》がる羅生門《らしょうもん》ってのが出現して滅亡《めつぼう》寸前らしいんだが、その羅生門の瘴気《しょうき》に当てられて周辺の植物が変異したらしいんだよ」

「なんだか大変なことになってますね」

「人類が安全に生活できる黄金領域はどんどん滅《ほろ》んでっからなあ……」

だから地球の冒険者と協力関係にあるんだっけ。

「それでラモンとは？」

「おう、羅生門付近で変異した果実がラモンってわけよ」

「えぇぇぇ……それ食べて大丈夫ですか？」

「瘴気といっても魔力《まりょく》を過分に含《ふく》んでるだけらしいからな。過剰摂取《かじょうせっしゅ》しなきゃ問題ないって話だ。味はドが付くほど酸《す》っぱくてキツイが、武器の手入れには重宝されてるぞ」

「酢《す》？　クエン酸に近しい物なら錆《さび》取りに役立つのか？　とにかくそれ、いただきます」

３００円でラモンとやらを購入し、審美眼で調べておくのも忘れない。

【羅門《ラモン》】

『羅生門の濃《こ》い魔力を浴びて突然変異《とつぜんへんい》した異国の酸っぱい果物。人間には強すぎる激物であるが、武具に塗《ぬ》ると錆《さ》びを防げるので重宝されている』

「見た目はまんまレモンなんだよなあ……」

俺はさっそく先程《さきほど》のバウムクーヘンを作った手順に、『羅門《ラモン》』の果汁を搾《しぼ》って加える。

：【黄金樹のバウムクーヘン】★★☆が完成しました：

名前の変化はないけれど、品質が★2になった。

そして味見をすると――

「んぐっ」

甘みの中にふんわりとひそむすっきりした味わい。

「もふっ、まふっ」

一度でも咀嚼《そしやく》すれば、ほろっと口の中でとろける食感がたまらない。

羅門《ラモン》によって一切《いっさい》パサつきのない、雅《みやび》なしっとり感が実現できた。

「これだ、俺が求めていたのはこれだ」

うーん、最高。

あとは木漏《こも》れ日が差し込むウッドデッキでティーセットを広げ、バウムクーヘンと紅茶があれば俺の理想とするティータイムは完成する。

「きゅっきゅきゅー？」

これまでそばで、ずっと大人しく待っていた【空色きつね】が遠慮《えんりよ》気味に主張してくる。

もうできたの？　完成したの？　食べていい？

そんな思念が飛んでくる。

控えめに言って、おりこうさんすぎるぞおおお。

「ほら、おまえも食べていいぞー」

「きゅきゅいーッッ！　きゅっ、きゅっ、きゅっ……!?　きゅっー!?」

ちょこっとだけバウムクーヘンをパクつき、全身の動きが一瞬《いっしゅん》だけ止まる空色きつね。それからまたパクつき、またもや静止する。

それから尻尾《しっぽ》をバサバサッとふりふり。

両耳をピコピコ動かし——表情がふにゃーっと溶けてしまった。

「くーきゅー……」

めちゃめちゃ可愛いきつねここに爆誕《ばくたん》。

「あ……、本当に、いたです……」

なんて空色きつねの尊さに夢中になっていると、背後からぽそりと声が落ちる。俺が振《ふ》り向けば、そこにはボブ髪《がみ》の女子がいた。

目の覚めるような美しい銀髪《ぎんぱつ》、しかし前髪が目にかかっていてその表情は上手《うま》く読み取れない。ただ、口元のすぐそばには妙に艶《なま》めかしいほくろが一つある。目が見れない分、なぜか視線がそこに吸い寄せられる。

彼女は身体を柱に半分隠しながら、こちらをおずおずといった様子で凝視《ぎようし》しているようだ。

「あ、あの……とっても美味《おい》しそうな匂い、です?」

何を考えているかはわからないけれど、体のラインが妙にわかる服装で、もじもじされるのは少しだけそそられる。なにせ、ふわっと魔法使い風の服は大きく胸元《むなもと》が開いており、彼女のボリューム感たっぷりな二つのたわわな胸がこれでもかと主張してくるのだ。

俺はどうにか意思の力を総動員し、視線を彼女の顔へと戻す。

「あー……どうかされましたか？」

俺の問いに、おずおずといった具合で彼女は用件を口にする。

「ど、どうか、ぼくに、その美味しそうなバウムクーヘンを、一口だけください！　じ、実はさっきからずっと見てて、どうしても……どうしても、食べたくなってしまって……」

なるほど。

この巨乳さんは俺の作ったバウムクーヘンをご所望か。お目が高いな。

あれ？　これってもしかして丁度いい機会なのかも？

味見を自分でしたとはいえ、女子の意見を聞いてはいなかった。うちのお嬢様は、それはそれは求めるハードルが高い。紅《くれない》のお口に合うかどうか、この女子の意見を聞くのもありでは？

「一つだけでよければ、どうぞどうぞ」

すると銀髪巨乳さんの口元がふわりとゆるんだ。

◇

「ふわあぁぁぁぁ……おいしい、です」

銀髪ぼくっ娘《こ》巨乳さんは俺の作ったバウムクーヘンにご満悦《まんえつ》そうだった。

相変わらず長めの前髪のせいでその瞳《ひとみ》は見えないけれど、ゆるんだ口元や声音《こわね》から推察できる。

よし、この反応ならうちのお嬢様に出しても文句は言われないだろう。

「なんだか、力がわいてくるっていうか……うん、身体が火照《ほて》って、うずうず、しちゃうかもです？」

んんん。

銀髪ぼくっ娘巨乳さんがその発言はよろしくないような……ね、狙ってやってませんよね⁉

「え、命値《HP》が上がってる……？　えっ、えっ、やっぱり、本物です？」

「ふふふ。俺の作ったバウムクーヘンは本物さ」

ここまで喜んでくれるのはかなり嬉しい。

「きゅっっきゅきゅー？」

「わかったって、おまえにもやるからそうガッツくなって」

空色きつねのほうにも追加でバウムクーヘンをひとつまみしてやると、木々の隙間《すきま》からさらに数匹の空色きつねたちが顔を出し始める。

「きゅっきゅっきゅー？」

「きゅきゅっ？」

「おわっ、おまえの仲間か？」

「きゅいいきゅいー」

「おー、そうか。うん、まあまだ紅《くれない》の分はあるし、★1のクオリティでよければふるまってやる」

「「「「きゅっっきゅーい！」」」」

こうして俺は合計9匹の空色きつねに【黄金樹のバウムクーヘン】をふるまってやる。

すると不思議なことが起き始めた。

空色きつねたちの体毛が変色し始めたのだ。薄《うす》い水色だったのに、なぜか金色に毛が生え変わっている。

「えっ、だ、大丈夫なのか……?」

「クッ、キュクウウウン!」

俺の心配をよそに9匹の空色きつねたちは次々と身を寄せ合い、もふもふの大きなボールみたいに合体し始めた。

「えっ? もしかして【黄金樹のバウムクーヘン】のせい……?」

「キュウウウウウウウウウン!」

確か特定の生物を輪廻転生? させるかもーって説明文があったけど、まさか空色きつねに効果があったのか?

俺の予想は間違っていなかったのか、空色きつねたちは今や一匹の巨大な黄金狐《ぎつね》へと進化していた。あまりに荘厳《そうごん》で、あまりに巨躯《きょく》なきつねが現れたものだから、俺も銀髪ぼくっ娘巨乳さんも唖《あ》然《ぜん》としてしまう。

サイズにして熊《くま》よりも遥かに大きいきつねは、そっと俺に鼻を寄せてくる。

「きゅうん」

「あ……え、おまえなのか……?」

くりくりとした目、そしてもっふもふの毛並み。

間違いなく先ほどまでの空色きつねだ。

俺は【審美眼】を発動すると、魔物としての名は【九尾《きゅうび》の金狐《きんこ》ヴァッセル】と判明する。

種族は『妖狐《フォクシア》』に属するらしく、妖狐《フォクシア》は尾《お》の数でその等級が決まるらしい。その中でも災害級の力を持つ最強種が九尾、だそうだ……。

しかもまだ幼体らしい。それでこのサイズなら、成体になったらとんでもなく巨体になるんじゃ？

それこそ街を丸呑《まるの》み、なんてことにならなければいいんだけど……ちょっと心配だ。

「くーきゅ？」

「いや、お前に限ってそんなことはないか」

しかしまさか複数体の空色きつねが融合して、上位種に進化するとか驚《おどろ》きの発見だな。

やはり異世界《パンドラ》というのは不思議なことに満ちているんだなあ。

「くっきゅーきゅー」

「お、あーわかった。名前をつけてほしいのか。うーん、また進化して見た目が変わったらなんかしっくりこないしなあ……そうだ、おまえはいつもきゅーって鳴くから、きゅーだ！」

「きゅううううん、きゅっ！」

どうやら気に入ってくれたようだ。

きゅーが俺の命名を受け入れた瞬間、何かがきゅーと俺の間で繋がる感覚があった。

何か、こう、離《はな》れていても互いの居場所をなんとなく察知できるような、そんな絆《きずな》のような不思議な感覚だ。

「きゅううーきゅ？」

「ん、これが獣魔契約《テイム》？　ほー、そういうことなのか」

どうやら俺はきゅーと獣魔契約《テイム》を結んだらしい。

獣魔契約《テイム》がどんなものかは、きゅーも俺もよくわかっていなかったが、何となくお互いを信頼《しんらい》するようなものなんだろうと納得《なっとく》する。

しっかし、きゅーはふっかふかのもっふもふだよなあ。

もうちょっときゅーが成長したら、これって寝そべったりできるんじゃないか？

夢が膨《ふく》らむ。

「ほら、きゅー。バウムクーヘンまだ食べるか？」

「くきゅー！」

耳をそわそわとさせて喜色満面なご様子。

バウムクーヘンをはむはむするきゅーは……もふもふがもふもふを食べている絵面《えづら》は、もはやこの世の可愛いの集大成なのかもしれない？

可愛すぎて何かに目覚めそうだな。こうなんていうか、俺の中で新たな推《お》しといいますか。

推し動物？　推し獣？　推し友達《ともだち》？

「くっきゅーはむはむきゅー♪」

きゅーは俺の作ったバウムクーヘンを物凄《ものすご》く幸せそうにはむはむしてくれる。そんなきゅーを見れば俺までほっこりしちゃう。

「あ、あの」

「あっ、君もびっくりしたよね。あははは、大丈夫だった？」

きゅーのあまりの愛らしさに、すっかり銀髪ぼくっ娘巨乳さんの存在を忘れていた。

「ぼ、ぼくは何とも……でも、その……」

「その……？」

前髪に隠れた両眼がもう少しで見えそうな銀髪ぼくっ娘巨乳さん。

彼女は俺の問いに、意を決したように前髪の奥《おく》で目を光らせた。その瞳にはハートマークのような輝《かがや》きが煌めいたような気さえした。

「ぼくにも触《さわ》らせてっ、です！」

「きゅっ!?」

銀髪巨乳さんが懇願《こんがん》しながら手を伸ばすと、きゅーは突如《とつじょ》として消失した。

いや、自分の身体のサイズを一気に縮小させ、俺の足元にコロンと転がっていた。それから目にも止まらぬ速さで俺の肩へと登り、『きしゃあああ』と唸《うな》り声を上げ始める。

わあ、身体のサイズを変更《へんこう》できるなんて便利じゃないか。

「あーすみません、きゅーもこう言ってるので今回は遠慮してくれるかな……」

「はう……はい。こちらこそ急に、すみません、です……」

「もっと仲良くなれば触らせてもらえるかもだし、そう気を落とさないで」

「それは、あの……今後も、ぼくと絡む機会があるってことでいい、のです？」

「あー多分？」

「や、やった……嬉しい、です。あの、ぼくはこういう者で、その、七々白路《ななしろ》くんとは同じ……」

あれ？　俺、この子に自分の名前言ったっけ？

おもむろに銀髪ぼくっ娘巨乳さんはスマホ画面を見せてくる。

そこには『裏垢女子《うらあか》ぎんにゅう』といったSNS名が表記されていた。

えーっと、プロフ文は『あなたをぎんぎんにする巨乳です』か。

なるほど、だから『ぎんにゅう』。決して偽乳《にせちち》とかそういうわけではないと。

うわっ、際《きわ》どいコスにドエロいポーズのスクショがあるぞ!?　これだけのエロさがあるならフォロワー13万人も頷《うなず》けるな。

……って、えっ、えっ、ええー！

この子、すごく大人しそうで奥ゆかしい雰囲気なのに、SNSではがっつりエロ垢活動してる!?

「そ、その……SNSでもぼくと、繋がってくれますか？」

「いやっ、えっ……裏垢と繋がってもいいの？」

「えっ？」

「え？」

お互いが顔を見合わせる。

それから何かを察知したのか、自分のスマホをすぐに見つめ返す銀髪ぼくっ娘巨乳さん。

そして膝《ひざ》から崩《くず》れ落ちた。

「こ、これは……そのっ」

「その……？」

「ち、ちがくて……」

「間違えちゃったの？」

「は、はいいいいいいいいいいいい」

銀髪ぼくっ娘巨乳さんは顔を真っ赤にしてどこかに走り去っていった。

ふむ。

しかし俺は彼女の裏垢名をしっかりと脳裏に焼き付けていたので、そっとＳＮＳをフォローする。

別にやましい気持ちは何もない。

ただ、今後の彼女の活動を見守らせていただこう。

うん。次のスクショ更新《こうしん》が楽しみだとか、そういうのは本当にないから。

6話　ボス攻略配信とは……？

『君の首輪もきるるーんるーん☆　魔法少女ＶＴｕｂｅｒの首輪きるるだよー♪』

今話題になりつつある魔法少女ＶＴｕｂｅｒのダンジョン配信が始まると、同時視聴率《しちょうりつ》は５万人を超《こ》えた。破竹の勢いである。

何せ登録者数１００万人超《ご》えの人気ＶＴｕｂｅｒであっても、リアタイで５万人超えの達成は難しい。

彼女はつい最近まで登録者数10万人だったのだ。今は、先日の命を懸《か》けたダンジョン配信が注目を集めて30万人を超え、生配信の視聴率が記録的であるのは間違《まちが》いない。

どうして彼女が一気にバズり始めたのか、その背景は閉鎖《へいさ》的な冒険者《ぼうけんしゃ》社会に起因する。まず冒険者は文字通り、異世界《パンドラ》を冒険しながら命を懸けてモンスターを討伐《とうばつ》し、ダンジョン攻略に挑《いど》む。もちろんその活動範囲《はんい》は国内で発生した問題にも対処する。

そう、命を懸けるコンテンツであるからこそ、自身の得た情報を外部に配信するといった者は滅《めっ》多《た》にいない。もちろん冒険者の配信者はいるものの、すでに発見された手法や魔物《まもの》の攻略法《こうりゃくほう》を紹介《しょうかい》するのがほとんどである。つまり、真新しい発見があってもその利権を確保するために公表しない者がほとんどなのだ。

そんな中、【首輪きるる】の配信は新アイテムのレビューから始まり、新モンスターの発見を余すことなく配信したので、一般《いっぱん》層からも冒険者層からも注目されているのだ。

一般層からはまた未知を発見してくれる、何かやらかしてくれそうだと期待が込《こ》められる。そして冒険者層からは冒険の役に立つ貴重な情報源として……もしくは価値のわからないバカがまた情報を垂れ流してくれるぞ、と『美味《おい》しい所をいただきます！』を狙《ねら》っている。

また、魔法少女といった大きなリスクを抱《かか》えての冒険が、視聴者が手《て》に汗握《あせにぎ》る一体感を覚えているのかもしれない。

そんな自分の立ち位置を正確に把握《はあく》しながら、彼女は配信を開始する。

『さーって、今日は2度目のダンジョン配信！　って言いたいけれど、実はもう執事のナナシちゃんと【地下砂宮《さきゅう》ブルーオーシャン】にもぐって帰って来たところなの』

‥ダンジョン攻略見たかったあああ

‥まじかあああああ

『ごめんね！　でもすでに【地下砂宮《さきゅう》ブルーオーシャン】を攻略配信した冒険者さんもいるでしょ？　そういうのを見てるリスナーさんにとって長引くのは退屈《たいくつ》かなって』

‥心遣《こころづか》いができすぎてる件

‥それはマジで助かる（１０００円）

‥他人の気持ちにも敏感《びんかん》になれるきるるるん最高

：実は俺《おれ》、【剣王《けんおう》】さんの安全攻略動画で見てたんよ

『でもボス戦はきる民のみんなも見たいでしょ？　だからボス前まで攻略したのよ。その辺まではサクサク進むのを見るるんるーん☆』

：配慮《はいりょ》の女神《めがみ》、ここに降臨　（５０００円）

：俺はきるるんのために攻略動画や配信をたくさん見漁《みあさ》った！　アドバイスできるぞ！

：きるるんは絶対に死なせない！（２万円）

：うおおおおおおおおおおおがんばれきるるーん！

：何もかも切り刻んでやれえええええ！

『もしそれでも2回目のダンジョン攻略が気になるって人は、あとでナナシちゃんが編集した切り抜《ぬ》き動画をアップするから、そっちをチェックするるんるーん☆』

：絶対に見ます！

：ナナシちゃんが編集するとか胸熱すぎる

：見なくともわかる。ばかかわいい動画になってる

『そんなわけで、まずはボス戦前の準備をするるーん☆　休憩《きゅうけい》よ！　ナナシちゃん！』

　首輪きるるが腰《こし》を落ち着けたのは椅子《いす》のような岩だ。周囲には同じような岩が散見され、誰《だれ》かが加工して天然のテーブルや椅子に見立てている。休憩場としての使用感があり、ナナシが岩に白いレースをさっと敷《し》けば、メルヘンチックとアウトドアな雰囲気《ふんいき》が融合《ゆうごう》していい感じになった。

『かしこまりました、きるる様。こちら【世界樹の紅茶《リュンクス・ハニー》】と【黄金樹のバウムクーヘン】にございます』

　繊細《せんさい》なカットが施《ほどこ》されたガラス瓶《びん》からトクトクとティーカップに注がれたのは、前回も紹介された一杯《ぱい》100万円の紅茶だ。そしてお茶請《ちゃう》けは黄金色《こがねいろ》に輝《かがや》くバウムクーヘン。

「相変わらずいい香《かお》りね。さて、【黄金樹のバウムクーヘン】もいただくわ」

　きるるんは上品にフォークで小さく切り分けてから口へと運ぶ。

「……え、ちょっと……美味《おい》しすぎるわよ……もふっとした食感なのに口に入れた瞬間《しゅんかん》からしっとり溶《と》け消えちゃううううう……しかもお口に広がるレモンの風味のおかげで、甘《あま》すぎないわ！　紅茶との相性《あいしょう》もバッチリ……殺人的な美味しさね……！」

　配信を見ている全リスナーが自然と生唾《なまつば》を飲み込んでしまう。

　それほどまでにきるるんのバウムクーヘンを食す表情は朗《ほが》らかなものだった。

　美少女が美味しそうに食べる。それだけで素敵《すてき》領域は展開され、食欲を刺激《しげき》される。甘いものを敬遠しがちな者ですら、その黄金色に輝くバウムクーヘンを口にしてみたいと思うほどだった。

『えっ、待って……何か力がみなぎると思ったら……30分間、ステータス命値《HP》＋4と力＋2……？

う、嘘《うそ》⁉　ええ、信仰《MP》も即座《そくざ》に2回復とかすごすぎるるーん☆』
：まじかよ
：ステータス6ポイント分の強化って、実質6レベル分の上昇《じょうしょう》だよな？
：やばすぎぃ！
：信仰《MP》をすぐに2回復できるのもえぐいって
：またぶっ壊《こわ》れなものが出てきたなwwww
『……これで100万円はお得すぎるるーん☆　でも、まって……じゃあの噂《うわさ》は本当なのかしら？』
『きるる様、お噂とは？』
ナナシちゃんから妙《みょう》に棒読みな合いの手が入る。
『最高クオリティの★3は、朝に限るけれど食べてから1時間は死んでも復活するらしいのよ』
『それが真実であれば、喉《のど》から手がでるほど欲《ほ》しくなりますね』
『でもさすがに手が出せないわ。なにせ1000万円だったもの』
：うおおおお、またきるるんが俺たちへの配信のために身銭《みぜに》を切ってるるーん（3000円）
：どうか配信の足しにしてくれええええ（1万円）

：きるるんは俺が死なせない（3万円）
：いや、それは俺の役目だ（7万円）
：1000万円まで届けええええこの想《おも》い（10万円）

『みんなありがと！　じゃあ英気も養ったところで、ボスを切り刻みに行ってくるるーん☆』
それから首輪きるるは、ボスであるミノタウロスに挑戦《ちょうせん》していった。

：ミノタウロス……いかつ……
：でかすぎだろ。きるるんの2倍以上はあるよな？
：3メートル超えはさすがに怖《こわ》い
：ここまでついて来れるナナシちゃんってマジできるるんを信じてるんだな
：愛だな
：きるるんも絶対にナナシちゃんを死なせない覚悟《かくご》で来てるんだろうな
：……バカ熱くね？
：が、がんばれきるるん！
：うわっ、痛そう……あんなんに殴《なぐ》られたらきるるんじゃなくても吹《ふ》っ飛ぶよ
：変な音しなかったか？
：ゴキッって鈍《にぶ》い感じのな。あれ確実にあばらいってるでしょ……

：やばい、見るのが辛《つら》い
：立て、立つんだきるるん！
：おいおいおいミノタウロスこっち来てるぞ⁉
：ナナシちゃん逃《に》げろ！
：あれ？　ナナシちゃんきるるんの方に向かってね？
：っていうかきるるん、まだ立ち上がれてない？
：うわ……きるるん口から血吐《は》いてるじゃん……
：ナナシちゃんまさかのお姫《ひめ》さま抱《だ》っこ
：ご主人様を置き去りにしないのな
：ちょっとまて、ナナシちゃん異様に足速くないか？
：それだけ必死さが伝わってくるぞ……
：主人のピンチにかけつける執事ちゃんとか胸熱展開
：よしいけ！　そのまま逃げろ！　戦略的撤退《てったい》だ！
：逃げろおおおおお！

ボスエリアを脱《だっ》した二人は、どうにかダンジョン内の安全な場所へとたどり着く。こうしてボス攻略は失敗に終わってしまう。
だが、誰もがきるるんとナナシちゃんの無事に安堵《あんど》していた。

『きるる様、こちらを飲んでください』

『ケホッ……予備の……【世界樹の紅茶《リュンクス・ハニー》】……こんなに激しい冒険にも……耐《た》えられる特殊《とくしゅ》な瓶、しかもお洒落《しゃれ》で軽くて、持ち運びがしやすい……さすがだわ……』

さすがのきるるんも今回は優雅《ゆうが》にティーカップでいただくことはできなかった。

だが妙に説明口調のまま、お洒落な瓶の口から紅茶を飲み干せば、青ざめた顔は一気に血色がよくなっていく。

『はあはあ……まだミノタウロス攻略は……私には早かった、わ……』

悔《くや》しそうに顔を歪《ゆが》めるきるるんに、リスナーたちは励《はげ》ましの言葉を投げかけようとする。諦《あきら》めなければ絶望はないと、まだまだ頑張《がんば》れると、応援《おうえん》するよと、そんな温かいコメントで溢《あふ》れさせようとしていた。

だが、そんなリスナーの思惑《おもわく》を裏切るように絶望が鎌首《かまくび》をもたげた。

「クキュウウウウウウウウウウン！」

「きゃあああああああ⁉」

それは巨大《きょだい》な妖狐《フオクシア》の姿だ。

荘厳《そうごん》にして壮麗《そうれい》、金色に煌《きら》めく体毛は神秘的とすら思える偉大《いだい》さを誇《ほこ》っていた。

突如《とつじょ》として眼前に現れた、その圧倒《あっとう》的すぎる佇《たたず》まいは見た者全てに畏敬《いけい》の念を植え付ける。それほどまでの迫力《はくりょく》があった。

：やばい、やばいぞ！

：なんだよあれ……

：妖狐《フォクシア》だ……でもどうして妖狐《フォクシア》が初期街近くのダンジョンに⁉

：いやいや妖狐《フォクシア》にしてはでかすぎるだろ？　一軒家《いっけんや》ぐらいのサイズはあるぞ⁉

：尾《お》が1、2、3……9……九尾《きゅうび》じゃねえええか！

：は？　え、たった一匹《ぴき》で国を滅《ほろ》ぼしたって伝承の、あの九尾？

：生きる災厄《さいやく》って言われてる伝説上のモンスターだぞ！

：逃げてええええ！

：マジで逃げろおおおおおおおおおおおお！


リスナーが騒然《そうぜん》となる中、なぜかカメラワークが巨大すぎる妖狐《フォクシア》にどんどん近づいてゆく。

『ちょっと、ナナシちゃん！　何をしているの⁉　に、逃げましょう⁉』

『わあー、きゅーかあ。大きくなったなあ……ん、これが今の最大サイズなのかあ、立派だなあ』

全リスナーがキョトン顔。

きるるんにいたってはポカーンと顎《あご》がずり下がってお口パッカーンだ。絶対にアイドルがしてはいけない驚愕《きょうがく》の顔。しかし、今はカメラワーク外なので問題はなかった。

『ちょ、ちょ、ちょっとナナシちゃん⁉　ふ、普通《ふつう》に受け入れないで⁉　その魔物は一体なんなの⁉』

『くきゅっ？』
『あ、この間の空色きつねです。今は、えーっと【九尾の金狐《きんこ》ヴァッセル】？　って種族に進化しました』
『どうしてそうなったの⁉　わ、訳がわからないわ⁉　もう目が回るんるーん⁉』
：いや、生きる災害を手懐《てなず》けてるのはさすがにやばくね？
：速報『またもや新種を見つけてしまう執事ちゃん』
：主人より好き勝手やっていく執事ちゃんｗｗｗ
：もうナナシちゃんへのツッコミが止まらないｗｗｗ
：見てるこっちが心臓止まるかと思ったわ

◇

『きゅーはきるる様や俺の危機を察知して飛んできてくれたようです』

『きゅ、きゅーって名前なのね？』

『はい。あっ、何かを狩《か》ってきたばかりのようです。獲物《えもの》を持ってくるなんて、こいつめ。俺の料理を期待してるなー？』

『あら、きゅーの後ろに何か横たわっているるーん☆　どんなモンスターが……』

首輪きるるとナナシちゃんは【九尾の金狐ヴァッセル】が持ってきた死体に注目する。

リスナーも同じく、ナナシちゃんの視界を通して注目する。

そこにはきるるんが苦戦して、辛《から》くも逃《のが》れたミノタウロスの無残な姿があった。しかし、どう見ても先ほどの個体よりも2倍の巨躯《きょく》を誇っており、装備なども立派な物に身を包んでいた。

：ミノタウロス……？
：にしてはでかすぎるよな
：6メートル級のミノタウロス⁉
：もはや巨人やん
：ナナシちゃんって、たまにおれっ娘《こ》になるよな
：おいおいおいおいおい、これミノタウロスキングだぞ⁉
：なにそれ
：最高位の冒険者たちが束になっても全滅《ぜんめつ》する可能性があるやつ
：遭遇《そうぐう》したら逃げろって警告されてるモンスターだよな？
：政府が冒険者に公表してる【冠位級の黙示録《ネームド・リスト》】に載《の》ってるぞ
：それを容易《たやす》く屠《ほふ》る九尾。まじで怖すぎだろ
：でもなんか愛嬌《あいきょう》がないか？
：もふもふだしなー

：ナナシちゃんに懐いてるしなー

『きるる様。きゅーがお腹《なか》を空《す》かせているそうなので、ひとまず見張りはきゅーに任せて料理をしてもよろしいでしょうか？　もちろんきるる様の分も調理いたします』

『か、かまわないわ。み、みんなにもナナシちゃんの料理がすっごく美味しいってことを知ってもらえるるるーん☆』

：まさかの異世界《パンドラ》クッキング配信が始まったｗｗ
：まじかｗ
：てかミノタウロスの肉ってそこそこお高いって話だよな？
：価格は最高ランクの松阪《まつさか》牛か神戸《こうべ》牛ぐらいって話だった気がする
：高級肉じゃん。味の方はどうなん？
：いやー、味はけっこうキツイらしいぞ？　筋が硬《かた》めっていうか
：じゃあ異世界《パンドラ》産ブランドってだけでその価格帯なのか
：最高級の牛肉（異世界《パンドラ》産）か
：だけどこの巨体をどうやってさばくんだ？

リスナーたちのそんな懸念《けねん》はナナシが包丁をミノタウロスキングの死体に向け、『解体』と一言も

らすだけで解決した。

たった数瞬《すうしゅん》で各種部位や骨などが綺麗《きれい》に切り離されてしまったのだ。

これにはリスナーやきるるんも驚《おどろ》きを隠《かく》せないでいる。

とはいえ、どうにか主人の体裁《ていさい》を保とうとするきるるんが、口籠《くちご》もりながら虚勢《きょせい》を張る。

『み、見たでしょ？　う、うちの執事は、か、解体だって簡単にできるんるーん☆』

『せっかくですから、腰椎《ようつい》に沿ったヒレ肉の部位にしましょう。ここはダンジョン内ですし、豪快《ごうかい》に外飯スタイルでもよろしいですか？』

『異世界牛《パンドラ》のシャトーブリアンね。希少部位《ブリアン》をダンジョンといった開放的なロケーションでいただくのも風情《ふぜい》があってよいわ』

それからナナシちゃんは焚火《たきび》や調理などの準備をそつなくこなしてゆく。

しかもきるるんが座《すわ》れるように木製の椅子とテーブルまで用意していた。

：というか一つ疑問なんだが、ナナシちゃんはどこから料理器具を出してるんだ？
：配信画面がナナシちゃんの視覚だからいまいち把握できない
：そういえば【世界樹の紅茶《リュンクス・ハニー》】とかもいつの間にか提供してるよな
：もしかしてアイテムボックス持ちなんじゃないのか？
：大量にあったミノタウロスキングの肉塊《にくかい》がいつの間に消えてる件
：まじかよ……めっちゃレア技術《パッシブ》だろそれ

：冒険者って、仕留めた魔物の素材を持ち帰るのが大変って聞くもんな
：アイテムボックス持ちはかなり重宝されるぞ
：ナナシちゃんって、できる執事すぎんか？
：うわあああ、俺もこんな夢のロケーションで最高級和牛食べてえええええ
：【地下砂宮《さきゅう》ブルーオーシャン】って綺麗だよな
：壁《かべ》や砂の断層が様々な青に彩《いろど》られてるからなあ
：白も混じってていい味だしてる
：まるで美しい海底で食事をいただくような雰囲気
：最高の開放感、絶景、しかも九尾の護衛付きで安心安全
：未《いま》だかつてこんな豪華《ごうか》なシチュエーションで牛肉を食べた者はいるのだろうか？
：いないなｗｗ

リスナーたちのコメントが捗《はかど》る。同時にナナシちゃんの料理も進んでゆく。

まずは希少部位《ブリアン》を贅沢《ぜいたく》かつ肉厚に切り裂《さ》いてゆく。

赤身の中にきめ細かい白の脂身《あぶらみ》が霜《しも》のごとく広がる、霜降り肉だ。美味そうの一言に尽《つ》きる。

そこへ味付けの下地として、シンプルに塩胡椒《しおこしょう》をふる。素材の味を活《い》かしたいのか、かなりの薄《うす》味《あじ》仕様だ。

次にサッと油をしいたアツアツのフライパンへ——落とす。

落としてしまった。

すると紅玉《こうぎょく》と白銀から、ジュワァァァアアッと煙《けむり》が沸《わ》き立つ。

もはやその光景は殺人的なまでに食欲をそそる。

『――【神竜《しんりゅう》の火遊び】』

そして徐々《じょじょ》にこんがりと焼けてゆけば、にんにくチップをうっすらとかける。

ぷりぷりの肉と脂《あぶら》へ十分にからませれば、ジュウジュウと音と匂《にお》いのハーモニーが奏《かな》でられる。

：なんか、おい……美味そうじゃないか？
：やばい腹減ってきた。肉がくいてえ肉
：かぶりつきたくなってくる
：飯テロじゃねえかあああああ

リスナーの反応など露《つゆ》知らず、ナナシちゃんはテキパキと調理を進めてゆく。

と言ってもシンプルに焼くだけの作業なのだが。

しかし、その手さばきは実に繊細かつ大胆《だいたん》なものだった。肉の焼き加減を絶妙《ぜつみょう》に調整する、炎《ほのお》すら巧《たく》みに操《あやつ》る一級職人の凄《すご》みを誰もが感じていた。

『できました。【牛王の霜降りステーキ】です』

ナナシちゃんが、お洒落な真四角の黒い石プレートにほかほか極厚《ごくあつ》ステーキを置く。

その光景はまさにアウトドアに相応《ふさわ》しい外メシ仕様だ。そしてカトラリーのナイフとフォークをしっかりときるるんの前に並べてゆく。

『――【舌で神々が踊る《ソース・オブ・ゴッズ》】』

さらにナナシちゃんは二つの小皿へソースを注ぐ。

『こちら、【わさび醤油《じょうゆ》】と【焦《こ》がしにんにく醤油】です。お好みでどうぞ』

一つが黒水晶《くろずいしょう》色に艶《つや》めく液体に、わずかな翠玉《エメラルド》色がにじんでいる。

そして二つ目は琥珀金剛石《アンバーダイヤ》色に煌めく濃厚《のうこう》なソース。

『次はきゅーの料理だな。待ってろ～大量に作ってあげるぞー』

のほほんと次の料理にとりかかろうとするが、ご主人様であるきるるんに制止される。

『待ちなさいナナシちゃん。お肉の説明をきる民が求めているし、私も所望するわ』

『あ、はい。牛王の希少部位《ブリアン》は旨味《うまみ》が凝縮《ぎょうしゅく》されています。他部位と比べて柔《やわ》らかく、焼き加減によっては口に含《ふく》んだ瞬間、とろけて旨味が花開く、極上の食べ心地《ごこち》を味わえるかと。赤身と脂身のバランスが絶妙ですので、忘れられない至福を舌《した》へと植え付けるでしょう』

『……ゴクリ』

きるるんは思わず喉を鳴らす。

リスナーもモニターの向こうで固唾《かたず》を呑《の》んでいる。

それからきるるんは『いただきます』、と牛肉へ向き合った。

『香りは……すぐに食べ始めない自分の理性を褒《ほ》めてあげたいぐらい素敵よ。肉特有の胃を刺激する、あの芳醇《ほうじゅん》でどうしようもなく美味しそうな匂いよ』
こんがりとほどよく焼かれたステーキ。
きるるんはすっとナイフで切り、フォークでいただこうとする。
じゅううっと肉汁《にくじゅう》が溢れ出る。
暴力的すぎる絵が、きるるんのフォークを動かす手を勇み足にさせる。
そして、待ちに待った旨味の宝石が口へと運ばれた。
もきゅっ、もぐ、もふ、もきゅ……ふぁぁぁぁぁ……。
溶けた。きるるんのほっぺたがとろけた。
両目を幸せそうに閉じ、口内の肉を堪能《たんのう》している。
二口目。
またもやきるるんの表情がふやけた。
ほろほろと口の中でほどけゆく肉の旨味に抗《あらが》いきれない。
三口目。
頬《ほほ》が上気し、そっと朱《しゅ》が差している。
もっと欲しい。もっと食べたい。
パクリ、もきゅっ、もふもふ、パクッ、もきゅうう……。
もはやそこに言葉はいらなかった。表情が全《すべ》てを物語っていた。
もはや推しの顔が美味さでとろけにとろけ切っている。

惚《ほう》けきっているのだ。

‥間違いなく口の中で肉がとろけてるやん
‥腹減ったあああ
‥俺にも食わせてええええ
‥美味そうすぎて死にそう
‥なんか……その、きるるんの表情がエロくないか？
‥きるるんの惚け顔いただきましたあああああああ
‥ナナシちゃんグッジョブ！（３０００円）

まさに飯テロをくらうリスナーたちだった。

しかも食後のきるるんはなぜか元気いっぱいになり、ダンジョンボスのミノタウロスを単独で撃《げき》破《は》してしまう。

この偉業《いぎょう》により、またもや首輪きるるのダンジョン配信は大いに盛り上がった。

#九尾の新種　#ナナシちゃんの飯テロ
#きるるんほっぺたとけるるん　#ミノタウロス単独撃破

つぶやい《X》ったーのトレンド1位から4位を席巻《せっけん》してしまったようだ。

【牛王の霜降りステーキ】★☆☆
ミノタウロスキングの最高峰《さいこうほう》希少部位《ブリアン》を使ったステーキ。別名、『天使堕《お》としの肉』と呼ばれ、ほろほろと溶けゆく食感はまさに極上。同時に理性を溶かすほどの旨味と風味が襲《おそ》い掛《か》かり、どんな聖人であれ天使であれ、狂喜《きょうき》へと誘《いざな》う。まさに天使すらも堕落《だらく》させる、悪魔の霜降り肉である。
基本効果……30分間、ステータス力＋3、命値《HP》＋2を得る
★……30分間、ステータス俊敏《しゅんびん》さ＋2を得る
★★……永久的にステータス力＋2を得る
★★★……技術《パッシブ》【堕天《だてん》】を習得する
堕天……何かを代償《だいしょう》にして様々な恩恵《おんけい》を得る
【必要な調理力：１２０以上】

◆掲示板◆　【異世界《パンドラ》】VTuber首輪きるる【冒険者】

きるるんのミノタウロス単独撃破すごかったなー

個人的には配信されなかった切り抜きの方が好きだ

あー、ナナシちゃんが編集したってやつ？

確か２回目のダンジョン攻略は配信されなかったんだよな？

いわゆる未公開シーンってやつか

ただの消化試合かと思ったらこれがエグかった

きるるんの魅力がこれでもかってぐらい詰め込まれていた

珠玉の切り抜き動画だぞ

必死にきるるんが泥臭く攻略してく姿が……もう尊すぎた

俺、きるるんがスライムの粘液まみれになるのを何度も見返した

微妙に泣きそうになってるところもよかったよな

それなのにすぐ気丈に笑うとか、ぶっ刺さった

可愛い瞬間を絶対に逃さないナナシちゃん GJ

すかさずドアップ編集も美味しい

ナナシちゃんが有能すぎな件

つーか九尾を使役してるなら、ミノタウロスも九尾にやらせればよかったんじゃ？

それじゃ意味ないだろおおおお

きるるんは自分の力で攻略を為し遂げたいんじゃああああ

きる民なら黙って応援しろ！

にわかめ

いや、にわかはお前だろ。冒険者なめんな

異世界《パンドラ》なめんな。マジで危険だぞ

ゲームじゃないんだし。死んだら終わりなんだぞ？

九尾だっていつも傍にいるってわけでもなさそうだし……

きるるんに危険な目にあってほしくない

でもナナシちゃんのステーキ食べた後、きるるんの動きが尋常じゃなかった

俺の知り合いに冒険者Lv14の奴がいてさ。そいつがきるるんの配信を見て言ってた。ステータス力7、俊敏5はないと実現できない動きをしてたって

Lv14といえばそこそこ上位の冒険者だよな

もしかして異世界《パンドラ》産の素材で料理するとステータスがアップするのか？

その辺は冒険者の間でもけっこうな話題になってるっぽい

もっと早くに気付けよ

いや、それが料理しても不味いし、食べても意味ないし、そもそも素材の供給量が不安定だしの三拍子で敬遠されてたっぽい

きるるんが冒険者界隈の新時代を築きそうだな

まあナナシちゃんの貢献ありきだけどな

みんな忘れてるけど、きるるんは魔法少女VTuberな

V界隈と冒険者界隈という2大コンテンツをおさえてる、さすがきるるん

ついにチャンネル登録者も50万人超えたぞ！

次のダンジョン配信が楽しみだあああああ

次の【黄金領域】はどのへんだ？

黄金領域？

人間が生存できる地名の呼び名だ

そうそう。異世界人《パンドラ》と共闘して、地球の冒険者が踏破して【黄金領域】を広げてるんだよ

各地に封印された神を目覚めさせれば人間も生活できる地になるんだとか

それまでは魔物があふれる世界よ

物騒だな……

【世界樹の試験管《フラスコ》リュンクス】方面は【天空城オアシス】しか黄金領域はないよな？

いや、【ひび割れた水宮殿】もあったはず

２年かけてたった２つかよ

他の地域と比べて踏破が進んでないのな

あの辺の【砂の大海《サンドブルー》】には、巨大モンスターが生息してるから冒険者も攻略が進んでないらしい

うわああああああ、巨大生物かあああ

ロマンだよな。ダンジョン配信めっちゃ楽しみ

俺は切り抜きも楽しみ

おおおい、きるるんが【世界樹の試験管《フラスコ》リュンクス】で優雅にお茶会してる切り抜き動画があがってるぞ！

オフシーンきたこれえええええ

ナイスななしちゃん！

戦いばっかりじゃないのもこれまたいいよな

異世界《パンドラ》でまったり過ごす放浪旅

緩急があってよい

まじでナナシちゃんが有能すぎるｗ

首輪きるる　変身後ステータス

身分	魔法少女／魔剣姫／吸血姫				
Lv	5	記憶	5	金貨	57枚
命値（HP）	2（＋1）	信仰（MP）	2（＋2）		
力	2（＋2）	色力	2（＋2）		
防御	2（＋2）	俊敏	2（＋1）		
スキル	〈魔法少女Lv2〉〈血の魔剣Lv2〉〈吸血魔法Lv1〉				
技術（パッシブ）	〈記録魔法Lv2〉〈魔女の弟子Lv3〉				

7話　裏アカ女子さんの正体

「うはー……疲《つか》れたあ……」

放課後、図書室の受付机に顔をつっぷす。

別に授業がきつかったとかそういうのではない。シンプルに少し寝不足気味《ねぶそくぎみ》なのだ。

なにせ今日は朝の5時まで【首輪きるる】の切り抜《ぬ》き動画を作製していたからだ。

やってみてわかった。切り抜きの編集はかなり大変だ。

というのも2時間の尺がある動画を何度も見直し、どのシーンが一番可愛いか、見所はどこなのか、吟味《ぎんみ》することから始まる。つまり見直しだけで2時間以上は絶対にかかる。

その後、編集によるテロップ、効果音や演出なども加えてゆくのだ。

『絶対に10分以内におさめなさい！　見せ場は90秒以内のショートにしたっていいわ！』

と、うちのお嬢様《じょうさま》の厳命だったので、どうにかこうにか切り抜きは10分以内におさめ切った。あと動きの多いシーンも80秒のショート動画として2本ほど作製した。

可愛《かわい》いどころがありすぎる【首輪きるる】を10分にまとめるなど至難の業《わざ》である。

だが、俺《おれ》はやりきった！

10時間以上かかったのでかなりキツイ。

それでも一切《いっさい》の手抜《てぬ》きなくやり遂《と》げられたのは……推《お》しをより多くの人に愛《め》でてもらいたいから！

やりがいはめちゃめちゃあるし、何度も推しを眺《なが》めていられるのは至福以外の何物でもない。

『いい？　絶対にショートは欠かせないのよ？　ＹｏｕＴｕｂｏのＡＩが、視聴者《しちようしや》一人一人に合わせて興味を抱《いだ》きそうな動画やジャンルを自動で検出し、表示されるようになってるの。だからショートは自動で再生数を回してくれる、私を拡散してくれるための重要なツールなのよ』

普段《ふだん》からＶ界隈《かいわい》や異世界《パンドラ》関連の動画をよく見る人々に自動で再生される。そんな巨大市場《リスナー》へ宣伝できるチャンスを逃《のが》す手はない。

そう説明されたら手を抜けるはずもない。

全力を込《こ》めて【首輪きるる】の魅力《みりよく》を知ってもらうのだ。

『切り抜きも重要よ。どんどん忙《いそが》しくなってる現代人にとって時間は大切なの。だから短時間でどういうＶＴｕｂｅｒなのか、何が面白《おもしろ》かったのか、どこが魅力的なのかを明確かつ迅速《じんそく》に伝えるコンテンツなのよ』

ゆえに切り抜き作製も全身全霊《ぜんれい》だ。

『かといって長時間の配信が下策とは限らないわ。むしろ必須《ひつす》なの。なにせ、長時間の素材がなければ切り抜きも、面白《おもしろ》い瞬間《しゆんかん》も生まれないもの。それにリスナーの中には【ながら作業】で配信に来てくれたりするし、直《じか》に触《ふ》れ合える配信はよりコアなファン層を掴《つか》むチャンスなの。きる民とお話する時間が私にとって一番の楽しみなのよ！』

笑顔《えがお》でそう豪語《ごうご》するきるるんの顔を見ちゃったら……。

そりゃあ、配信中のカメラワークだって手が抜けるはずもない！

『こういった一連の流れを作ることで、あとは有志の【切り抜き師】たちが現れるわ。すると【首輪きるる】はより拡散されて収益率も増すわ。そして巡り巡ってナナシのお給料も増えるわ』

はい。たった2回の配信で俺の銭《ぜに》チャットを含《ふく》めたお給金は7万円を超《こ》えたのだ。

それがさらに増すのなら、すこぶるやる気が出るというもの！

ちょっと睡眠《すいみん》時間を削《けず》るなんて微々《びび》たる問題！

とはいえ、学業と仕事の両立はけっこう負担が大きい。

しかし紅《くれない》だって他所《よそ》で色々と手を回し、奔走《ほんそう》しているのだから文句など出るはずもない。

コラボ相手への交渉《こうしょう》、将来的にグループ化するためのメンバー選定や、新人VTuberの発掘《はっくつ》
どうのってブツブツぼやいてたもんな。

これでおわかりいただけただろう。

紅《くれない》は……【首輪きるる】は本気なのだ。

いつも全力で、魔法少女VTuberとしての活動に向き合っている。

一人のリスナーとして、友人として、部下として応援《おうえん》しないはずがない。

だから、睡眠時間が2時間でも……問題ない。

「あ、あの、な、七々白路《ななしろ》くん？　大丈夫《だいじょうぶ》です？」

「ああ……銀条《ぎんじょう》さん……ちょっと寝不足なだけだから大丈夫」

隣《となり》から声をかけてくれたのは、同じ図書委員の銀条《ぎんじょう》さんだ。

クラスが違《ちが》う彼女とは、接点が図書委員の活動だけなのでさほど知らない。

「ね、眠《ねむ》くても、図書委員の仕事は、して、ください？」

「うんうん」

黒髪《くろかみ》ボブヘアの彼女は前髪がやや長めで目にかかっている。

なので表情が読みとり辛《づら》く、俺を咎《とが》めているのか心配してくれてるのか定《さだ》かではない。

ただ俺が彼女に抱く印象は、優《やさ》しくて大人しい地味な女子って感じだ。

あと、制服越《ご》しからでもわかる巨乳《きょにゅう》。

巨乳は世界を救う。

「ありがとう。銀条《ぎんじょう》さんに迷惑《めいわく》がかからないよう、しっかりする」

「や、別に……そ、そういうつもりで言ったのではなくて、ですね」

「わかってるって。心配してくれたんだろ？」

「え、えっと……う、うん。じゃあ、そういうことで、お願いします」

つい保護欲をそそられるモジモジした動きに、妙《みょう》な既視《きし》感を覚える。

んー、この、なんとも引っ込み思案な挙動はつい最近目にした気がするな。どこだったたっけ。

あ、そうだ。異世界《パンドラ》で遭遇《そうぐう》してバウムクーヘンをあげた裏垢《うらあか》女子さんだ。

たしか『ぎんにゅう』って名前だったたっけ。

彼女の裏垢にアップされる際どい衣装姿は、どうにもすこぶるはかどるのだ。

もはや新たな推しといっても過言ではない。

そうそう、特に銀条《ぎんじょう》さんと同じ場所にある口元のホクロとかいいよなあ。

透《す》き通った可愛らしい声音《こわね》とかも似てるしなあ……。

あれ？

あれれー？

どことなく銀条《ぎんじょう》さんって『ぎんにゅう』に似てないか？

いや、でもぎんにゅうさんは銀髪《ぎんぱつ》女子だったよな。対する銀条《ぎんじょう》さんは正真正銘《しょうめい》の黒髪だ。

でもなあ、うーん、まさかなあ……紅《くれない》に続き、銀条《ぎんじょう》さんも魔法少女だった場合……。

いや、そもそもあれは銀髪のウィッグだったって可能性もあるし。

「……そういえばまたバウムクーヘン食べたい？」

「食べたいです！」

咄嗟《とっさ》にそう答えた銀条《ぎんじょう》さん。

だが次の瞬間、ハッとして下を向く。

それから何やら口笛を吹《ふ》くような素振《そぶ》りをして『あっ、ぼくは、その、たまたまバウムクーヘンが好きすぎです？　目がなくて？　だ、だ、だから七々白路《ななしろ》くんが作ったバババババウムクーヘンは食べたことないけど、きょ、興味があるっていうか？　あります、です？』とか自ら墓穴を掘《ほ》る言動を早口でボソボソ言っている。

そもそも俺が作るなんて一言も言ってないんだけどなー、ぎんにゅうさん。

「ぎんにゅう」

俺がぼそりと呟《つぶや》けば、銀条《ぎんじょう》さんはピクリと言い訳をやめた。

おや。

おやおやおや。

この反応は……。

「裏アカ女子」

俺の追撃《ついげき》に銀条《ぎんじよう》さんはぷるぷると震《ふる》えながら下を向き始める。

ついでに両頬《りようほほ》は真っ赤に染まっている。

なんだろう、これは面白い。

「真面目《まじめ》な銀条《ぎんじよう》さんが裏垢ねえ」

さらに突《つ》いてやると、銀条《ぎんじよう》さんはついに俺の胸倉《むなぐら》にひっついた。

「あっ、あのっ！　お願い、です……だ、誰《だれ》にも、い、言わないで、ください！」

彼女は必死になるあまり、俺を椅子《いす》から押《お》し倒《たお》す勢いで懇願《こんがん》してくる。

そのご立派な双丘《そうきゆう》で俺を圧迫《あつぱく》しながら。

あまりにも銀条《ぎんじよう》さんの顔が近すぎて、今や前髪もはだけている。

「……！」

今まで隠《かく》れていた銀条《ぎんじよう》さんの涙目《なみだめ》が見えた時、俺は驚《おどろ》く。うるうると輝《かがや》く彼女の瞳《ひとみ》は銀色だ。

あまりの綺麗《きれい》さに、その不思議な光彩《こうさい》を放つ瞳に吸い込まれそうになる。

っていうか前髪で分かり辛かったけど、すごい整った顔立ちしてるな。ロシアとかスウェーデンとか、北欧《ほくおう》の血が入っていそうな感じだ。

一見して地味だった彼女の正体は、完全に美少女だった。

となりの図書委員が地味巨乳だと思ってたら巨乳美少女だった件。

「わ、わかってます。わかってます、から……タダで黙《だま》っていてなんてムシがよすぎます。七々白《なな し》路《ろ》くんが望む命令は、何でもします。どうせ、これをネタに脅《おど》して、ぼ、ぼくの身体《からだ》を好き勝手に、性欲のはけ口にしちゃうんだ。妄想《もうそう》ばっかりの卑《いや》しいぼくを調教しちゃうんだ。あ、あのっ、初めてだから、優しくしてほしいって言うか……それでも乱暴にされたぼくは七々白路《ななしろ》くんの奴隷《どれい》になっちゃって……堕《お》ちていくです……」

「えええええええ……めっちゃエロい残念な子じゃん。しかも処女かーい」

控《ひか》えめに言って最高。

「はい、ご主人様。や、優しくしてくださいです」

「ふっ……奴隷志望か」

なんていうのは冗談《じょうだん》です。

「なあ、銀条《ぎんじょう》さん。君はもしかして魔法少女だったりするの？　ほら、異世界《パンドラ》で会った時では、ちょっと容姿が違うっていうか、髪色《かみいろ》とかさ？」

「さすがきるるんの執事さんですね。仰《おつしや》るとおりです」

「ふーむ……」

俺は銀条《ぎんじょう》さんを上から下まで眺める。

もしかしてこの子って紅《くれない》が言ってた条件を満たす逸材《いつざい》なんじゃないのか？

紅《くれない》はＶＴｕｂｅｒ事務所を立ち上げる予定だ。そのためには先んじて、自らの知名度を上げる。

これは大かたクリアしつつある。

次はグループ化に伴《ともな》うメンバーの募集《ぼしゅう》だ。自身の拡散力を活用して、広く募集をかける段階にきてるらしい。

というのも、やはりダンジョン配信はこれから難易度が上がってゆく。

特に俺たちが活動拠点《きょてん》として選んだ【世界樹の試験管《フラスコ》リュンクス】地方は、巨大《きょだい》生物が多く出没《しゅつぼつ》するので冒険者《ぼうけんしゃ》の死亡率が高いらしい。

なぜわざわざそんなところを選んだのかと問えば、『未開の地ほど、後続の私が配信しても新しい未知が発見しやすいでしょう？　話題になりやすいわ』と、いわばブルーオーシャンな市場を狙《ねら》っての決断だったようだ。

つまり危険度が高いので、早めに冒険者としてもＶＴｕｂｅｒとしても同じグループで活動できる仲間を集めたいようだ。

その第一条件が美少女。

第二条件が物理的に戦える。

続いて第三条件がそれなりに影響力《えいきょうりょく》のある活動をしていること。平たく言えばファンやフォロワーの数が多い人物。

そして第四条件が同性と仲良くできる子、らしい。

銀条《ぎんじょう》さんは、第四条件に関しては不明だけど、第一と第二、第三条件はクリアしてるように思われる。美少女で巨乳だし、紅《くれない》と同じ魔法少女なら戦えるだろう。活動にしても裏垢だけどフォロワーが13万人超え。

銀条《ぎんじょう》さんと紅《くれない》を引き合わせるのは、名案なのでは？

俺が銀条《ぎんじょう》さんをジーッと見ながら思考の海に沈《しず》んでいると、彼女は恥《は》じらいながら頬を上気させ続けている。微妙《びみょう》に吐息《といき》がなまめかしい。

ふむ。これは見方によっては相当数の男性に刺《さ》さる属性なのではないだろうか？

「あ、あの……ご主人様はいつまで視姦《しかん》するおつもりなのです？」

ちょっと発言の端々《はしばし》からポンコツ臭《しゅう》がただようけれど、それもまた一興なのでは？

「よし、俺の命令……っていうか、お願いを聞いてくれるんだったよな？」

「はい」

「魔法少女ＶＴｕｂｅｒの【首輪きるる】……の中の人に会ってくれないか？」

こうして俺は裏アカ女子に最初の命令を下したのである。

8話　百合たっぷり月見バーガー

「私を呼びつけるなんていいゴ身分ね、ナナシ」

図書委員の仕事もあるので図書室から離《はな》れられなかった俺《おれ》は、スマホで紅《くれない》を呼び出した。

「まあたしかに最近のあなたの働きは評価しているわ。紅茶の瓶《びん》もナナシのくせにセンスがあって、高級品として申し分ないと販売部《はんばい》が言っていたわ。それに切り抜《ぬ》きもなかなかにいい仕事してるじゃない。ま、まさかあなたが、あそこまで私を見ていてくれるなんて……」

妙《みょう》につんけんしているところが、照れ隠《かく》しなのか判断しかねる。

ちなみに瓶の仕入れ料金も、動画編集代もしっかり紅《くれない》から別途《べっと》いただいている。

「けれど私を呼びつけるのは越権行為《えっけんこうい》ではなくて？」

とか言いながら自ら足を運んでくれた紅《くれない》さん。

「もしかしたら俺の仕事評価がまた上がるかもしれないぞー」

「ふぅん……なるほど、VTuber絡《がら》みの話なのね？」

「一緒《いっしょ》に活動できるグループメンバーを探してたろ？　隣《となり》にいる銀条《ぎんじょう》さんはどうかなーって」

「は、初めまして。銀条《ぎんじょう》といいます」

「私は夕姫《ゆうき》よ。で、どうしてこの子が新メンバーの候補になりえるとナナシは思ったわけ？」

「えーっと、この通り銀条《ぎんじょう》さんは美少女かなと思いまして」

「ひゃっ、ひゃい」

俺が銀条《ぎんじょう》さんの前髪《まえがみ》をあげて紅《くれない》におでこまで見せると、彼女の美少女っぷりが顔を出す。

「っち」

「え、紅《くれない》……どうして舌打ちを？」

「銀条《ぎんじょう》さんがメス顔になっていたからよ」

「メス顔……？　あ、ああ」

確かに銀条《ぎんじょう》さんはすぐに発情する……というかむっつりエロ？　だからなあ。

初見でその辺を見抜《みぬ》くあたりさすがは紅《くれない》だ。

それから俺は彼女が魔法少女であり、裏垢《うらあか》女子としてもフォロワーが多いことを明かす。

すると紅《くれない》から不機嫌《ふきげん》な雰囲気《ふんいき》は霧散《むさん》し、真剣《しんけん》に彼女を吟味《ぎんみ》し始めた。

「確認《かくにん》なのだけど、銀条《ぎんじょう》さんは援交《えんこう》やパパ活は一切《いっさい》してないのよね？」

「は、はい」

「まあ魔法少女の時点でそこは疑いようがないわね」

あの慎重《しんちょう》な紅《くれない》がすぐに銀条《ぎんじょう》さんを信じたので疑問に思う。

「え、どうしてだ？」

「魔法少女は処女じゃないとできないのよ」

今サラッとすごいこと聞いたぞ俺。

じゃあ処女じゃなくなったら魔法少女って魔女とかになるのか？

「銀条《ぎんじょう》さんは逸材《いつざい》かもしれないわね。下半身脳リスナーを取り込めるのは大きいわ」

俺は今、推《お》しが発してはいけない言葉の数々を耳にしているように思える。

「あの人たちは、性欲を満たすためならお金をパコパコ落としてくれるもの」

ひどい言い草だな。性欲も立派な三大欲求の一つだぞ？

紅《くれない》だって眠《ねむ》るために旅館に泊《と》まるだろ？

食べるためにご飯だって買うだろ？

性欲のためにお金を払《はら》う。それの何が悪いんだ！

「なに？　文句あるのかしら？　踏《ふ》まれたいの？」

「えっ、やっ、えっ？」

「はあ……キモいわね、ナナシ」

そう言ってなぜか上履《うわば》きをお脱《ぬ》ぎになさった紅《くれない》さん。黒ストッキングに包まれたおみ足が俺の胸をぐりぐりぐり――――えっ、なにこの絵面《えづら》。

図書室で図書委員に見られながら、きるるんに踏みつけられてる？

「うん、銀条《ぎんじよう》さん、いいかもしれないわ！」

しかもそのまま話進めるんかーい。

ご褒美《ほうび》ですけど、はい！

「しかもなかなかの美少女で巨乳《きよにゆう》！　わ、私より、少し大きいわね」

どうにか目だけを上に向けると、とんでもない光景を目撃《もくげき》してしまう。それは、なぜか胸と胸をくっつけて張り合い始める紅《くれない》さんのお姿だ。

仮にも推しであるきるるんとぎんにゅうが、いや、今は紅《くれない》と銀条《ぎんじょう》さんの乳合わせを……推しと推しが合わさって推し合わせ《お幸せ》——

うむうむ、紅《くれない》もなかなかの物を持ってはいるが、爆乳《ばくにゅう》に近いボリューミィな銀条《ぎんじょう》さんには及《およ》ばない……いや、大きさだけでなく感触《かんしょく》や形も重要だから、一概《いちがい》に勝負がついたとは言い切れな——

やばい、思考を仕事モードに戻《もど》せ。

踏まれているとはいえ、俺は紅《くれない》に雇《やと》われているんだ。

戻って来い、俺の理性！

「じゃあ銀条《ぎんじょう》さん、最後の質問よ。あなた、男友達は多いかしら？」

「え？　えっと……ぼく、女友達しかいなくて……男子と話すのは緊張《きんちょう》しちゃうから。でも、そういうのには興味があって、だから裏垢でしか表現できなくって……」

「なるほどね。男子が苦手とか、同性といる方が楽とか言ってる子ほど、好みの男性を目の前にしたらメス顔になるのよね。その辺は把握《はあく》しているから許容範囲《はんい》よ。合格ね」

紅《くれない》が色々と辛辣《しんらつ》なのはいつも通りだな。

「あの……でも……ぼくはまだ魔法少女ＶＴｕｂｅｒとして活動するなんて了承《りょうしょう》してないっていうか……」

「うちの契約《けいやく》ライバーになったら、ナナシの料理を食べ放題よ」

「契約します」

即答《そくとう》だった。

しかも紅《くれない》は契約書をいつも持ち歩いているのか、すぐに銀条《ぎんじょう》さんへ渡《わた》して書かせ始めた。

「なあ……メンバー募集《ぼしゅう》って難航してるのか？」

正直ここまで紅《くれない》がすんなり銀条《ぎんじょう》さんを受け入れるのは予想外だった。

それだけメンバーが集まり辛《づら》いのだろうかと不安になる。

「そうね……なかなか……私のお眼鏡に適《かな》う女子はいないわ」

「うーん。それなら強い冒険者《ぼうけんしゃ》にオファーしてみるとかいいんじゃないか？　元々、ダンジョン配信のリスクを減らすのが目的でグループメンバーを募集するんだからさ」

「冒険者のほとんどが男性だから却下《きやっか》よ」

確かに紅《くれない》の言う通り、ステータスに目覚めたほとんどの人間は男性だった。

というのも死にゲーとして名高い【転生オンライン：パンドラ】には、そもそも女性プレイヤーが極《ごく》少数だったのだ。そのダークな世界観や、ごつくてムサいキャラデザばかりだったので、自然とプレイヤーのほとんどが男性になっていた。

そして地球に【異世界アップデート】が起きた時、ステータスに目覚めたのは元プレイヤーたちであり、今の冒険者たちである。

「えーっと、どうして男性じゃダメなんだ？　男女差別か……？」

「あのねえ……例えばあなたにガチ恋《こい》するほど夢中になる推しがいたとして」

「お、おう……」

「異性と仲良さそうに配信してたり、イチャイチャしてたらどう思うかしら？」

「血涙《ちなみだ》案件だな」

「だから異性とのコラボは基本的にご法度《はっと》なの。ガチ恋勢は金銭面での支援《しえん》がすごいのよ？　ガチ恋離《ばな》れのリスクを負ってまで異性とコラボするなんて、それなりの理由がなければダメなの。それこそ男性Ｖの規模が自分より10倍以上あって、売名してもらえるチャンスと思ってやるとかね？」

な、なるほど……よく考えておられる。

「それに……ガチ恋さんを傷つけたくないわ。私たちは、誰《だれ》かを元気にする、魔法少女なのだから」

ガチ恋勢を金としか見てないムーブからの、ポソッと本音をつぶやくところが何とも推せます、きるるん。

「あとは大手事務所内のメンバー同士がするなら、男性とのコラボでも【仕事感】や【企画感《きかく》】が出るから、リスナーたちも納得《なっとく》して見ていられるの。私達みたいに出来たばかりの箱ではダメよ」

「な、なるほど……確かに伸《の》びてるＶって基本的に同性とコラボしてるかも」

「当たり前でしょ。女性Ｖには男性リスナーがつきやすいの。だからコラボする相手も男性リスナーをたくさん持ってる女性Ｖ一択《たく》よ。だってコラボすれば、私に興味を持ってくれるリスナーが多くなるもの」

「じゃあ、逆に男性Ｖとコラボすると……？」

「メリットが少ないのにデメリットは多いわ。ガチ恋離れのリスクもあるし、相手は女性リスナー率が高いから嫉妬《しっと》を買いやすい。接し方にも注意が必要になるし、配信の難易度が一気に上がるわ。そもそもコラボしても、あっちのリスナーがチャンネル登録してくれる確率が低いの」

「でも、個人勢の女性Vとかで男性とガンガン絡んでる人もいるよな？」

「だから伸びないのよ。でも、まあ趣味《しゅみ》で楽しむ範囲ならいいんじゃないかしら？　私たちはそんな遊び半分でやってないってだけよ」

「……コラボ相手が女性Vに限るのはわかったが、グループ内も女性陣《じょせいじん》で固めたい理由は何だ？」

「コスパよ」

「コスパ？」

「グループの強みは、定期的に一緒に活動する点でしょ？　普段《ふだん》はそれぞれ違《ちが》うことをしてリスナーを増やす。そしてコラボして互《たが》いのリスナーたちに、互いの存在を宣伝するの」

「ふむ？」

「はあ……男性Vとコラボするより？」

「ああ、女性Vとコラボした方が興味を持ってもらえる、か……」

なるほど。これはつまり視聴者層《しちょうしゃ》を明確にしている、というわけだ。

男性Vと10回コラボして登録者が10人しか増えない、それならコラボ一回で100人増える、女性Vで固めた方がいいに決まっている。

「だから、男性との絡みが多い姫《ひめ》ちゃんなんて遠慮《えんりょ》したいわ。同性と仲良くできて、女友達のいる銀条《ぎんじょう》さんは勝ち組なのよ！　もうそれだけで最大の武器になるの！」

「やった〜です！」

まあ何はともあれ二人が嬉《うれ》しそうなら万々歳《ばんばんざい》ってことなのかなあ。

「ってことでナナシちゃん。銀条《ぎんじょう》さんの契約祝いに何か料理を作りなさい」

「えっ、ここで？」

図書室で調理はさすがにまずくないか？

そんな懸念《けねん》を秒で吹《ふ》き飛ばす意見を出したのは銀条《ぎんじょう》さんだ。

「あの、七々白路《ななしろ》くん……後ろの資料室なら、備え付けの古いガスコンロもあります」

図書委員が座《すわ》る受付机の背後には、一つの扉《とびら》があった。

それを指し示す銀条《ぎんじょう》さん。

「でもそれ図書委員しか入っちゃいけないやつじゃ？」

「ぼく……お腹空《なかす》きました。この空腹が満たされないなら、ご主人様を食べてもいいです？」

ん？　俺を食べるってどういう意味だ？

なんとなく命の危険を感じた俺は、すぐさま学校のルールなんてそっちのけにする。

「はい、料理作ります。でも持ち合わせの食材になっちゃうけど、それでもいいか？」

「もちろんよ」

「お願いします！」

「んんー……肉がまだ残っているし、今回のメニューはハンバーガーがいいか」

そんなわけで俺と紅《くれない》、そして銀条《ぎんじょう》さんは資料室に入る。

お、備え付けのコンロにヤカンとかもあるのか。

ちょっと設備は古いけど十分かな？

「まずは手洗いをしてっと」

それから【宝物殿の守護者《アイテムボックス》】から、それぞれ食材や調理器具を次々と出してゆく。

まずは、紅《くれない》が仕留めたミノタウロスの肩《かた》ロースを包丁で叩《たた》きながら粗挽《あらび》きにする。そしてきゅーが狩《か》ったミノタウロスキングの肩ロースも同じ手順で粗挽く。

薄力粉《はくりきこ》と塩胡椒《しおこしょう》をまぶし、粗挽き牛肉をボウルへ投下。

そして食材を、嵐神の祝福によって究極のバランスで混ぜることができる技術《パッシブ》を発動。

「――【嵐神の暴風《ストーム・シェイク》】！」

それからこねくりこねくり、こねこねこねくる。

俺の両手が嵐を起こす。

だが嵐を、食材を、精密に制御《せいぎょ》する。

こねっ、こねっこねこね！

いわゆる合《あ》い挽《び》きってやつの完成だ。

さらにそれらを細かく包丁で刻み、叩《はた》き、細挽きにしてこねくるこねくる。

ふふふふ、もっちもちの肉塊《にくかい》の出来上がりだ。

「――【神竜《しんりゅう》の火遊び】」

さて、料理の基本中の基本、火加減を操《あやつ》る技術《パッシブ》も発動しておく。

お次はフライパンに卵を入れて目玉焼きを作る。

少ししたら水を入れてフタをし、白身がぷりんとするぐらいの硬《かた》さになるよう目を光らせる。

その隙《すき》にオリジナルソースの作製にも取り掛《か》かる。

イメージは目玉焼きのぷるんとした食感と、牛肉の旨味《うまみ》が絡み合うのに最適な照り焼きソース。この三大ジューシーがコラボすれば、まさに敵なしの美味が生まれるはず。

「【舌で神々が踊る《ソース・オブ・ゴッズ》】――――【極上ソース：照り焼き】」

この技術《パッシブ》は、直近で手にした食材にマッチするソースを生成してくれる。

かなりの信仰《MP》を消費するものの、調味料なしで無から有を生み出せるのだから軽い代償《だいしょう》だろう。

照り焼きソース。

コクのある甘《あま》みと塩気が際立《きわだ》ち、さらにピリッとした辛《から》みの余韻《よいん》を残す。

その香《かお》りは異常に食欲をそそるものだった。

よし、目玉焼きの方は完成したので一旦《いったん》お皿に移す。

さてさて、次はフライパンにオリーブオイルを垂らし、形を整えた細挽き牛肉を中火で焼く。もちろんフタも忘れない。

あとはバンズを軽くトースターであぶる。っとここにはトースターなんかないので……。

「【手のひらの夕焼け】」

表面にはカリっとこんがり焼き目がつくも、内部はふんわり食感が広がるバンズの出来上がりだ。

香《こう》ばしい香りが鼻先で遊んでいるな。

おっと、ちょうど牛肉ハンバーグが焼き上がったようだ。

うんうん、程《ほど》よい食感の焼き加減だ。

ふふっ、やはり料理というのは胸が躍《おど》るなあ。しかもここからハンバーガーの醍醐味《だいごみ》である、組み合わせに取り掛かるのだから余計に楽しくなってしまう。

まずはバンズの上にリーフレタスを敷《し》く。

それからぎっしりと旨味が詰《つ》まったあつあつの牛肉ハンバーグを、次にチェダーチーズを1枚、2枚、3枚とたっぷり置く。

おお、ハンバーグの熱さでとろける、とろける。

さらにその上にぷりぷりの目玉焼きをそっと添《そ》え、仕上げに照り焼きソースをたっぷりとかける。

最後にバンズで全《すべ》ての食材を挟《はさ》み込む。

これにて分厚すぎる【照り焼き牛々月見バーガー】が完成した。

2種のミノタウロスが織りなすは、コク旨《うま》の極《きわ》み。

「食べる前に紅《くれない》、俺の眼《め》に記録魔法《まほう》を頼《たの》む。あと、二人とも変身してくれ。衣装《いしょう》は制服風で頼む」

「どうしてかしら？」

「お前らのオフシーン撮影《さつえい》だ。銀条《ぎんじょう》さんがデビューした時に使えるだろ？　仲良く学校でハンバーガーを頬張《ば》る。ファンにとって必見だ」

何より俺がきる民として拝んでおきたいワンシーンだ。

百合シチュかと思いきや、女子二人が豪快《ごうかい》にハンバーガーをパクつく。ギャップを兼《か》ね備えたリアルな温度感。ハンバーガーという共通の『美味《お》しい』を分かち合う表情は、きっとリアルな距離《きょり》感がリスナーに伝わる……エモシーンではないだろうか？

いや、そうであってほしい。

無論、俺の作ったハンバーガーが美味しくなければ、この思惑《おもわく》の全ては御破算《ごはさん》だろうが……。

「……あなたもすっかり私の執事ね。いい執事っぷりよ」

紅《くれない》が俺をナナシと言わないのはわりと新鮮《しんせん》だ。

少しだけ感慨深《かんがいぶか》くなっている俺の目の前で、二人は要望通りの魔法少女に変身してくれる。

「じゃあ、いただくわ」

「い、いただきます！」

美少女二人が……肉汁《にくじゅう》したたるハンバーガーへ、はむっとかじりつく。

一気にほうばったせいで、バンズの間からじゅわっと具材がはみ出る。

もぐもぐもぐ、と頬《ほほ》を膨《ふく》らます二人の表情は——非常に良いものだった。

目を輝《かがや》かしながら、二人そろってハンバーガーと互いを何度も見返している。そしてまたすぐにパクつくのだ。

二人の間にもはや言葉はいらなかった。

だって彼女《推》たち《し》の舌《した》に広がるであろう美味しさは同種のもの。

目の前の同級生が極上の旨味に満たされてるであろうことは、誰よりも二人だけが知っている。

二人で分かち合う幸せだ。

そして互いの唇《くちびる》にはソースやら具材がちょこんとついていたりする。

二人は恥《は》ずかしそうに照れながら、ちょこちょこ指をさしては『ここについてるわよ』、『そこについてます』と無言で指摘《してき》し合う。ん、これは天使の晩餐会《ばんさんかい》かな？

とにかく、そんな光景が妙に微笑《ほほえ》ましいのだ。

そう、ハンバーガーとはどんなに綺麗《きれい》に食べようとしても、具材が肉厚であればあるほど、絶対に口につくのだ。

ハンバーガーは至高であればあるほど、かぶりつきたくなる。そして食べ方は汚《きたな》くなるというもの。それこそが真のハンバーガーなのだ！

これこそが俺の最大の狙《ねら》い。

そう、いつもお嬢《じよう》さまで綺麗に食べてしまうきるるんが晒《さら》すことのない姿！

同級生と過ごす時だけ、同級生にだけ見せる！　隠された可愛《かわい》らしさをとくと見よ！

さらにあどけなさが残るぎんにゅうが、隣ではむはむと一生懸命《いつしようけんめい》に食べる。

妙に艶《なま》めかしかったり、幼かったり、そのミスマッチの融合《ゆうごう》がゾクゾクさせるのだ。

やばい、想像以上にてえてえ絵ずらだ！

あと月見チーズバーガーめっちゃ美味そう。

【照り焼き牛々月見バーガー】★★☆
強靭《きようじん》なミノタウロス種のロース肉を丹精《たんせい》込めて練り上げられたハンバーガー。肉のもちもちさは無論、目玉焼きのとろみとチーズ、そこに濃厚《のうこう》な照り焼きソースが絡めば、王族ですらその気品さ

をかなぐり捨ててかぶりつくだろう。

基本効果……1時間、ステータス力＋2を得る
★……1時間、ステータス防御《ぼうぎょ》＋1を得る
★★……永久的にステータス力＋1を得る
★★★……技術《パッシブ》【怪力《かいりき》】を習得する
怪力……信仰《MP》を消費して一時的にステータス力を強化する
【必要な調理力：90以上】

◇

「うそ……永久にステータス力＋1になったわよ⁉」

「本当です……ぼくたち、成長しない魔法少女なのに、力がみなぎる、です！」

紅《くれない》と銀条《ぎんじょう》さんはハンバーガーを食べ終えると、感無量といった面持《おもも》ちで自身の両手をグッパーグッパーしている。

それから二人は見つめ合い、互いの喜びをかみしめるようにハグし合った。

きるるんは決して得られなかった成長を獲得《かくとく》したのだと、感慨深げに目を閉じている。

片や銀条《ぎんじょう》さんは、半泣きになってきるるんに抱《だ》き着いている。

二人の様子から、魔法少女にとって力を得るのはとても喜ばしいことなのだと伝わってくる。

「諦《あきら》めなければ……限界なんてないのね……」

「限界を決めつけるのは自分、だったのです……」

「……ナナシには感謝しないと、ね」

「……夕姫《ゆうき》さん、七々白路《ななしろ》くん、ありがとうです」

二人の魂《たましい》のこもった百合展開はなかなかに美しい。

これで口に食べかすがついていなければ完璧《かんぺき》なのだろうけど、そこは御愛嬌《ごあいきょう》だ。

「きゅきゅっ？」

おっと、ハンバーガーの美味そうな匂《にお》いに刺激《しげき》されたのか、ブレザーのポケットに潜《ひそ》んでいたきゅーが顔を出す。

「えっ？　きゅーってそんなに小さくなれたのね⁉」

「言ってなかったか？」

きゅーはリスぐらいのサイズにもなれる。だから今日もずっとポケットの中で一緒にいたのだ。

「聞いてないわよ⁉」

「わあー今日はちっちゃなもふもふさんですね。やっぱり配信で見るより、生きゅーちゃんの方が断然かわいいです」

「くきゅきゅっきゅー？」

なんと、きゅーにしては珍《めずら》しく銀条《ぎんじょう》さんの方へと自ら飛び込んで行った。

その着地先はぷるるんと盛りあがった銀条《ぎんじよう》さんの……たわわな胸の谷間付近だ。

す、すげえ……きゅーが乗ってるのに、なんて安定感。そして平然とそれを受け入れて、きゅーを愛《め》でている銀条《ぎんじよう》さん。恐《おそ》ろしい子。

「きゅううきゅーん」

おっと、銀条《ぎんじよう》さんの頬についたハンバーガーの残りをペロペロ舐《な》めておられる。

あーあー、一生懸命にぺろぺろしちゃって。

「きゅっ、きゅっ」

きゅーは今日もかわいいなあ。

そうか、そうか、美味しいか。

あれ？

そういえばきゅーのやつ、前回はあんなに銀条《ぎんじよう》さんを警戒《けいかい》していたのにどういう掌返《てのひらがえ》しだ？

「ちょっ、どうして私は触《さわ》らせてくれないのに銀条《ぎんじよう》さんはいいの⁉」

「きゅうーくきゅきゅっきゅうきゅ？」

なるほど。前回の時は【九尾《きゆうび》の金狐《きんこ》ヴァッセル】になったばかりで気が立っていたと。

しかも今はハンバーガーを待ちきれなかったと。

食べ尽《つ》くしたきるるんよりも、わずかにほっぺに残っている銀条《ぎんじよう》さんに飛びつくのは道理だな。

それに、きるるんに触《ふ》れてほしくない理由もあって――

「きゅーきゅきゅうううん」

「あー……なんかきるるは血生臭《ちなまぐさ》いってさ。銀条《ぎんじよう》さんはミルクの匂いがするってよ」

「そんなあぁぁぁぁあ」

膝《ひざ》から崩《くず》れ落ちるきるるん。

そんな無様なきるるんも推せるぞ。

「くきゅうう ー？」

「ん……まて、きゅーがまた何か言ってる……なになに、獲物《えもの》の匂いがする？　ハンバーガーの肉として使ったミノタウロスの匂いじゃ……別のもの？」

その発言にきるるんと銀条《ぎんじよう》さんに緊張が走る。

無論、俺もだ。

【異世界アップデート】が来てからモンスターやダンジョン、そして異世界《パンドラ》に繋《つな》がるゲートなどの出現は日常茶飯事《さはんじ》となった。

それでもモンスターが街に侵入《しんにゆう》できないよう、色々な工夫《くふう》がなされている。

しかし、国内で時々モンスターが出現し、甚大《じんだい》な被害《ひがい》を及ぼすというニュースがあるのも事実。そんな時、近場の魔法少女が急行したりする場合もある。もちろん彼女たちは経験者だ。

「近くなのかしら？」

「変身が無駄《むだ》にならなかったです」

「かなり近いらしい……きゅー、案内してくれるか？」

「きゅきゅっ」

立派に揺《ゆ》れるゼリーの上に乗ったきゅーは快諾《かいだく》し、そのまま資料室を飛び出してゆく。

「んん……図書室の中？」

資料室から出れば、夕日が窓から差し込む図書室が目に入る。

どこか異世界に繋がっていそうな影《かげ》が伸び、静寂《せいじゃく》に包まれた空間は確かに不思議な感じがする。

とはいえ、それはいつも通りの本棚《ほんだな》が立ち並ぶ図書室だ。

「窓際《まどぎわ》近くの棚に何かあるみたいだ……ん、この本から匂いがする？」

「きゅっきゅー！」

俺は慎重にきゅーが指摘する本を手に取ってみる。

そして本を開いた瞬間《しゅんかん》——

ページが勝手にバラバラとめくられ、その一枚一枚が飛び出す。

無数にページが宙へ舞《ま》い、俺を包み込もうとする。ん……何か一瞬、城が見えたような——

「ナナシちゃん！　離れて！」

紅《くれない》の叫《さけ》びに呼応し、俺はページ吹雪《ふぶき》の中から離脱《りだつ》する。

俺をナナシちゃんと呼ぶ当たり、ここからは完全に仕事モードのようだ。

巻き上げられたページは俺が離れると全て本へと集束されてゆく。

「ダンジョン……です……」

「うそ……こんなところに、新ダンジョン……？」

「そう言えば聞いた事があります。七不思議の一つで、図書室から消えた生徒がいるって……」

「私たちが入学する前、事件になってたわよね」

「だから図書室を利用する生徒数は少ないのです……もしかして、この本型ダンジョンのせい？」

ごくりと唾《つば》を飲み込む銀条《ぎんじょう》さん。

そして対照的にきるるんは興奮しているようだ。

「ピンチはチャンスよ」

「おい……まさか」

「異世界課《パンドラ》に連絡《れんらく》はするわ。でも、連絡したらすぐに入るわよ」

「つまり……一流の冒険者が後続として助けにくるから、最低限の安全マージンはあると……？」

「そうよ。それにデビューは派手にしないとね、ぎんちゃん？」

「ぎ、ぎんちゃん？」

「そうよ。未発見のダンジョン配信、それだけでも世間の注目を浴びるわ。あなたのデビューをお披露目《ひろめ》する最高の舞台《ぶたい》じゃない？」

「お、お金になりますか？」

「もちろん！　デビュー配信は私のチャンネルで宣伝する形になっちゃうけど、それが一番最良よ！　ぎんちゃんは今からつぶやいったー《X》で【首輪きるる】のＹｏｕＴｕｂｏチャンネルでダンジョン配信コラボをするって告知しなさい」

「は、はい！」

「私は……ぎんちゃんのＹｏｕＴｕｂｏチャンネルを作って……事務所管理と本人管理の合同設定

にして……よしよし、あとは私の配信画面の概要欄《がいようらん》にぎんちゃんのチャンネルURLを張り付けて……」

相変わらず仕事が速い。

「普段はエロスクショしかアップしない【ぎんにゅう】ちゃんが、まさかの生配信よ？　それだけでもフォロワーは沸《わ》くのに、コラボ相手は今をときめく【首輪きるる】よ？　しかも未発見だったダンジョン初見攻略《こうりやく》。話題性が抜群《ばつぐん》すぎる三拍子《さんびようし》なのよ」

「そ、そうですか……？」

「そうよ。それより挨拶《あいさつ》を考えないとね？　ぎんにゅう、ぎんにゅう……下ネタすぎるのは控《ひか》えてほしいから、ぎんぎんとかは却下ね……『にゅにゅーっと登場、魔法少女ＶＴｕｂｅｒの【ぎんにゅう】です！』とかどうかしら？」

「い、いいかも、です？」

いやいや、かなりださいぞ!?

だが紅《くれない》は止まらない。

「うんうん。名前も覚えやすいし挨拶にもからめやすい、イケるわね！　私の担当カラーが赤だから、ぎんちゃんは銀ね！」

うちのお嬢様は相変わらず仕事熱心だった。

というか紅《くれない》、なんだか楽しそうだ。

紅《くれない》ってクラスじゃわりと孤立《こりつ》してるっていうか……『こいつらと関《かか》わり合う時間が無駄』と断絶

した空気を自ら出してるんだよなあ。そんな紅《くれない》だからこそ、銀条《ぎんじょう》さんという友達《ともだち》は希少で嬉しい存在なのかもしれない。

さて、雇用主《こようぬし》が頑張《がんば》ってるのだから俺も諸々《もろもろ》の準備を確認するか。

特に食材関係が充分《じゅうぶん》にあるかは大事だ。いつ出れるかもわからない場所へと潜《もぐ》るのだからな。

俺は【宝物殿の守護者《アイテムボックス》】内の食材を確認してゆく。

ダンジョン配信となれば先ほどのように悠長《ゆうちょう》に調理する時間がないかもしれない。サッと完成させられるラインナップは確保しておくべきだ。

「昨夜から仕込《しこ》んでおいた煮込《にこ》み具材もあるし、下ごしらえが必要そうな食材はあらかたＯＫか」

アイテムボックス内は万事《ばんじ》問題なさそうだ。

「なにブツブツ言ってるの？　ほら、配信を始めるから、私を――」

紅《くれない》は一度言いかけてからやめる。

それから銀条《ぎんじょう》さんを引き寄せ、可憐《かれん》な笑顔《えがお》を咲《さ》かせる。

「私たちを見なさい」

「あ、あのっ、ぼくたちを見てください」

堂々と笑う【首輪きるる】と、気恥《きは》ずかしげに微笑む【ぎんにゅう】。

俺の視界を通して――

推したちと名無《ナナシ》しの、放課後ダンジョン配信が始まる。

9話　寒空の下、おでんと……夢の国？

『君の首輪もきるるーんるーん☆　魔法少女ＶＴｕｂｅｒの首輪きるるだよー♪』

『にゅ……にゅにゅーっと登場、魔法少女ＶＴｕｂｅｒの、ぎんにゅうです』

異例のコラボにＶ界隈《かいわい》と裏垢《うらあか》界隈は沸騰《ふっとう》した。

ダンジョン配信で勢いのある首輪きるると、裏垢女子として根強いファンを持つぎんにゅう。その二人が、まさか突然《とつぜん》コラボするとは誰《だれ》も予想できなかったのである。

しかも見事に意表を突《つ》かれたのは、ぎんにゅうが魔法少女であるといったカミングアウトだ。

：え、ぎんにゅうちゃんって魔法少女だったのか⁉
：衣装《いしょう》かわええええ
：眼福すぎる
：ここ学校？　なになに二人はもしかして同じ学校だったとか？
：ぎんにゅうの黒タイツがシコい
：いやいや、きるるんのニーソの上にほどよく乗った太もも肉もシコい
一部気持ち悪いコメントもあるが概《おお》ね盛り上がっていた。
『今日はね！　なんとうちの執事が未発見のダンジョンを見つけちゃったのよ』

『えっと、はい。ナナシさんときゅーちゃんが見つけてくれました』

『きゅきゅっ？』

『だから、さっそくダンジョンの初攻略《こうりやく》配信をしてゆくわ！　ここでしか見れないわよ』

『が、がんばります』

：まじかよ
：未発見のダンジョンとかマジか
：しかもそこにコラボをぶつけるとか、どんだけきるるんはダンジョン配信に本気なんだ？
：ぎんにゅうも初の配信で命懸《か》けるとかエグい
：ナナシちゃん二人をたのむでー
：おい、あの掌《てのひら》サイズのもふもふキツネって……
：もしかしなくてもナナシちゃんがテイムした九尾《きゅうび》じゃね？

『ダンジョンは学校の図書室にあったの……あの本よ』

『ほ、本に触《さわ》ると、す、吸い込《こ》まれる？　みたいです。ちょっとおとぎの国へ行けちゃうみたいで素敵《すてき》ですよね？』

『わくわくするわね』

『はいっ！』

：先輩《せんぱい》として何気なく会話をリードしてるきるるん尊い
：先輩風吹《ふ》かせてるきるるん可愛《かわい》い
：俺《おれ》たちの地味巨乳《きょにゅう》はいつでもエロかわいい
：銀髪《ぎんぱつ》なのに地味女子の挙動は刺《さ》さるかもしれん

『本にそーっと近づいてゆくわ……えっと、背表紙には【夢の雪国ドリームスノウ】って表記されているわ』

『ますますファンシーな雰囲気《ふんいき》です』

『じゃあ、みんな……行くわよ！』

『はい！　きるる姉さま！』

首輪きるるとぎんにゅう、そして執事にしてカメラマンのナナシが手を繋《つな》ぐ。

きるるんは空いた手でダンジョンキーとなる本を開く。

すると3人を包み込むように無数のページが浮遊《ふゆう》し、その紙吹雪《かみふぶき》が消え去った後には本物の吹雪が舞《ま》っていた。

：転送型のダンジョンっぽいな
：一面が雪景色ｗｗ　寒そうだなおい

：転送型のダンジョンって、転移地点《セーブポイント》にたどり着けば元の場所に戻《もど》れるんだろ？
：逆に言えば転移地点《セーブポイント》まで行けないと、ダンジョン内に閉じ込められて死ぬしかない
：マジかよ……

『きるる様、ぎんにゅう様。よければきゅーのもふに乗りますか？　さすがに極寒《ごっかん》の中で徒歩は厳しそうなので……きゅーの毛があれば、少しは暖も取れて体力も温存できるかと』

『わーい！　おっきいきゅーちゃんも可愛いです！』

『いいのかしら⁉　私もついにきゅーちゃんのもふもふにありつけ――』

『キシャアアアアアアアアア！』

『きゃああああああああああああ⁉』

【九尾の金狐《きんこ》ヴァッセル】が巨大化《きょだい》すると、配信画面はもっふもふの背中へと移る。どうやらナナシちゃんが九尾の背に乗せてもらったようだ。

続いてぎんにゅうがもふもふ尻尾《しっぽ》にくるまれて背中へと移送される。

しかしきるるんだけは唸《うな》り声を上げられ、近づくことすら却下《きゃっか》されてしまう。

慌《あわ》てて九尾をなだめるナナシちゃんの説得もあり、どうにかこうにかきるるんは九尾の背に乗ることができた。

：きるるんめっちゃ嫌《きら》われてて草

：ナナシちゃんの安定すぎる有能さよ
：おい！　あそこに白い狼《おおかみ》の群れが見えるぞ！
：新種のモンスターっぽいな
：おいおいおいおい白いトラもいるじゃん！　つっよそう……
：でも九尾のおかげでモンスターが一切《いっさい》寄ってこないなｗｗ
：モンスターたちめっちゃ警戒《けいかい》してそうだもんな
：なんか氷の城みたいのが見えてきたぞ

こうしてダンジョン探索《たんさく》ならぬ、ダンジョン散歩を楽しんでいた3人は、現れた氷の城を目の前に一休憩《きゅうけい》入れる流れとなり焚火《たきび》を囲む。そしていつの間にか、3人のそばには白い狼や白トラが憩《いこ》い始めるという、謎《なぞ》すぎる絵面《えづら》のおかげでどこかのほほんとしていた。

九尾の威風《いふう》の前では数多《あまた》の危険もアスレチックに様変わりし、トントン拍子《びょうし》でボスがいそうな居城に到達《とうたつ》してしまった。

『いよいよボスって感じね！　あの氷の城には何が待ち構えているのかしら？』

『き、緊張《きんちょう》します』

『大丈夫《だいじょうぶ》よ、ぎんちゃん！　ここでしっかり休んで、準備万端《ばんたん》の状態で挑《いど》みましょう！』

：全然ボスって感じじゃないｗｗｗ

：憩いすぎなんだよなｗｗ
：モンスターたちがペットになってんのなんでｗｗｗｗｗ
：ナナシちゃんのテイム力が無双《むそう》すぎるｗ

『あ、きるる様。雪狼も白銀の大虎《ホワイトタイガー》も大きな音には敏感《びんかん》なので、少しボリュームを下げてください』

『クゥン』

『にゃがおー』

『くきゅー？』

『うんうん、大丈夫だよみんなー。あのお姉さんは怖《こわ》くないよー。むしろすぐ凹《へこ》んじゃうからちょっと弱めだよーだから安心してね』

：せっかくのきるるん先輩ムーヴが見事に破壊《はかい》されたｗｗｗｗ
：ぷるぷる怒《おこ》って震《ふる》えてるけど文句を言えないきるるん可愛いｗ
：ぎんにゅうがフォローしようとあたふたして、でもいい言葉が思い浮《う》かばなくて、口をぱくぱくしてるのも可愛いｗ
：しれっとご主人様を手玉にとってるナナシちゃんはやり手だなｗ
：きるるんの扱《あつか》いをわかっていらっしゃるｗｗｗ

『ふ、ふーん。ちょっとナナシちゃん？　あの氷の城に入る前に少しでも身体《からだ》を温めたいわ。何か良い食べ物はなくて？』

せめてもの意趣返《いしゅがえ》しにと、きるるんがナナシちゃんに料理の話題を振《ふ》る。

するとナナシちゃんは待ってましたと言わんばかりに、手際《てぎわ》よく食材や調理道具を出してゆく。

『――【神竜《しんりゅう》の火遊び】』

まずは焚火の上にお鍋《なべ》をセットして、火加減を丹念《たんねん》にチェック。

それからたっぷりとダシの利《き》いていそうな飴色《あめいろ》の液体を注いでゆく。

さらにタッパーから取り出したのはほろほろに煮崩《にくず》れした大根と濃《こ》い色の煮卵。それからこんにゃくやしらたき、ちくわ、もち巾着《きんちゃく》をお鍋に投入。

：このラインナップ……明らかにアレだよな？

：めっちゃ金色のつゆｗｗｗやめてくれｗｗｗｗ

：白銀の景色を堪能《たんのう》しつつ、おでんかよおおおおおおお

：また飯テロ配信になってるやんけえええええええええええええ

：寒空の下で食うあったかいやつって、どうしてあんなに美味《うま》いんだろうな？

ほかほかと白い湯気が立つなか、ナナシちゃんが一際《ひときわ》注目を集める食材を出す。それは串《くし》にささった牛すじだ。

『ミノタウロスキングの牛すじです』

ぷるぷるとした質感は、すでに数時間かけて煮込んできたものだと一目でわかる。タッパーに入ったその出汁《だし》ごと鍋へと投入すれば、たちまち牛すじの脂《あぶら》がおでんのおつゆへと馴染《なじ》んでゆく。

それはまるで、おつゆにキラキラと散らばった星屑《ほしくず》のようだ。そこへしっかりと味のしみ込んだ各食材が、色とりどりに華《はな》やいでいる。

そして仕上げは、この雪景色に相応《ふさわ》しい真っ白なはんぺん。

純白の雪を溶《と》かすかのように、丁寧《ていねい》におつゆと絡《から》ませてゆく。

じっくりと丹念に、はんぺんにおつゆの味が浸透《しんとう》するまで待つ。

ぱちぱちと薪《まき》の爆《は》ぜる音が、これまたいい風情《ふぜい》を奏《かな》でてくれる。

それからしばらくして、極上のおでんが完成した。

『寒いなかで温かな食事をとるのも乙《おつ》かと存じまして……【牛王煮込みおでん】でございます。柚子胡椒《ゆずこしょう》や、からしはお好みでどうぞ』

先ほどまで若干《じゃっかん》の不機嫌《ふきげん》顔だったきるるんは、今やホクホク顔でおでんをつつく。

『はふ、はふっ、んぐ……』

大根を箸《はし》で割れば、ほっくりと湯気が立つ。

はんぺんのまふっとした食感から、じゅわーっとつゆの旨味《うまみ》が口内を浸食《しんしょく》する。

口どけほろほろの牛すじが、抜《ぬ》け出せない理想郷へと舌を誘《いざな》う。

『んんー、ふー、ふー、んんっ』

そしてぎんにゅうは、つゆを余すことなく飲み干すほどにご満悦《まんえつ》だった。

【牛王煮込みおでん】★★★
ミノタウロスキングの肉を丹念に煮込んだおでん。各種具材には、ミノタウロスキングの狂気《きょうき》が沁《し》み込み、知性を吹き飛ばすほどの美味である。至福の果てに狂戦士《バーサーカー》を生みだす危険なおでん。
基本効果……30分間、ステータス力＋1を得る
★……30分間、ステータス防御《ぼうぎょ》＋1を得る
★★……30分間、『狂戦士《バーサーカー》』を得る
狂戦士《バーサーカー》……全ステータス2倍。状態異常『狂乱《きょうらん》』により敵味方関係なく攻撃《こうげき》してしまう
★★★……『狂戦士《バーサーカー》』化に伴《ともな》う『狂乱』を無効にする
【必要な調理力：１００以上】

ちなみにつゆの奪《うば》い合いで二人の間で一悶着《ひともんちゃく》があったりもした。

『私の方が少ないから分けなさい』とか『そちらの方が多くよそってもらってたです』とか。

リスナーたちは『完全に餌付《えづ》けされているｗｗｗ』と楽しそうに彼女《推し》たちの食事を見る。

それからおでんを食した彼女《推し》たちは、やたら元気になったようで氷の城へと直進。

【氷の彫像《アイスゴーレム》】などの新種モンスターを、破竹の勢いで屠《ほふ》ってゆく魔法少女たち。

『反逆――【銀鏡の盾《シルバーレイ》】』

『血戦《けっせん》――【紅い魔剣《ブラドソード》】』

ぎんにゅうがシルバーの鏡を虚空《こくう》に召喚《しょうかん》し、相手の攻撃を反射する。その隙《すき》にきるるんが自身の血を魔剣にして切り尽《つ》くす。さらに敵の返り血すらも自らの剣《けん》にし、攻撃力《こうげきりょく》を増大させてゆく。

初攻略にも拘《かかわ》らず、その阿吽《あうん》の呼吸にリスナーたちも沸《わ》く。

さらに前人未踏《ぜんじんみとう》の地を突き進むのだから、リスナーたちはどんどん熱を帯びてゆく。いつの間にか大勢の人々が、一丸となって【きるにゅう】のダンジョン攻略を見守っていた。

この時の盛り上がりは魔法少女VTuber史上、間違《まちが》いなく最高潮であった。

事実、きるるんのチャンネルにおいて過去最高記録の同時視聴者《しちょうしゃ》数を叩《たた》き出している。その数なんと10万人。

もちろん執事のナナシちゃんが出しゃばり過ぎない程度に、彼女たちをフォローしたからこそ成し遂《と》げられた偉業《いぎょう》であったと――一部のリスナーは理解していた。

そしてついに、魔法少女たちはボスが待つエリアに侵入《しんにゅう》を果たす。

『ここが……ボス部屋?』

『玉座みたい、です?』

巨人《きょじん》が座《すわ》っていたのではないか、と思わせるほどの巨大な玉座があった。

周囲は氷の木々で覆《おお》われており、まさに極寒の地に眠《ねむ》る氷城の玉座だ。

そんな玉座にいたのは――青白い毛並みのワンコだった。

：え、犬？
：小さすぎんか？
：玉座とのサイズ感バグｗ　ポツンてｗｗｗ
：かわいいんだが？

そんなリスナーたちを裏切るかのように、そのワンコは瞬時《しゅんじ》にして巨大化を果たす。
その眼光は数多の戦士たちを恐怖《きょうふ》で凍《い》てつかせる。
その前脚《まえあし》は一振りで氷雪を呼びおこす。
その牙《きば》は神をも噛《か》み殺す凶器《きょうき》。
その尻尾は――立派なもふもふであった。
配信越《ご》しですら、荘厳《そうごん》すぎる威風に当てられるリスナーたち。

：や、やばいだろ……
：あれ、神喰《かみぐ》らいの大狼……フェンリルじゃないか……？
：あれがこのダンジョンのボス？
：さすがに今回は無理くね……？

『いよいよ……ボスね』

『神様を解放するです』

きるるんとぎんにゅうは、すでにここまでの攻略配信でトレンド入りを果たしていた。

#きるるん新ダンジョン発見　#学校の図書館ダンジョン
#きるにゅうコラボ　#夢の雪国ドリームスノウ初見攻略

トレンド1位から4位を独占《どくせん》している。

しかしこの日、きるるんとぎんにゅう、そして全《すべ》てのリスナーはさらなる伝説を目にする。

後に語られる。

あのダンジョン配信はまさに神だったと。

『グルゥウウウウウウッ、アォォォォォオオオオオオオオオオオオン！』

神喰らいの遠吠《とおぼ》えがこだまする。

【ぎんにゅう　変身後ステータス】
身分：魔法少女／銀光姫《シルヴィア》／夢魔姫《リリン》

Ｌｖ：４　記憶《きおく》：３　金貨：21枚
命値《HP》：２（＋１）信仰《MP》：２（＋２）
力：２（＋１）色力《いりょく》：２（＋２）
防御：２（＋１）俊敏《しゅんびん》：１（＋１）
【スキル】
〈魔法少女Ｌｖ１〉
〈銀鏡の反逆《シルバーファッカー》Ｌｖ２〉
〈夢魔法Ｌｖ１〉
【技術《パッシブ》】
〈魔女の弟子《でし》Ｌｖ１〉〈魅了《みりょう》Ｌｖ２〉

◇

【息果てる氷城】。

そこに一度入ってしまえば、誰もが永久凍結《とうけつ》の終焉《しゅうえん》を迎《むか》えるとして魔物にすら恐《おそ》れられている。

この地はかつて【吹雪《ふぶ》く花憐《かれん》スノウホワイト】という女神《めがみ》が治めていたが、今では【神喰らいの氷狼フェンリル】によって女神は封《ふう》じられたらしい。そう教えてくれた白銀の大虎《ホワイトタイガー》や雪狼は怖がっているけど、俺はその古城の景観を非常に美しいと感じてしまう。

まず、どこを見渡《みわた》しても透《す》き通った氷が連なっているのだ。壁《かべ》も廊下《ろうか》も、部屋や調度品でさえも氷でできており、隣《となり》の区画まで透視《とうし》できてしまう。

まさに氷の城。そして凍える寒さの中でも容赦《ようしゃ》なく襲《おそ》い掛《か》かってくるのが、【氷の彫像《アイスゴーレム》】たちだ。

俺たちはダンジョンの最奥《さいおう》を目指し、守護者たちを駆逐《くちく》してゆく。

もちろん俺はきるるんとぎんにゅうの活躍《かつやく》っぷりを、視界に収めるだけの役割に徹《てつ》する。とはいえ、彼女たちの可愛さをたっぷり堪能できる位置取りや、画角にはこだわり抜く。

そして二人が危《あや》うくなれば、きゅーにお願いしてフォローしてもらう。

ちなみにきゅーの規格外な巨体では城内で身動きできなくなってしまうので、ちょうどクマぐらいの大きさになってもらっている。

「いよいよボスね……」

「め、女神さまを解放するです」

怒涛《どとう》の勢いで俺たちがたどり着いたのは荘厳すぎる大広間。氷の木々が生《お》い茂《しげ》り、中央には巨大な氷の玉座があった。

そこに一匹《ぴき》のわんころが優雅《ゆうが》に寝《ね》そべっている。

しかし俺たちを視認《しにん》するとそいつはすぐさま起き上がり、正体を現した。

『グルゥウゥウゥウゥウッ、アォォォォオオオオオォォオオン！』

身も凍《こお》るような雄叫《おたけ》びがこだまする。

さっきまでちんまいワンコロだった存在は、今やきゅーが最大サイズに変化した時と同等の巨躯《きょく》へと変貌《へんぼう》した。

『ぐるるるるううう……我《わ》が名はフェンリル』

おお、技術《パッシブ》【万物《ばんぶつ》の語り部】のおかげで意思疎通《そつう》ができるぞ。

きるるんやぎんにゅうには伝わっていなそうだけど、俺はすぐに念話で語り掛ける。

『なあ、どうしてここの女神さまを封じちゃったんだ？』

『ほう……我と話すか。面白《おもしろ》い。であるならば少し語ってやろうぞ』

「さあ！　いくわよ！　吸血魔法――【貴方の血は私の剣《ユアーズ・マイソード》】」

「はい！　夢魔法――【鏡よ鏡よ鏡さん、世界で一番美しいのは貴女《あなた》だよ】！」

おーっと。

対話の前にうちのお嬢様方《じょうさま》が仕掛《しか》けてしまった。

きるるんもぎんにゅうもしっかりバフをかけてるし、これは交渉決裂《こうしょうけつれつ》か？

『うちのお嬢様たちが仕掛けちゃってるけど、適当にあしらってくれないか？』

『ふむ。九尾をそちらがけしかけぬ間は、貴様の要望に応《こた》えようぞ』

さすがにきゅーが参戦したら分が悪いと悟《さと》ったのか、フェンリルは適度にきるるんたちを相手にしてくれた。

氷雪と血の剣と、銀光が激しく入り乱れる中、俺たちは語り合う。

『で、どうして女神を封印《ふういん》したんだ？』

『あやつは……我の大好物である【雪見もちもち】を刈《か》り取ってしまったので封印した』

『【雪見もちもち】？』

『左様……【雪見花】といった植物から咲《さ》く花の実ぞ。あの雪衣《ゆきごろも》に閉じこめられたもちもちを、あろうことかバカ女神は『【雪見花】が寒い雪を生み出すから全部撤去《てっきょ》する』とぬかしおって』

『えっと、その【雪見花】ってのはもうないのか？』

『ほんの少しだけ群生はしておる。といっても我が食そうものなら、すぐさま絶滅《ぜつめつ》の憂《う》き目だ。だから我は……いつか【雪見花】が一面に咲くのを待ち続けているのだ。そう、悠久《ゆうきゅう》の時ほどな……』

『なるほど。苗《なえ》や種、花が残っているのなら俺がすぐにでも量産できるかもしれない』

技術《パッシブ》【神獣《しんじゅう》住まう花園師Lｖ80】と【放牧神の笛《ふえ》吹《ふ》き人Lｖ80】で農業の真似事《まねごと》ならできるだろうし、【神域を生む建築士Lｖ70】と【神器職人Lｖ50】で高品質な農具も作れそうだ。

『それは……まことか？』

『うん。その代わり、この戦いは適度に苦戦した感じで負けてくれないか？　ついでに女神の解放も頼《たの》む』

『もし貴様が【雪見もちもち】の栽培《さいばい》ができなかった時は？』

『まず女神の封印を解いたら【雪見もちもち】は絶対に保護する。まあ栽培できなかったら、また女神を封印しようぜ？　その時は協力するし』

『我が損することは……ないな。よい取り引きだ。よし、貴様との盟約を結んでやろうぞ』

『話がわかるやつで助かったよ。じゃあ今からそれとなくきゅーを仕掛けるからよろしく頼む』

「くっきゅーん♪」

フェンリルに負けず劣《おと》らずの体格になったきゅーは、良い遊び相手ができたと言わんばかりにじゃれつきにいった。

それからきるるんとぎんにゅうの奮闘《ふんとう》もあり、フェンリルがようやく頭《こうべ》を垂れるころになると二人はぼっろぼろだ。

それでも美少女二人が一生懸命《いっしょうけんめい》に戦い抜いた光景は、胸の奥《おく》から何かが込み上がってくるものがある。たとえそれが出来レースであったり談合のたまものでも、本人たちにとっては本物の死闘《しとう》だった。無論、リスナーにとってもだ。

それに推《お》しの危険をできるだけ排除《はいじょ》し、雇用主《こようぬし》のピンチをサポートするのも執事の役目だろう。

こういう裏方の闇《やみ》的な事情は、俺一人が抱《かか》え込めばいいさ。それが推しへの愛というものだろう。

うん、我ながら良い演出をしたな。

「さあ……フェンリル、覚悟《かくご》するのよ！」

「ごめんなさい、殺すです！」

「きるる様、ぎんにゅう様、お待ちください」

ここで俺は口を挟《はさ》む。

「フェンリルはお二方の戦いぶりにひどく感銘《かんめい》を受けた模様です。どうやら仲間になりたいと仰《おっしゃ》っております」

「えっ……でも、それじゃあ神の解放ができないわよ？」

「そ、そうです」

気難しそうに両腕《りょううで》を組むきるるん。

眉間《みけん》に皺《しわ》を寄せちゃうきるるんは相変わらず可愛いな。

ぎんにゅうもダンジョン初攻略に興奮しているのか、心なしかフェンリル討伐《とうばつ》に賛同している様子だ。ハイになっちゃって、ほんのりと頬《ほほ》を上気させてるぎんにゅうもなかなかに推せる。

「どうやらフェンリルを殺さずとも解放できるようです。それに、きるる様。フェンリルはもふもふでございます」

「仲間にするわ！」

さっきまでの悩《なや》む素振《そぶ》りはどこへいったのか、きるるんは即答《そくとう》だった。

「じゃあ、フェンリル！　いいえ、これからは仲間なのだからフェンと呼ぶわ！　フェン！　女神を解放なさい！」

「グルルルルルルルルルウウウウウウウッ！」

勝手に名前を決定したきるるんに、めっちゃ不愉快《ふゆかい》そうに反発するフェンリルさん。

「フェン!?　ふぇっ、ちょっと、さっきより強い!?　痛っ、ふぇぇぇぇぇぇぇぇぇん!?　ふぇぇぇえぇぇぇん！　ナナシちゃんどうにかしなさいよぉぉぉぉお」

「フェンちゃんダメです！　いたっ、痛いですううう！　ナナシちゃん助けてですううう」

けっこうやばそうなので、俺はすぐさまフェンリルの近くまで近寄り手を伸《の》ばす。

なだめるのが目的だが、まずは相手から顔を寄せてくるまで待ってみる。

うわあ、間近で見るとめっちゃ迫力《はくりょく》ある顔つきだな。

なんというか気高い感じがすごい。

でも空みたいに蒼《あお》い目がけっこう綺麗《きれい》で、ちょっと可愛らしいかもしれない。毛並みもかなりいいんじゃないか？　きゅーに負けてないぞ？

そもそもこんな獰猛《どうもう》な生物が、【雪見もちもち】とやらをずっと待ってるって可愛くないか？

『フェンさん……【雪見もちもち】だよ。ゆ、き、み、も、ち、も、ち！』

『グルルウ……いたしかたなし。貴様の言う通り、女神を解放しようぞ』

「グオオオオオオオオオオオオオオオオオン！」

こうしてフェンリルが玉座へ遠吠えを放てば、城内を震わす勢いで美声が広がってゆく。

それから玉座周辺は煌《きら》びやかな七色のダイヤモンドダストに包まれ、幻想《げんそう》的な光景から花咲くように女神が光臨した。

うーん、このシチュエーションってなかなかの神配信なんじゃないのか？

「キミたちが――あたちを復活させたんだ？」

「そうよ」

「はいです」

「そっかー。あたちは【吹雪く花憐スノウホワイト】。夢の雪国を統《す》べる女神だよーん！」

女神さまは思ったより子供っぽかった。

なんか白い花弁のドレスをまとってはいるけど、言動も見た目もかなりのロリッ娘《こ》さんだ。

「えっ⁉　なんで……フェ、フェ、ふぇえええええええ⁉　あたちの宿敵、フェンリルが健在なのはなんでなのおおおお⁉」

女神の威厳《いげん》なんてのはかなぐり捨てた絶叫《ぜっきょう》で、膝《ひざ》から崩《くず》れ落ちるスノウホワイトさん。

ちょっと不憫《ふびん》だと思った。

まあなにはともあれ、この日の配信は色々な意味で伝説となったっぽい。

もちろんつぶやいったー《X》でもトレンド入りを果たし——

#きるるん新ダンジョン発見　#学校の図書館ダンジョン
#きるにゅうコラボ　#夢の雪国ドリームスノウ初見攻略
#きるにゅう女神解放　#フェンリルをテイム
#ナナシちゃん最強説

と、見事1位から7位を独占してしまった。

◇

一旦《いったん》、配信を切った俺たちは女神を落ち着かせたあとに交渉を持ち掛ける。

「ってなわけで、この一帯の一部の所有権を求める。無論、メリットは女神さまの安全ってことで」

「き、キミはちょっとぶっとびすぎだよね……？　女神相手にまさかフェンリルと九尾で脅《おど》しながら、神の領地を我が物としようとするなんてさー」

「じゃないとフェンさんが黙《だま》ってないんだ。ただ俺たちはこの地に農園を作れたらって言ってるだけだから、悪い話じゃないだろ？」

「……わかったよ。全面的にわかったよ。でも何かするときは、あたちに相談してね？」

「それはもちろん。むしろ俺はここの生態系について浅学だから、フェンさんやスノウさんにも色々意見を伺《うかが》いたい。協力してくれたら助かるよ」

「それはもちろん」

『無論、【雪見もちもち】のためならば我が全霊《ぜんれい》を以《もつ》て神をも喰らってやろう』

というわけで話はまとまった。

とはいえ極寒の地で農業ができるのかって疑問を覚える人もいるだろう。

だが、この地は女神の復活により温かな春が訪《おとず》れている。

というより、ここで降っていた雪は元々温かいものだったらしい。

フェンさんのせいで寒くなってしまっただけで、世にも奇妙《きみよう》な……いや、だからこそ【夢の雪国ドリームスノウ】なのだ。

あたたかいのに解けない、意味のわからない雪がこの地には積もっている。

そもそも本当に雪なのだろうか？

まあ何はともあれ、不思議なあったかふわふわ雪と未知の土壌《どじよう》……それらが合わされば、摩訶不《まかふ》思議《しぎ》な植物栽培も夢じゃない！

そしてゆくゆくは自家製野菜や果物の栽培などなど。　夢が広がるぞ！

俺の異世界《パンドラ》農業スローライフが始まろうとしていた。

10話 神々の遊び

【夢の雪国ドリームスノウ】は『図書館ダンジョン』シリーズと呼ばれるダンジョンらしい。かなり珍《めずら》しいダンジョンで攻略者《こうりゃくしゃ》がダンジョンの所有権、というより本の主として認められるそうだ。

つまり【夢の雪国ドリームスノウ】と背表紙に書かれた本は、今や俺《おれ》の個人的な持ち物となっている。この本を開けばいつでもどこでも【夢の雪国ドリームスノウ】へ転移できるってわけだ。

さっそく自宅のベッドで寝転《ねころ》がりながら本を開くと——景色は一瞬《いっしゅん》で白銀の世界に様変わりした。

「まるで物語の中に入り込《こ》むみたいだな」

『おおー来たか来たか。うぬが来るのを待ちわびておったぞ』

『やあ、フェンさん。調子はどうだい？』

『なかなかのものだな。ほれ、【羊毛の雪娘《メリースノウ》】らもきっちり【雪羊】の面倒《めんどう》をみておる』

『フェンさんがしっかり教育指導してるからだね』

厩舎《きゅうしゃ》では頭から羊の角を生やした少女たちが、数十匹《ひき》の【雪羊】の世話をしている。

ドリームスノウに暮らす少数民族で、【羊毛の雪娘《メリースノウ》】と呼ばれる亜《あ》人種だ。

彼女たちが、雪のような真っ白いもふもふを一生懸命《いっしょうけんめい》に育てている様子は微笑《ほほえ》ましい。フェンさんの脅《おど》しさえなければ。

実際、フェンリルという強大な神獣《しんじゅう》が四六時中睨《にら》みを利《き》かせていたら、誰《だれ》でも死に物狂《ものぐる》いで働くだろう。

『フェンさん。彼女たちは俺たちにすごく協力的だから優《やさ》しくね？』

『我に従うのは自然の摂理《せつり》だが？』

『自然の摂理ねえ……知ってたかい？　人間も動物も神獣もストレスが続くと、あらゆる面で不都合が生じるんだ。これも生物にとっての摂理かな』

『ほう。それと我《わ》が【雪見もちもち】がどう関係すると？』

『俺の【審美眼《しんびがん》】で【雪見もちもち】は、【雪羊】のフンで育ちやすくなるって判明したよね？　その【雪羊】がもしストレスを抱《かか》えたらフンの出も悪くなる。そうなると【雪見もちもち】の品質は下がるだろうなあ』

「一理、あるやもな……【雪羊】を無闇《むやみ》に急《せ》いたり威嚇《いかく》するのはよそう」

『動物っていうのは敏感《びんかん》だろう？　お世話をする人達も恐怖《きょうふ》に怯《おび》えていたら、そのストレスは【雪羊】たちにだって伝播《でんぱ》するよ？』

『……ぬううう。あいわかった。【羊毛の雪娘《メリースノウ》】らにもプレッシャーはかけぬ』

『そうそう。偉大《いだい》なフェンさんはどっしりと優雅《ゆうが》に構えてればいいんだよ。あとは彼女たちや農作物を、危険から守ってくれればいいだけさ。敵なしのフェンさんにとってそんなの朝飯前だろうし』

『ぬしはわかっておるな。承知した』

それから俺は【羊毛の雪娘《メリースノウ》】に交じって【雪羊】の面倒を見てみることにした。

「ナナシ様。ご機嫌麗《きげんうるわ》しゅうめぇー」

「ナナシ様来たらフェンリル様が優しくなっためぇー」

「めーめー！　さすが【吹雪《ふぶ》く花憐《かれん》スノウホワイト】様の相談役様めえー」

俺が女神《めがみ》に相談している側だけれど、この国での俺の立場は相談役らしい。

だからこそ彼女たち【羊毛の雪娘《メリースノウ》】も俺に協力的なのだが。

「みんなおつかれさま。何か変わったことはあったりする？」

「こちらの【雪羊】の親子が元気ないめえー」

「こっちの【雪羊】の雄《おす》は、気性が荒《あら》くてうちらの言う事をなかなか聞いてくれないめえー」

「ふーむ」

俺は元気のない親子へ技術《パッシブ》【放牧神の笛吹《ふえふ》き人】で習得した、【陽気な口笛】を吹いてやる。

「ピュッピユッピユーイ♪」

すると親子は目に見えて生気を取り戻《もど》し、餌《えさ》を食《は》み始めた。

この口笛は獣《けもの》たちの病《やまい》を癒《い》やしたり、活性化させたりする効果がある。

また、気性《きしょう》の荒い雄には……ふむ、彼《かれ》はどうやら群れのリーダーであるようだ。ならば【安堵《あんど》の口笛】を施《ほどこ》す。

彼はフェンさんの強大さを誰よりも理解しており、常に警戒態勢《けいかいかい》だったらしい。【羊毛の雪娘《メリースノウ》】たちもフェンさんの仲間と判断した彼は、全面的に屈服《くつぷく》はしていないと態度で示していた。でないと群れの権利が全《すべ》て剥奪《はくだつ》され、喰《く》い尽《つ》くされると思っていたようだ。

しかし俺の口笛により、俺やフェンさんが望むものがわかれば安堵してくれた。

ついでに俺たちの庇護下《ひごか》にいれば、フェンさんが群れを守ってくれさえすると伝えれば、上機嫌で【羊毛の雪娘《メリースノウ》】の毛刈《けが》りにも協力的になった。

そう、【雪羊】の毛は様々な物に加工できるのだ。

今は女神の復活により気温も穏《おだ》やかでぽかぽかしているが、ダンジョン攻略当初はきるるんもぎんにゅうも寒そうにしていた。

俺には技術《パッシブ》【神を彩《いろど》る裁縫士《さいほうし》Ｌｖ70】があるので、推しのために防寒着を作るのも夢ではない。今からデザインを考えるのが楽しみだ。

さらに【雪羊】たちの雌《めす》たちからは定期的に乳しぼりが行われており、いずれはチーズなども作れるようになるだろう。

「めーめーめめ？」

「めえええめーめっ！」

なにより【雪羊】たちは可愛《かわい》い。

つぶらなくりっくりっの真っ黒い瞳《ひとみ》がこちらに向けば、『ごはん？』『一緒《いっしょ》にもこもこする？』『あたたまる？』『雪遊びする？』などと意思が伝わってくるのである。

雪原の中でこんもり白い塊《かたまり》がころころ動く姿は見ているだけで癒《い》やされる……が、俺はもちろん『一緒にもこもこ』を楽しむ。

毛刈りの済んだ子たちも丸裸《まるはだか》にされて不憫《ふびん》に見えるが、彼らはぽかぽかな雪に身を投じてはしゃいでいる。

雪で暖を取っていると言ったらおかしな話だが、いわば天然の温泉に浸《つ》かり放題といったシチュエーションらしい。普段《ふだん》は他の捕食《ほしょく》動物を警戒しなくてはいけないが、今は群れ全体にフェンさんが護衛をすると正確に伝わったようで幸せそうだ。

俺も【雪羊】たちの輪の中へ溶《と》け込み、ぽっかぽかの雪が積もった場所へダイブする。

「うはぁー……ちょっと弾力性《だんりょくせい》のある雲の中って感じ？」

しかも手足の先までじんわりと温まる心地《ここち》よさ。

癖《くせ》になるぞ⁉

「さすがめえー……」

「数時間でこれほど【雪羊】を統率《とうそつ》できるなんて、偉業《いぎょう》だめえー」

「放牧神さまの生まれ変わりめえー」

自堕落《じだらく》に寝《ね》そべっているだけなのに、なぜか【羊毛の雪娘《メリースノウ》】たちから尊敬の眼差《まなざ》しがすごい。

さて、いつまでもだらけている場合じゃないな。

俺はあくまで紅《くれない》の雇《やと》われの身。ひいては魔法少女VTuberたちのお世話を司《つかさど》るわけで、次の食材ぐらいは調達しなくてはいけない。

というわけで少し離《はな》れた場所に生えた巨木《きょぼく》を素手《すで》で叩《たた》き折る。

さすがステータス力302の怪力《かいりき》だ。

「んんー……『氷晶の樹木《ひょうしょう》』ね。まあ、素材としては問題ないかな？　――【農具生成】」

技術《パッシブ》【神器職人】による技《わざ》で、試《ため》しに鍬《くわ》や鋤《すき》を生成してみる。

神が宿るから神器、なんて大げさな技術《パッシブ》の説明文だが、ゲーム時代と同じならそこそこの性能の道具が創り出せるはず。

「【雪神の鍬《くわ》】と【凍神の鋤《すき》】ね……ふむふむ、どちらも雪原を土壌《どじょう》として耕すには最適な農具か……しかも装備中はスタミナが減少しないから無限に耕せる？　これは使える！」

というわけでこの辺を耕しまくる。区画は【雪見もちもち】が植えてある隣《となり》の土地を指定し、豪《ごう》速かつ丁寧《ていねい》に鍬《くわ》と鋤《すき》を使い分けて耕しまくる。

「うおおおおおおおおおおおおおおおお！」

「農耕の神が舞《ま》い降りためぇー」

「まるで鬼神《きしん》のようだめぇー」

ものの数分で１００平方メートルの農地が完成。

というか雪と土がブレンドされた特殊《とくしゅ》な農地になってるけど……これで大丈夫《だいじょうぶ》なのか？

ま、【雪神の鍬《くわ》】と【凍神の鋤《すき》】がこれでいいって俺の身体《からだ》を動かしたわけだから気にせずにいくか。

「よし！　あとは……地球から持ってきたじゃがいもやにんじん、そしてブロッコリーと玉ねぎなどの種を植えてゆく！」

ジャガイモは痩《や》せた土地でも育ちやすい特性があるし、にんじんは吸水率が低いと発芽しないので、乾燥《かんそう》とは無縁《むえん》な雪地で試《ため》しに植えてみるのだ。逆にブロッコリーは過湿《かしつ》に弱いらしいから、ちゃんと育ってくれるか不安だ。

玉ねぎについては寒さに強いらしいけど……正直ここはそんなに寒くない。むしろ雪はあったかいからなぁ……。それでも夜になればそこそこ冷え込んだりするので、どうなるのだろう？

とにかく実験的な意味も込めて、俺のなんちゃって農業が始まった。

「――【花吹雪く王の微笑み】、【大きくなあれ】」

とりあえず俺は技術《パッシブ》【神獣住まう花園師Ｌｖ80】で習得している栄養満点な成長促進《そくしん》スキルを種たちにかけておく。

すると数分でめきめきと発芽し始めたではないか。

さっそく【審美眼】でそれらをつぶさに観察してゆく。

「おお……んん、ここの土壌が野菜たちに多大な影響《えいきょう》を与《あた》えたみたいだ。【雪じゃが】【雪にんじん】【雪玉ねぎ】【雪ッコリー】か……ふむふむ。え、太陽光を浴びると枯《か》れる⁉　こっちは雪を浴びせ続けないと枯れる⁉　異世界《パンドラ》の野菜は不思議にあふれてるな⁉」

幸いにも今はこんこんと雪が降り、空一面は雲に覆《おお》われているので心配ないけれど……もしこれから太陽が顔を出したり、雪が止《や》んだらまずい。

このペースで成長するなら2時間もすれば実が生《な》って、食べれるまでになるはず。となるとこの2時間が勝負なので、俺は【審美眼】の中から【天空読み】を発動。

「よし……この天候の流れから察するに、あと4、5時間は雪が続くな。これなら雪根菜、雪野菜も問題なく成長するぞ」

『ぬしよ。何やら面白《おもしろ》そうなことをしておるな』

『あぁ、フェンさん。言いたい事はわかるよ。【雪見もちもち】にも同じことをやって早く成長させろってね』

『うむ。なぜそうしない？』

『まだ実験の段階なんだ。数の少ない貴重な【雪見もちもち】でやって、もし味が落ちたり枯れてしまったら嫌《いや》だろう？　その分、じゃがいもの種とかは地球でたくさん買ってこれるから、ここで十分試してから【雪見もちもち】に運用する予定だ。フェンさんにとって大切な【雪見もちもち】に、おいそれと適当な事はできないさ』

『ぬしはわかっておるのう……で、いつ頃《ごろ》わかるのじゃ？』

普段は威厳《いげん》たっぷりな大狼《おおおおかみ》なのに、もはやフェンさんは口から『ヘッヘッヘッ』と餌を楽しみにしている食いしん坊《ぼう》さん丸出しだった。

そんなフェンさんに愛嬌《あいきょう》を感じてプッと笑ってしまう。

『おっ、おぬし、この我を馬鹿《ばか》にしたな？』

『いやー、バカにはしてないさ。ただ、神を喰《く》らった大狼がそこまで楽しみにする味ってどんなものなのかなーって。神の味よりも美味《おい》しいってことだろ？』

『むう。ぬしも喰らってやろうか？』

『俺が死んだら【雪見もちもち】に合いそうな料理のラインナップも潰《つい》えちゃうな？』

『ゆ、ゆきみもちもちに合う料理だと⁉　そ、それは楽しみだ！』

今さら威厳を保とうとするフェンさんだが、すぐにそんなものは崩《くず》れ去ってしまう。

そんな態度が余計に面白くてついつい笑ってしまう。

つい自然にフェンさんの毛並みを堪能《たんのう》するようになでてしまった。ちなみに顎下《あごした》のあたりだ。

「クルルルゥゥゥ……グルウゥゥゥゥゥウウ!?」

フェンさんが気持ちよさそうにしていたのも束《つか》の間、思い出したように威嚇の唸《うな》り声を上げる。

「きゅっきゅっきゅー?」

すると俺のポッケで寝ていたきゅーが、面白そうな雰囲気《ふんいき》を感じ取ったのか『自分も交ぜて!』と飛びだしてくる。

すぐさま巨大《きょだい》化し、フェンさんへと絡《から》み始める。

フェンさんは若干《じゃっかん》うっとうしそうにしながらも、きゅーは大はしゃぎでじゃれつく。そうして二匹はしばらく楽しそうに遊び回った。

「あっはっはー、フェンさんもきゅーも可愛いなあ……ん? ちょ、ちょっと!? 天候が変化するほど暴れちゃダメだから!」

あわや二匹が魔法《まほう》を行使しそうになっていたので、俺は農作物のために必死になって止めた。

その様子を戦々恐々《せんせんきょうきょう》と眺《なが》めていた【羊毛の雪娘《メリースノウ》】は後に語る。

『あれは神々の闘争《とうそう》であった』と――――。

本人たちは『戯《たわむ》れ』だったと弁明するも、彼女たちが『神々の戯れとは恐《おそ》ろしや』と余計に畏敬《いけい》の念を深めたのだった。

11話　推しとオーロラキャンプ飯

『君の首輪もきるるんるーん☆　首輪きるるだよー♪』

『にゅにゅーっと登場☆　ぎんにゅうですっ』

本日は【ぎんにゅう】チャンネルにとって初配信である。

前回は【首輪きるる】チャンネルで魔法少女VTuberとしてデビューを果したが、ぎんにゅう自身のチャンネルが開設されてから配信はされていなかった。

ショート動画で『九尾《きゅうび》を（お胸に）乗せてみた』とか『ダンジョンを全力で走ってみた』だとか微妙《びみょう》に際《きわ》どいものしか上がっていない。まあ、男性諸君によって再生数は全《すべ》て50万再生超《ご》えである。

何はともあれ今回の初配信は事前に【首輪きるる】とコラボすると告知し、なおかつ前回の女神《めがみ》解放から【夢の雪国ドリームスノウ】がどうなったのか散策して紹介《しょうかい》する、といったリスナーの好《こう》奇心《きしん》を刺激《しげき》する内容となっている。

これにはきる民やぎにゅー隊だけでなく、異世界《パンドラ》に興味を抱《いだ》く多層の関心を集めている。特に注目しているのは冒険者界隈《ぼうけんしゃかいわい》の人々だ。

そんな集まった視聴者《しちょうしゃ》へ、放送を開始した二人が元気な声で告げる。

『農園をすることになったわ！』

『フェンちゃんと共同運営です！』

：予想の斜《なな》め上すぎて草

：こんな寒そうなところで植物が育つのか？

：二人とも新衣装《いしょう》おめでとう！（1万円）

：白いもこもこのスカート？　から見えるおみ足があああ

：コートの上からでもわかるスタイルの良さよ

：ふさふさのロシア帽《ぼう》もかわえええええ

：防寒力をかなぐり捨てて可愛《かわい》さを取る、だがそこがイイッ！

『あ、あの、この衣装はっ、ぼくのデビューお祝いって、ナナシさんが裁縫《さいほう》してくれました！』

『うちの執事は万能《ばんのう》なの。【雪羊】の毛を使って、なんとかって技術《パッシブ》でちょちょいのちょいなのよ』

『きるる様。【神を彩《いろど》る裁縫士】でございます』

『わかってるわよ。そういうのは秘密にした方がいいのよ』

『失礼しました。しかしこの配信を見てくださっているリスナーのみなさまにはお伝えしたく』

『ま、まあいいわ！　みんなわかったわね⁉　ここだけの秘密よ⁉』

：きるるんが膝《ひざ》から崩《くず》れ落ちたｗｗｗｗｗｗ

：グッジョブナナシちゃんｗｗ

：神を彩る裁縫士って……まあきるるんもぎんにゅうも女神には違《ちが》いない

：それな
：それよりさっきからナナシちゃんの画角がちょこちょこ下向くよな
：鍋《なべ》？　なんか煮込《にこ》んでね？
：おいおいおい……また飯テロの予感……
：ぎんにゅうの初配信もマイペースにこなしてゆくナナシちゃんｗｗｗｗ

『そんなわけで、今日はぎんちゃんのデビューを祝して！　オーロラキャンプ配信するわよ！　ほら、ナナシちゃん！　あっち向いて！』

きるるんに促《うなが》されると視界はぐるりと回転し、純白の雪原に切り替《か》わる。

そこにはキャンプ道具がずらりと並び、雄大《ゆうだい》な景色を背景にテントまで張ってある。

そして何より目を引くのは――

『り、リスナーのみんなにもっ！　えっ？　あっ、ファンネームで言う？　あっ、ぎにゅー隊のみんなにも、綺麗《きれい》な景色を見てもらいたくて、その、ぼくたちはここでキャンプします！』

『よく説明できたわね、ぎんちゃん！　そうっ！　幻想《げんそう》的なオーロラの下、みんなと一緒《いっしょ》にお喋《しゃべ》りを楽しむわ！』

：圧巻のオーロラ日和《びより》やん
：生で見たらやばそう

：いや、オーロラよりもそこに横たわってるめっちゃでっかい鳥が気になるのは俺《おれ》だけか？

：なんか死んでるよな？

：10メートル、いや翼《つばさ》を広げたら15メートルはあるんじゃないか？

：おいおいおい！　あれって【鳳凰《ほうおう》コケッコアトル】だよな!?

：翼竜《よくりゅう》よりもでかい、鳥類で最大級のモンスターか！

：【絶剣《ぜつけん》】さんの動画で説明されてたけど、遭遇《そうぐう》したら上位冒険者のパーティーですら全滅《ぜんめつ》必至らしい

キャンプ場の近くには仕留めたばかりの大怪鳥《かいちょう》がこと切れていたので、リスナーに動揺《どうよう》が走る。

なぜそんな死体があるのか、その答えは簡単だった。

『きゅー？』

『グルルルルゥウウウ……』

二頭の巨大《きょだい》な神獣《しんじゅう》、もはや災厄《さいやく》級と指定された九尾とフェンリルの存在が全てを物語っている。

つまりは二頭が獲物《えもの》として捕《と》らえたもの、それが【鳳凰《ほうおう》コケッコアトル】なのである。

『で、ナナシちゃん。本日のメニューは？』

『はい、シチューでございます。しばしお待ちを』

きるるんの問いかけに応じつつ、料理をそくさとこなすナナシちゃん。

配信画面は自然とナナシちゃんが調理する手元になってしまうので、きるるんとぎんにゅうが映《うつ》

らなくなる。しかし不満を漏《も》らすリスナーは驚《おどろ》くほど少なかった。

なぜなら、きるるんが上手《うま》く料理についての話題をどんどん振《ふ》っていたから——ではなく、それ以前に画面を彩る料理がとっても美味《うま》そうだったからだ。

『それは何を煮込んでいるのかしら？』

『きゅーとフェンさんが狩《か》ってくれた【鳳凰《ほうおう》コケッコアトル】の胸肉です。鶏《とり》がらの出汁《だし》をしっかり利《き》かせたものになっています』

黄金色《おうごんいろ》に煌《きら》めくスープの中に、つやつやかな鶏肉《とりにく》がぷるぷると煮込まれている。

『そ、そっちの白い鍋の方は何ですか？』

『こちらは雪じゃがと雪にんじん、雪ッコリーと雪玉ねぎ、それに【雪羊の乳】を煮込んでいます。それに胡椒《こしょう》と白ワインを少々』

ほくほくのじゃがいも、ごろっとしたにんじんとカリフラワー、そして薄《うす》く切られた玉ねぎ。それら全てがとろけるクリームの中で踊《おど》っている。

・おい、あの鶏肉ぷりぷりすぎんか？
・むしゃぶりつきたい
・食材は鶏肉以外は真っ白だな……？
・この具材はあれか、うん、あれしかないな
・……美味そうでしかない

一体、どんな食べ物になってゆくのか？　どんな味がするのか。
リスナーたちの期待と興奮、そして食欲を駆《か》り立てる。
『はい、ここで鶏がらスープを2割ほど混ぜます』

‥混ぜたあああああ!!
‥まろやかな白いシチューの中に黄金の隠《かく》し味が融合《ゆうごう》されてゆくううう!!

『【雪溶《ゆきど》けほろほろクリームシチュー】でございます』
『ゴクリ……』
『お、美味《おい》しそうです』
二人の美少女がクリームシチューに釘付《くぎづ》けである。
無論、リスナーたちもだ。
それから推したちは、とろーりクリーミィなシチューをはぐはぐと食べ始める。
まずはゴロッとした雪野菜から。
『んぐっ……乳の甘味《あまみ》と野菜が……もぐっ、よく沁《し》みていて……おいひいです！』
『……こりこりの食感、雪ッコリーはあったか美味しいわ』
『雪じゃがっも、あつあつでっ、あっ身が崩れてっ、バター？　ひほがる、です！』

『歯ごたえのあるしっとりした食感が絶妙《ぜつみょう》ね。まさか天然のじゃがばたが仕込まれてるなんて驚きよ。バターもクリームシチューと相性《あいしょう》抜群《ばつぐん》だわ』

『んーんー、はぐっ、うん、んっんっ、ほふぅ……』

『酸味と甘味が各雪野菜にマッチしてるわね。これが雪玉ねぎの魅力《みりょく》ってやつかしら？』

『んっ……！　もきゅっ、もきゅ、もきゅ、もきゅ……はふぅ……』

『鶏肉のコク深い味わい、ぷるっとした食感から、ほろほろとやわらかい口どけ……これが極上《ごくじょう》の鶏肉ってやつなのね……』

：え、もうやめてもらっていいですか？
：これ何の拷問《ごうもん》？
：俺も食べた過ぎるウウウ⁉
：頼《たの》む先っちょだけでいいんだ。ほんと先っちょだけだから
：一口だけなｗｗｗｗ
：しかし美少女二人による飯テロとは……控《ひか》えめに言って最高では⁉
：ぎんにゅうが微妙にエロい吐息《といき》連発でエロい
：きるるんは上品に食べてるけど、シチューを口に運ぶ手が異様に早いのすこ
：俺、美味しそうに飯食ってくれる女子が好きなんだ
：わかる

『温かい物のお後は、お口直しのアイスにございます』

『どんなアイスなのかしら？』

『はい。こちら【雪見もちもち】と申します』

そう言って、ナナシちゃんが出したのはぷっくりとした雪のようなアイスだった。

ナナシちゃんの声音《こわね》は自信に満ち溢《あふ》れている。

そんな様子ともちもちの見た目が、メインディッシュを終えたのにも拘《かかわ》らずリスナーの食欲を余計に刺激してしまう。

『このままシンプルにいただくのもよし、このように熱めのエスプレッソや抹茶《まっちゃ》ソース、オレンジソースをかけて――アフォガートのようにお楽しみいただくのも一興かと』

エスプレッソをかけられた【雪見もちもち】は、当然溶け始める。

そのまま混じり合い、溺《おぼ》れてゆく様はまさにアフォガートそのものである。

『んーっ！　んっ、んっ、んんー……はにゃぁ……です』

『溶け、溺れる……一度味わったら、間違《まちが》いなく溶けるわよ……そしてこの味に溺れるわね……』

どうやら、病《や》みつきになるお味だったようで。

『くきゅっ、きゅきゅきゅー？』

『ガウッガルルルゥゥウ⁉』

『あーわかってるよ。きゅーとフェンさんの分ももちろんあるよ』

この後、九尾とフェンリルが尻尾《しっぽ》をふりふりしながら【雪見もちもち】にがっつく様子がなんとも微笑《ほほえ》ましい配信となった。

【雪溶けほろほろクリームシチュー】★★☆
鳳凰《ほうおう》の万能鶏肉は、雪羊の乳と相性抜群である。こだわりのまろやかな味わいが、荒《すさ》んだ精神も即座《そくざ》に回復させる。萎《しお》れた花々を見て悲嘆《ひたん》にくれた女神、【吹雪《ふぶ》く花憐《かれん》スノウホワイト】の永き冬を癒《い》やしたのも、春の始まりを予感させるこのシチューであった。
基本効果……即座に信仰《MP》を5回復する
★……永久にステータス信仰《MP》＋1を得る
★★……30分間、全属性耐性《たいせい》（小）を得る
★★★……永久にステータス色力《いりょく》＋2を得る
【必要な調理力：150以上】

12話　銀条さんのお願い

ぼくの家は母子家庭で歳《とし》の離《はな》れた小さな妹たちがいます。

お母さんはいつも働きづめで、だから中学に上がってからは自分で稼《かせ》げる方法を探しました。そこで見つけたのが、【転生オンライン：パンドラ】というゲームです。

あのゲームは、ゲーム内で稼いだ仮想金貨を現金《リアルマネー》に換《か》えることもできたのです。

家計を少しでも支えたい。そんな思いでゲームの攻略《こうりゃく》に邁進《まいしん》していた中学二年生の春、ぼくは魔法少女のステータスに目覚めました。『異世界アップデート』が起きた当日です。

唯一《ゆいいつ》の稼ぎ場だったゲームはサービス終了《しゅうりょう》してしまったけれど、ステータスに目覚めたのはきっと神様がくれたチャンスなんだって思いました。

これでやっと、まとまったお金が稼げるかもって期待したです。

でも、ぼくのスキルは『相手の攻撃《こうげき》をある程度反射する』や『バフをかける』など地味なものばかり。それでも最初の頃《ころ》は魔法《マジカル》武装で冒険者《ぼうけんしゃ》の中では強い方でした。それがジワジワと戦力的についていけなくなって……いつしか割に合わないってやめちゃいました。

それからぼくは興味本位で自分の身体《からだ》をＳＮＳで晒《さら》すようになりました。

誰《だれ》かがぼくに夢中になって、えっちなことをしてると思うとすっごく興奮しました。

でも、何かが満たされなかったです。

多分……それはみんなが見てるのはぼくの身体であって、ぼくの心ではないからなのだと思います。

直接金銭のやり取りやオフ会は怖《こわ》いからしませんでした。

でも生活費を支えるためには多少の稼ぎが必要だったから、定額制のサービスを開始しました。月額500円を払《はら》ってくれる人にだけ、いつもよりちょっと刺激《しげき》的な衣装《いしょう》を着た限定動画を送ったり。

そうしてどうにか妹たちの食費を賄《まかな》います。

見られるのは正直好きだし、みんなも喜んでくれるなら幸せなんだって。

それでも本当は安心できる誰かと……ぼくを見つけてくれる王子様と一つになることができたらなって、自分の身体を晒すたびにその欲求とフラストレーションはたまってゆきました。

そんな時、七々白路《ななしろ》くんに出会ってしまったのです。

以前から彼《かれ》のことは知っていました。綺麗《きれい》な顔をしてるのに、いつも疲《つか》れきって死んだ魚の眼《め》をしてるので『おじ』ってあだ名で呼ばれてるのを耳にしていたからです。

彼もお金稼ぎに明け暮れる日々を送ってるそうで。そんな彼に少しだけ共感を覚えていました。

そして彼を意識し始めたのは、魔法少女VTuberの【首輪きるる】さんの配信がきっかけでした。

魔法少女なのに、冒険者として配信を始める。

今もまだ諦《あきら》めずに冒険者をする……そんな彼女を、多分魔法少女だったら絶対に見てると思います。一度は諦めた道を、まだ追えるだけの強さを持つ同族がいるのかって興味を抱《いだ》いちゃう。

だから、リア凸《とつ》みたいになっちゃうとわかっていても配信で見かけた【世界樹の試験管《フラスコ》リュンクス】に足を運んでみました。結果、【首輪きるる】さんには会えませんでしたが、彼女の執事さんであるナナシちゃんに美味《おい》しいバウムクーヘンを御馳走《ごちそう》してもらいました。

そう、某掲示板《ぼうけいじばん》で見かけたナナシちゃんのスクショは……どことなく、隣《となり》のクラスの七々白路《ななしろ》くんに似てるって思っていましたけど、まさか本当に本物で、執事のナナシちゃんが隣のクラスの七々《なな》白路《しろ》くんだなんて夢にも思わなかったのです。

彼が魔法少女を支える執事さん。

運命って感じました。

それこそ、ぼくの妄想《もうそう》を叶《かな》えてくれる王子様なのかもしれないって。

そんな気持ちをこの間、ちょこっときるる姉さまに言ってみたら『王子様なんて待っていても来ないのだから、こっちから迎《むか》えに行けばいいだけなのよ』と微笑《ほほえ》まれました。

とにかく今では二人と出会えたおかげで、安定して稼げています。

収入が増えて、目に見えてお母さんや妹たちの笑顔も増えて、とっても幸せです。

魔法少女VTuberになるためにプロデュースをしてくれたきるる姉さまと、きっかけを作ってくれた七々白路《ななしろ》くんにはすごく感謝しています。

なんとなく、七々白路《ななしろ》くんといれば安心できます。

でも、一つだけ彼には不満があります。

だから今日は、勇気を振《ふ》り絞《しぼ》ってそれを伝えてみようと思います。

すごく、すごく、恥《は》ずかしい要求だけど、でも絶対にしてほしいことです。

「おー、銀条《ぎんじよう》さん。昨夜のゲーム配信おつかれー」

「あ、七々白路《ななしろ》くん。見てくれた、ですね」

「まあ、ライバーさんの配信をチェックしておくのは仕事のうちだし。でも銀条《ぎんじょう》さんは無理しすぎないようにね。ただでさえ環境《かんきょう》が一気に変わっただろうし」

「うーうん……楽しいから、大丈夫《だいじょうぶ》です」

「もしきつかったら俺《おれ》からも紅《くれない》に言っておくよ？　俺なんか不平不満はすぐ紅《くれない》にぶつけてるし」

「紅《くれない》、さん……」

「ん？　紅《くれない》がどうかした？」

彼の首を傾《かし》げる仕草が妙《みょう》にえっちです。

喉《のど》ぼとけがもりあがって、首筋から伸《の》びた筋肉が――あ、惚《ほう》けてる場合じゃないです。

今こそぼくの欲求を、要求を伝えるチャンスです！

「あの……きるる姉さまばっかりずるいです」

「え？」

こんなことを要求するのは恥ずかしいです。

でも、ここで言わないと――

「あの、ぼくのことも……下の名前で呼んでほしい、です」

下の、だなんて我ながらえっちな台詞《せりふ》です。

「え？　ぎんにゅうだから……にゅうってこと？」

「ち、ちがいます！　そ、その、月花《つきか》って……」

「あー……ああ、本名の方か！　オーケーオーケー。んー、銀条《ぎんじょう》さんって月花《つきか》って名前なんだ。綺麗な名前だな。俺もせめてそういう感じの名前がよかったよ」

ぼくが思ったよりもすんなり、本当にすんなり七々白路《ななしろ》くんは受け入れてくれました。

小学校以来、男子から名前で呼ばれるなんてなくなったぼくには……刺激的すぎる一大イベントも、彼にとっては日常茶飯事《さはんじ》なのかもしれない。

そう思うと……うん、これはこれでいいかもしれないです！

この雑に扱《あつか》われる感じ……性欲のはけ口にされて消費されるだけの奴隷《どれい》──って違《ちが》います！

今はそうじゃなくてですねっ！

「じゃあ、月花《つきか》も俺のことは名前で呼んでもらって構わないよ」

「あっ、やっ……それは恥ずかしいと言いますか……」

「だよなー……」

「あっ、やっ……決して七々白路《ななしろ》くんの下の名前が変だからってわけではなくて……」

「大丈夫、大丈夫、そこは気にしないで。自分の名前が呼びづらいってのはわかってるから」

自分は求めてるのに、同じことを自分がするってなると恥ずかしくなって、怖気《おじけ》づいてしまう……

そんな自分が情けないです。そして彼に申し訳ないです。

「さ、紅《くれない》がミーティング待ってるだろうから図書室に行こう。な、月花《つきか》？」

だけど彼は、気にした素振《そぶ》りもなくぼくに手を差し伸べてくれます。

やっぱり七々白路《ななしろ》くんは……優《やさ》しくて。

ぼくの王子様なんだと思う。

13話　とある名無《ナナシ》し、冒険者してみる

やばい。

ここ最近忙《いそが》しすぎて、俺《おれ》はリアル推《お》し成分を摂取《せっしゅ》できていなかった。

なので久しぶりに早朝の教室へ登校している。

「あれー？　七々白路《ななしろ》くんをこの時間に見かけるのは久しぶりだねー」

「お、おう、藍染坂《あいぞめざか》さん。おはよう」

「おっはよー」

たった一言で終わる、会話とは言えない挨拶《あいさつ》だけの関係値。だけれど不思議と心地《ここち》よい。

これだ。この感じ。

藍染坂《あいぞめざか》蒼《あおい》と言葉を交《か》わせた俺は、元気百倍フル充電《じゅうでん》。

彼女はいつも通り手早く荷物を自分の席へと置き、水泳部の朝練へ――行かなかった。

なぜか俺の前席の机にちょこんと腰《こし》かけたのだ。

すると必然的に彼女のスカートから、すっと伸《の》びた健康的な脚が至近距離《きょり》に現れる。ちなみにうちのプールは屋内施設《しせつ》なので、運動部にしては色白だ。

しかし、うっすら日焼け痕《あと》のようなものが――

「聞いたよー、この間の夕姫《ゆうき》さんとのやつ」

「えっ？」

一瞬《いっしゅん》、何を言っているのか理解できなかったが……すぐに再起動。

ええと……先日の早朝、教室で紅《くれない》の上履《うわば》きについてたガムを取ってたところを、藍染坂《あいぞめざか》さんに目撃《もくげき》された話か！　今思えば、あれが全《すべ》てのきっかけなんだよなあ。

そして実はあれ以来ちょっーと、藍染坂《あいぞめざか》さんと顔を合わせるのが気まずかったんだが……約束通り紅《くれない》はいい感じに説明してくれたようだ。

「だんなぁ、なかなかにワルでやんすね？」

「お、おう？」

藍染坂《あいぞめざか》さん特有の小芝居《こしばい》じみた喋《しゃべ》りかたに、思わず口元が緩《ゆる》みそうになる。

彼女は何か楽しいことがあると妙《みょう》な口調になる。つまり、俺との会話を楽しいと感じてくれているのだ。よかった。やっぱり誤解は解け——

「あれって夕姫《ゆうき》さんの上履きを舐《な》めてたんだって？　邪魔《じゃま》しちゃってごめんなせえ」

「おいいいいいいいい⁉」

あいつ何言っちゃってんのおおおお⁉　違《ちが》うからあああ⁉

とっさに藍染坂《あいぞめざか》さんの肩《かた》を掴《つか》み、心中で絶叫《ぜっきょう》してしまう。

「ひゃっ」

「やっ、その……ごめん」

早朝の教室は天国から地獄《じごく》に早変わり。

妙な沈黙《ちんもく》が流れてしまううううぅぅ。

だが、ここで口を開かないととんでもない誤解のまま終わってしまう。ゆえに俺は意を決して真実を主張する。

「そのっ……紅《くれない》がなんて言ったかは知らないけど、上履きについてたガムを取ってただけなんだ」

「あー女王様ごっこでやんすか。やっぱり夕姫《ゆうき》さんは面白《おもしろ》いでやんすねえ」

「おもしろい？」

「多分だけどね？　夕姫《ゆうき》さんにとって、靴《くつ》についたガムを七々白路《ななしろ》くんに取ってもらえるのって、舐められるのと同じぐらいの達成感？　征服《せいふく》感なのかなーって」

「……ど、どんな変態ですか？」

クスクスと笑う藍染坂《あいぞめざか》さん。

意外だったのは彼女が紅《くれない》について多少理解している、というか友達《ともだち》っぽい雰囲気《ふんいき》を出してる点だ。

二人がクラス内で喋っているところなんて見かけたことがないのに、だ。

「あの二姫《ニキ》と畏怖《いふ》された夕姫《ゆうき》さんを、ただの変態に堕《お》としちゃうんだもん。七々白路《ななしろ》くんはやっぱりワルよのぉ」

「いや、俺は別にそんな……」

「まあー、夕姫《ゆうき》さんの靴についたガムを取る七々白路《ななしろ》くんも変わってるけどね？　それってどんなシチュエーションなのかな？」

「あー……まあ、ご想像にお任せします」

「ふーん？」

空よりも青く澄《す》んだ彼女の瞳《ひとみ》が俺をじっと見つめる。

ちょっと近いかな藍染坂《あいぞめざか》さん？

「あ、あれじゃあ……俺にも変なイメージが、ついたよな……」

「イメージ？　変なイメージがつくのが怖《こわ》いの？」

「そりゃあ、うん」

「わかるなー。あたしもイメージは怖いよ」

「藍染坂《あいぞめざか》さんも？」

「うん」

そう言って机の上で片膝《かたひざ》を抱《かか》える藍染坂《あいぞめざか》さん。

教室内にこぼれ落ちる陽光に照らされた彼女の綺麗《きれい》な顔は、少しだけ寂《さび》しそうだった。

「人からどう思われるとか、そういうの気にして生きるのってさ。窮屈《きゅうくつ》って感じる時あるよ？」

「でも……じゃあ、藍染坂《あいぞめざか》さんはたまに小芝居じみた口調で話すのはなんで？」

イメージや印象を大切にするなら、変なキャラを時々だす藍染坂《あいぞめざか》さんはちぐはぐだ。

「クラスの中でぐらいは、あたしのイメージはこれだー！　って定着してほしくないのかも？　だからころころキャラ変してるのかな」

藍染坂《あいぞめざか》さんは凛々《りり》しい表情から、悩《なや》ましい顔に変化して、最後は小首を傾《かし》げてキュートな小悪魔《こあくま》になった。

「この間ね、お花屋さんに行ったんだ。それで、可愛《かわい》いぬいぐるみとフラワーベースをくっつけてさ、お花を飾《かざ》ったんだ」

「わあお。素敵《すてき》だね、それは」

彼女は小さな笑《え》みを咲《さ》かせる。

「あははは、ありがとう。でもみんなは……そういうの求めてなかったんだよね」

「みんな？」

「まあ、あたしには似合わないってやつなのかな？　ガサツだし、ゴリッゴリッのスポーツ美少女でしょ？」

自分を下げた後に自分を美少女と持ち上げる話術。

本物の美少女のみに許されたブラックジョークだな。

だけど、なんとなく……ここは笑い話で返してはいけないような気がした。

だからといって藍染坂《あいぞめざか》さんの全てを理解できてるわけじゃない俺は、実体験を元にした言葉を紡《つむ》ぐしかない。

「イメージって一発でついちゃうものもあれば、一朝一夕《いっせき》でつかないのもあるよな？」

「んん……そう、だね」

「俺なんかひどいあだ名とかあるけど、これってコツコツ積み重ねてきちゃったイメージだよね」

「毎日バイト三昧《ざんまい》で疲《つか》れ切った【おじ】ね。そういえばちょっと顔色よくなってきた？」

「おかげさまで。とにかく好きなら、似合う似合わないは関係ないよ。楽しめばいいんじゃないか？　じゃないと疲れちゃうだろ」

「疲れちゃう、かあ……」

「似合わないと楽しめないものなら、そのイメージをコツコツ作っていこ！　ブランディングだよ」

【首輪きるる】のように。

「俺は藍染坂《あいぞめざか》さんが、いつも花が好きとか可愛いものが好きって言ってたらさ……その、楽しそうにそういうのを持ち歩いてたり、一緒《いっしょ》にいたら、きっとそういうイメージになる」

「うん……うん、うん、そうだね……！　あたし、ちっちゃなことで何くよくよしてたんだろー！」

「人は多分……自分のなりたい自分に、ある程度はなれるんじゃないかな」

そのために物凄《ものすご》い努力をする！　なんて、だいそれたことを言ってるんじゃなくて、ちょっとした習慣とか積み重ねで……そう、推しを支える名無しのようにさ。

「七々白路《ななしろ》くんと話せて、とっても晴れたよ！　うん、ありがと……！」

クラスメイトの推しは、それはそれは太陽のように眩《まぶ》しい笑みを咲かせた。

◇

「というわけで、今日から正式にＶＴｕｂｅｒ＆ＹｏｕＴｕｂｅｒ事務所を立ち上げたわ！」

「わーい！」

「えっ⁉」

学校の図書室の片隅《かたすみ》で紅《くれない》はとんでもない発表をし出す。

俺が驚《おどろ》く一方で、月花《つきか》はすんなり受け入れていてパチパチと拍手《はくしゅ》なんてしておられる。順応力が高かった。

「そういうわけで、今日から二人は我《わ》が社とエージェント契約《けいやく》を正式に結んでもらいます」

何やらしっかりした書面を渡《わた》され、俺はそれを慎重《しんちょう》に確認《かくにん》してゆく。

しかし月花《つきか》はパパッと見た後にすぐ自分のサインをしている。

前々から思っていたけど月花《つきか》ってすぐに人を信用しやすいタイプなのか？

「事務所名は『にじらいぶ』に決定です。今後は『にじらいぶ』の～って名乗りましょう！」

「はい！」

「一応聞くが、どうして『にじらいぶ』って事務所名なんだ？」

「ライバーそれぞれの個性や色が合わさって虹《にじ》！　虹みたいにワクワクなライブを、リスナーに届けられたらってね？　もちろん私たちも虹ライブの楽しさを一緒にみんなと味わうの！」

「なるほど……事務所名にどんな思いが込《こ》められてるかはだいたい理解した」

「これなら略しやすいし、言いやすいでしょう？　色分けも定着しやすいでしょうし」

「色かあ」

「そ！　私の担当カラーはもちろんリーダーの赤よ！　で、ぎんちゃんは輝《かがや》くヒロインの銀！　執事であるナナシは……何者にも染まれる、いわばライバー全員をバックアップできる白ね！」

褒《ほ》めているのか貶《けな》しているのか、わかり辛《づら》い担当カラーだ。

それに虹なのに三色しかない。俺は裏方だし……これから七色、七人に増やしていくのか？

「微妙《びみょう》な顔ね？　じゃあナナシの下の名前にちなんで、ピンクでもいいわよ？」

「白《シロ》でお願いします」

「ではこの話は終わり。そして喜びなさい。あなたたちのお給料が一気に跳《は》ね上がるチャンスが飛び込んできたわ」

「いま以上にお給料アップですか⁉　な、なんのチャンスですか⁉」

月花《つきか》が俺より早くお金関係の話に反応するのは予想外だった。

「超《ちょう》大物ＹｏｕＴｕｂｅｒとのコラボウィークが決まったわ」

「わあーっ」

「コラボ相手は誰《だれ》なんだ？」

「登録者数３１２万人のアスリート系ＹｏｕＴｕｂｅｒ、【海斗《うみと》そら】ちゃんよ」

「あっ、そらちゃんのダンス動画見た事あります！　あと、筋トレ動画やダイエット動画もです！」

「あぁー……『バク転だけで階段を上ってみた』とか『ブリッジしながら階段ガガガーって下ってみた』とか『背中に女子を乗せて泳ぎきる50メートルクロール』とか、とにかく破天荒《はてんこう》な動画を出してる人か」

「そうよ。私達それぞれのメイン分野でコラボ企画《きかく》が一週間続くわ。まずは私の主戦場、死にゲー配信を２日間するの。ちょうど明日発売する『エルデンロング』の案件をもぎ取ったの。あとぎんちゃんの主戦場、モデル撮影会《さつえいかい》。こっちは一日のみだけど、ファッション雑誌の表紙になるお仕事だから気を抜《ぬ》いちゃダメよ。そしてそらちゃんの土俵、スポーツね。これはＶＲ機器を使った特殊《とくしゅ》なスポーツの案件で2日間するわ」

案件？　雑誌の表紙？　いやいや、紅《くれない》って仕事できすぎじゃね？

「よくそんな大御所《おおごしょ》とのコラボ申請《しんせい》が通ったな……」

「コラボのお話は先方からいただいたわよ？」

「マジか……」

それすなわち、大手が『にじらいぶ』とコラボすればメリットがあると判断するほど、注目度が上がったってわけだ。

きる民の一人として非常に嬉《うれ》しい。

あのきるるんがついに大手とのコラボにまで辿《たど》りついたぞ！

そうなると俄然《がぜん》やる気が出てくる！

「で、俺は何をすればいいんだ⁉」

「ナナシは何もしなくていいわよ」

「ふぁっ？」

「正確には5日間の休暇《きゅうか》をあげるわ。好きな事をしてなさい」

「えっ、まじかー……えっ、俺、何もできないの？」

「この件においてナナシにできることは終盤《しゅうばん》の締《し》め！　大トリのダンジョン攻略《こうりゃく》配信ぐらいね？」

「ダンジョンの攻略コラボもするのか……」

「それまでのコラボは全てあっちのカメラマンさんがやってくれるらしいわ。その代わりといってはアレだけど、ダンジョン配信の撮影《さつえい》はその道のプロに任せるって」

「ふーむ」

「だからそれまでナナシは不要よ」

◇

そんなこんなで、紅《くれない》と月花《つきか》は詳《くわ》しい打ち合わせをするらしいので、不用品の俺は図書室を追い出された。

ふーむ。学校もちょうど三連休を挟《はさ》むし、５日間の休暇か。

俺がきる民でなければ手放しにこの状《じょう》況《きょう》を喜べただろう。

５日間、自堕落《じだらく》に過ごす！

しかしきる民である俺にそれは許されない。

なぜならきるるんが頑張《がんば》ってるのに、俺だけさぼるとか無理すぎる。

そんなわけで俺は【世界樹の試験管《フラスコ》リュンクス】に赴《おもむ》いていた。

主な目的はまだ見ぬ食材の調達、および冒険《ぼうけん》ルートの予習である。

「冒険者ギルドには久しぶりにきたなー……どうせ冒険するならクエストでも受けておくか」

思い立ったが吉日《きちじつ》、俺はクエストが貼《は》られた掲示板《けいじばん》へと歩む。貼り紙にはクエストの内容以外に
『Ｌｖ７以上の前衛、冒険者ランクＤ以上を求む！』といった条件も明記されている。

「たしかクエストには、Ｌｖや冒険者ランクに応じて受注できる上限があったんだよな」

ちなみに俺のＬｖは０である。冒険者ランクも最低のＧ。

だから受けられるクエストはたかが知れていた。

その辺に群生している薬草の採取だとか、都市内でのお使いやらお手伝いやらの類ばかりだ。

これでは新しい食材の探求は厳しいので……よし、クエストは受けずに行くか。

「──なに⁉　アイテムボックス持ちの冒険者が死んだのであるか⁉」

「おいおい……冗談《じょうだん》だろー？」

「それじゃあ我々のクエストはどうなるのでしょう？」

「うーむ……【砂クジラ】を討伐《とうばつ》できたとて、その死体を持ち帰れなければ……ギルドに納品できぬ。予定していた儲《もう》けの３分の１になるのう……」

何やらギルドの受付から、揉《も》め事っぽい声が耳に入ってくる。

こそーっと聞き耳を立ててみると、どうやら彼《かれ》らは【砂クジラ】とやらを討伐するクエストを受けていたようだ。そして、そのサポート要員としてギルドが【アイテムボックス】持ちの冒険者をつける契約だったらしい。

「まことに申し訳ございません……！　たいへん、たいへん申し訳ございません！」

ギルド嬢《じょう》の態度から、そこそこ立場の強い冒険者たちらしい。

「謝《あやま》られても私の筋肉は微動《びどう》だにしないのである」

「いや……謝られてもよお。今回の【砂クジラ】の討伐はパスだろ？」

「誰か代役の方などを派遣《はけん》してくだされば、我々もクエスト破棄《はき》などせず穏便《おんびん》に済ませるのですが」

「わしの聞いた話じゃ、近場に【ハイオーク】の群れもおるらしいしのう……今回は危険度も加味して、【砂クジラ】の死体回収ができねば割にあわぬぞ」

アイテムボックス持ちの冒険者がいれば解決しそうだな？

「申し訳ございません……アイテムボックス持ちは非常に希少でして、冒険者ギルドも全力で探してはいるのですが……【海渡りの四皇】のみなさまと、ご都合の合う者が今はいなくて……」

ほう……【海渡りの四皇】といったパーティー名なのか。

四皇をパーティー名に付けちゃうとかかなり強そうだ。

もしかしたらここは交渉《こうしょう》のチャンスなのかもしれない。

「あのー、俺、アイテムボックス持ってます」

「なに⁉」

おおー。

受付嬢《うけつけじょう》への当たりが一番きつかった青年が、真っ先に俺に振《ふ》り返った。

「俺を一時的に雇《やと》ってみませんか？」

「おまえ、何レベルだ？　冒険者ランクは？」

「Ｌｖ０です。ランクはＧです」

「話になんねーだろ」

彼には一蹴《いっしゅう》されてしまうが、他の人は違っていた。

銀色の甲冑《かっちゅう》に身を包んだ如何《いか》にも騎士《きし》的っぽい青年が、待ったをかける。

「待て、鷹部《たかべ》。彼を守れるだけの力が僕《ぼく》たちにはある。なら彼の名乗りを快く受けようじゃないか」

「はあ？　こんなザコ……うーん、でもなあ……」

鷹部《たかべ》と呼ばれた青年は俺を上から下まで見つめて唸《うな》る。

すると彼の横にいた、やたら声のでかいマッチョメンが口を開いた。

「危険である！　Ｌｖ０の筋肉じゃ行くだけ死ぬだけである！　私たちだって不測の事態に対応できないときはあーっる！」

「うーむうむ……しかしのう、豪田《ごうだ》よ……こやつのお守《も》りを多少するだけで報酬《ほうしゅう》は３倍じゃぞ？」

「「……」」

それから彼らはしばしの沈黙後、不承不承といった面持《おもも》ちで頷《うなず》いた。

すると騎士さんを筆頭にそれぞれの自己紹介《しょうかい》が始まった。

「よし、決まりだ。僕《ぼく》は世渡《よわたり》清《きよし》。キヨシと呼んでくれ。一応、このパーティー【海渡りの四皇】のリーダーをやってるよ」

「わしは仙流裕志《せんりゅうゆうじ》じゃ。みなは仙《せん》じぃと呼んでおるぞ」

「っち。ザコがでしゃばりやがって。どうなっても知らねーからな。鷹部《たかべ》だ」

「私の名は豪田剛士《ごうだつよし》！　筋肉のないキミの出る幕じゃない！　これが私の本音である！」

キヨシさんと仙じぃ以外は俺の参加に不服そうだ。

普段《ふだん》であれば、自分が歓迎《かんげい》されてないコミュニティに入り込むなんて図々《ずうずう》しいことはしない。しかし、これも推し活のためである。

他の冒険者がどうやってこの世界を踏破《とうは》しているのか、その手順だったりやり方を実践《じっせん》で学ぶのは今後の役に立つ。経験豊かそうな彼らについてゆくならなおさらだ。

特にきるるんやぎんにゅうとダンジョン配信をする際は、彼らとの冒険で吸収した経験や知識が活《い》かせるだろう。

「俺は七々――ナナシって言います。これから【砂クジラ】討伐までよろしくお願いします」

こうして俺は臨時のパーティーを組むこととなった。

◇

「僕たち【海渡りの四皇】は元々、【創造の地平船ガリレオ】で活動していたパーティーなんだ」

リーダーであるキヨシさんの説明を受け、俺はゲーム時代の記憶《きおく》を引っ張りだす。

【創造の地平船ガリレオ】は巨大《きょだい》な船と船を無数に鎖《くさり》で繋《つな》ぎ、地平線のように伸びた海上都市だ。船といっても、もはや塔《とう》とか城みたいなものまである。

なので小島が繋がってできた細長い街、のような代物《しろもの》だ。

「【創造の地平船ガリレオ】……確か五大黄金領域の一つですよね」

「ふぉっふぉ。あそこはよく揺《ゆ》れるからのぅ。わしは【世界樹の試験管《フラスコ》リュンクス】に活動拠点《きょてん》を移せてよかったわい」

「っち。俺は本物の海の方が好きだったのによ」

「6日後にそらちーがこの辺りに現れるはずであーる！　であるならば、私の筋肉を披露《ひろう》するチャンスなのであーる！　いや、筋肉と筋肉の共鳴なのであーる！」

ん？　そらちー……？

「この通り、豪田《ごうだ》の推しが近々この辺りでコラボ配信をするらしいんだ。こいつがどうしてもーって言いだしてね」

「ふぉっふぉっ。いい恰好《かっこう》を見せるためにちょっと早めに乗り込んだってわけじゃ。慣れておく必要があるゆうてのぉ」

「推しとかマジでくだらねぇ……会えるわけないっつの」

「鷹部《たかべ》！　筋肉を信じるのである！」

んんん？　もしかして豪田《ごうだ》さんは……きるるんとぎんにゅうのコラボ相手、【海斗《うみと》そら】のガチファンってやつなのか？

「もしかして【海斗《うみと》そら】さん？」

「おおおお！　ナナシも『そらんちゅ』であったか！」

「あ、いえっ……別にファンとかではなくて」

「なんと！　そらちーの筋肉はいいぞ～しなやかに磨《みが》き抜かれたボディ、健康的な筋肉、洗練された動き、たまらない、たまらないぞぉおぉぉお！　何より天真爛漫《てんしんらんまん》な可愛らしさが！　最高に推せるのであーる！　それに比べてナナシの筋肉は細――……ん？　んんんー……？　ぎっちり、詰《つ》め込まれている……？　ば、ばか、な……？　Lv0……？」

俺の上腕二頭筋《じょうわんにとうきん》あたりを突然触《とつぜんさわ》り始め、凝視《ぎょうし》し始める豪田《ごうだ》さん。

「いい加減にしないか、豪田《ごうだ》。ごめんね、ナナシくん。豪田《ごうだ》のやつは推しの話になると長いんだ」

「まったく豪田《ごうだ》は暑苦しくてかなわないのう。ほれ、ナナシ坊《ぼう》にはわしらの討伐目標である【砂クジラ】について知っておいてもらうとするかのう」

「ちっ。こんな奴《やつ》に説明したって俺らの時間の無駄《むだ》だろ」

「鷹部《たかべ》は口が悪すぎだよ」

「ふぉっふぉっ、弱い奴ほどよく吠《ほ》えると言うじゃろ？」

「仙じぃ、てめえーぶっころすぞ⁉」

「わしを殺したらパーティーの魔法攻撃《まほうこうげき》役がいなくなるぞい？」

「っち！」

鷹部《たかべ》さんはふてくされつつもミーティングに参加してくれるようだ。そんな彼を見て、クックッと笑っている仙じぃさんやキヨシさん。

なんとなく、こういうやり取りはいつものことなのだと伝わってくる。

なんかいいな……男同士の友情というか、冒険者のやり取りって感じがする。

「そんなわけでナナシくん。君は今回、僕らに同行するだけでモンスターと戦う必要はない。でも僕たちが何をできるか把握《はあく》しておくと生存率がぐっと上がるはずだ」

リーダーのキヨシさんを皮切りに、各メンバーたちが冒険者風の自己紹介を始めてくれる。

「わしはLv17じゃ。身分は【賢者《ウォーロック》】。中距離の攻撃魔法が得意じゃな」

仙じぃのLvと身分に少しビビる。

まず身分【賢者《ウォーロック》】は転生オンライン時代でもレア身分だった。それに加えてLv17って、現在の最高レベル冒険者が20なのだから、間違《まちが》いなく高ランク冒険者だろう。

「っち……俺はLv15で身分は【狩《か》り人】だ。索敵《さくてき》がメインだが、弓と短剣《たんけん》も扱《あつか》う」

「私はLv16である。身分は【神官戦士】であーる！　回復とメイスは私に任せるのである」

「そして僕もLv16。身分は【聖騎士】だよ。近接での攻守《こうしゅ》は僕に任せて」

おおっ。四皇なんて名乗ってるだけあって、みんなレベルが高い！

ぽっと出の俺なんかを守り切れると豪語《ごうご》したのも、それなりに自信があるからだろう。

もしかしなくとも、けっこうな当たりパーティーだよな？

「つまり僕ら【海渡りの四皇】は、前衛の僕が敵を食い止め、中衛の鷹部《たかべ》と豪田《ごうだ》が攪乱《かくらん》と援護《えんご》、そして後衛の仙じぃが高火力の魔法で仕留める。これがいつものパーティースタイルさ」

「ナナシ坊は基本的にわしのそばにいるのじゃぞ？」

「てめえは余計な手出しすんなよ。ウロチョロしたら苛立《いらだ》ちで俺の手元が狂《くる》う。したら、モンスターを殺す前に、お前を射止めちまうかもしれねえ」

「私の大きくて優美な筋肉の陰《かげ》に隠《かく》れるのであーる！」

「はい！」

「それで標的の【砂クジラ】は――」

なんかこれぞ冒険者っぽい会話だな。

ちょっとだけ興奮している自分がいた。

◇

俺は思う。

「おい、ナナシ！　帆先《ほ》をもっと立てろ！　ロープを左に引っ張るんだよ、使えねえな！」

鷹部《たかべ》さんは口調が厳しい。

「馬鹿《ばか》やろう！　引っ張るってことは、ロープにしっかり掴まれってことなんだよ！」

だが、言っていることは全て的確だ。

俺が【砂乗りの船】から落ちないように指導してくれている。

この【砂乗りの船】は【砂の大海《サンドブルー》】を素早《すばや》く移動するための物で、帆で風を受け止めたり、船体下にあるスクリューのような物で青い砂をかき分けて進んでくれる。

「ちゃんと慣れておけよ⁉　ったく世話のやけるグズだぜ。危険地帯に入って【砂乗りの船】から落ちてみろ、マジでお前はゴミみたいに死ぬぜ？」

そう、鷹部《たかべ》さんが説明してくれる内容は俺の身の危険に通ずることばかりなのだ。

すなわち俺の身を案じてくれているのだ。

彼はバレてないつもりなのだろうが、他のパーティーメンバーが鷹部《たかべ》さんを見てニヤニヤしているのでまるわかりである。

思い返せば彼は、俺がパーティーに加入する時に反対していたのも『危険だから』と、俺が死なないようにわざと突《つ》き放した言い方をしていたように思える。

「荷物持《ポーター》ちしか取り柄《え》がねえんだから、しっかり慣れておけよ！」

今だってそうだ。万が一『海渡りの四皇』が全滅《ぜんめつ》しても俺だけでも逃《に》げ切れるようにと、鷹部《たかべ》さんなりの配慮《はいりよ》だったのだ。

そんな彼のおかげで、俺は【砂の大海《サンドブルー》】の風を受けて快走している。

かなり揺れるし、傾斜《けいしゃ》の激しい砂丘《さきゅう》では体勢を維持《いじ》するのも大変だ。それでも青い砂の海を駆《か》け回るのは気分が良い。

「……きもちい」

これぞ冒険のだいご味ってやつなのかもしれない。

「だいぶ【砂乗りの船】の扱いになれてきたようだね。ナナシくん」

「いえいえ、まだバランスを取るのが難しいです。『海渡りの四皇』のみなさんはさすがですね。【創造の地平船ガリレオ】を拠点にしていただけあって、揺れには慣れてるのですか？」

「ふぉっふぉっ。こっちの方が幾分《いくぶん》もマシじゃのう。揺れは穏《おだ》やかじゃし、船から落ちても戻《もど》ってこれそうじゃ」

「っち。俺は本物の海の方が好きだ」

「ナナシよ！　筋肉さえあればどこに行っても大抵《たいてい》は筋肉が解決してくれるのである！　お前の筋

肉もそう語っているであろう？」

「お前ら喜べ……どうやら豪田《ごうだ》の無駄な筋肉話に付き合ってる暇《ひま》はなさそうだぜ」

豪田《ごうだ》さんを遮《さえぎ》ったのは鷹部《たかべ》さんだ。

「――――【鷹《たか》の眼《め》】」

彼は遠方を眺《なが》めるようにじっと一方向を凝視し始める。

たしか技術《パッシブ》【警備する者《レンジャー》】の中に【鷹の眼】というものがあった気がする。動く者を自動的に察知し、それを拡大して視《み》る効果だったはず。

「いたぞ……【砂クジラ】が一頭いる」

「周りに他の【砂クジラ】の姿は見えるかな？」

「いや……例の、商船ルートを徘徊《はいかい》してる『はぐれ』だと思う」

【砂クジラ】は元々、群れで砂中を移動する巨大な生物だ。

しかし、最近では商船が通るルートに一匹《ぴき》のはぐれ【砂クジラ】が出没《しゅつぼつ》するようになったらしい。

そしてついにいくつかの商船が消失する事件が起き、【砂クジラ】に丸呑《まるの》みされたと結論づけた。

憶測《おくそく》なのは【砂クジラ】にやられた商船が船ごと丸々消え、誰一人として生存者も目撃者もいないからだ。

商業ギルドはこの事態を重く受け止め、『また被害《ひがい》がでたらかなわない』と討伐依頼《いらい》を出した。

「クジラの肉って美味《おい》しいって聞きますよね」

俺は自分が冒険する目的を忘れていない。

食材探しである。

「あー……日本近海で捕《と》れるクジラの肉は美味《うま》いよ」

「ふぉっふぉっ、わしが小学生の頃《ころ》は給食に出てくるぐらいじゃったが、あのほどよい脂身《あぶらみ》とすっきりした旨味《うまみ》は癖《くせ》になったのお。懐《なつ》かしいわい」

「異世界《パンドラ》の食い物は全部ゲロ不味《まず》って聞くけどな。以前、討伐した『砂クジラ』も食材としてクソ不味いからいい値で売れなかったぜ……ありゃあ骨がいい金になんだよ。あと確定で金貨2枚ドロップするのも美味い」

「しかし【首輪きるる】は、異世界《パンドラ》産の食材でも美味しそうに食べていたのであーる。そういえばナナシは……執事ちゃんと同じ名前であるな？」

「っち。誰だよそりゃ。また別の推しか？　それより、そろそろ狩りの時間だぜ？」

くっ。せっかくきるるんの話題が出たのに……さすがに今は布教している場合ではないか。

鷹部《たかべ》さんの視線の先を目で追えば、確かに青い砂が蠢《うごめ》いている。

「……大きい」

二階建ての一軒家《いっけんや》より大きなサイズ感だ。

雄大《ゆうだい》なクジラが【砂の大海《サンドブルー》】から跳ねる。

それだけで、ざばぁぁぁあああんっと青い砂の波が俺たちを襲《おそ》う。

「豪田《ごうだ》。いつも通り、バフを頼《たの》むよ！」

「女神《めがみ》リンネの御《ご》加護を――【筋力増強《アーミー》】」

「剣宣《けんせん》――【我、敵を弾く《スラッシュ》】！」

俺たちに迫《せま》る砂の津波《つなみ》はキヨシさんの剣閃《けんせん》が弾《はじ》いた。これにより、【砂乗りの船】の進行方向は安定して【砂クジラ】へと接近できる。

「――黄金教の輝き、疾走《しっそう》する死神、終焉《しゅうえん》を授《さず》ける鎌《かま》――」

「よし、仙じぃが詠唱《えいしょう》に入ってる間に【砂クジラ】の動きを鈍《にぶ》らせよう！」

「あいよ！【巨人を縫い付ける矢《ジャイアント・アロー》】！」

「女神リンネの御意思《ごいし》を――【ゆるやかなる礼拝《スロウ・ムーヴ》】」

「剣宣《けんせん》――【我、十字架を誓う《クロスソード》】！」

彼らの連携《れんけい》は見事なものだった。

キヨシさんの剣撃《けんげき》で波を上手にコントロールし、豪田《ごうだ》さんと鷹部《たかべ》さんのコンボで【砂クジラ】の動きを着実に鈍らせる。

そして決め手は仙じぃの魔法だ。

「――【かまいたちの閃光《ゴールドラッシュ》】！」

それは無数に咲く爆裂《ばくれつ》、そして裂傷《れっしょう》の嵐《あらし》だった。

一撃で【砂クジラ】の体表に無数の傷が広がってゆく。

「ふぉっふぉ、この調子ならあと3、4発で仕留められるのぅ」

「よし！　いけるよ！　引き続き――」

「待て、あれはなんだ⁉　東の方角――【砂乗りの船】が3隻《せき》、来てるぞ！」

「むぅ？　あやつら、何者じゃ？」

「何か飛ばしてきたのである……弓矢である！」

「【火の球《ファイアボール》】も来てるよ⁉　僕たちが狙《ねら》いか！　豪田《ごうだ》、頼む！」

「女神リンネの奇跡《きせき》を――【空を遮る吐息《エア・シールド》】」

既《すんで》のところで、俺たちを狙った多くの弓矢は中空で逸《そ》れてゆく。

だが魔法である火球だけは違った。

幸い誰も被弾《ひだん》しなかったものの、船体に大きなダメージが出てしまう。その衝撃《しょうげき》と揺れにより、俺たちは【砂の大海《サンドブルー》】へと投げ出されてしまった。

「くっ、みんな無事かい⁉」

「っつぅぅぅ……地面が砂で助かったぜ……」

「仙じぃだけ【砂乗りの船】にいるのである！」

「おい、砂クジラが――⁉」

無様に砂海に身を晒《さら》した俺たちに待っていたのは、大口を開けた【砂クジラ】の強襲《きょうしゅう》だ。

小舟《こぶね》を丸呑みできる巨大な虚空《こくう》が眼前に広がり、もはや俺たちに回避《かいひ》できる術《すべ》はなかった。

なので、俺は包丁を前に掲《かか》げて技術《パッシブ》を発動する。

「――――【神降ろし三枚おろし】」

すると【砂クジラ】は一瞬で、ドッパアアアアアと綺麗に切断されてゆく。

【神降ろし三枚おろし】は基本的に素材に適した絶妙《ぜつみょう》な切り加減を実行する。しかしその本領は魚

を左身と右身、背骨の3枚に切り捌《さば》くこと。ちなみに魚に限らず3枚におろせるけど、やっぱりこ
こまで美しく捌けるのは海の生物たるクジラだからか？　いや、海ではなく砂中の生物か？

おっ、金貨2枚ゲット。

Ｌｖや記憶量《きおくりょう》をアップさせるのに消費するのが金貨だけど、ゲーム時代と違って今は手に入りづらいんだっけ。

「……えっ？」

「はあああああああああああああ!?」

「きっきききき、き、きんにく、であーる……？」

ポカンとする3人。

俺はとりあえず死体になった【砂クジラ】を吟味《ぎんみ》する。

「いい食材になりそうですよね？　やっぱり魚は3枚におろすのが鉄板ですかね！」

「いやいやいやいやいやいやいや!?」

「魚じゃなくて鯨《くじら》は哺乳類《ほにゅうるい》な!?!?　じゃなくてだな!?」

「ちょっ、ナナシっ、えええええ!?　驚愕《きょうがく》なのであーる!?」

◇

「と、とりあえず、助かったよナナシくん!!」

「おまえ、一体何をしたんだ……？」

「強靭《きょうじん》すぎる筋肉である……」

「いえいえ。食材の方は俺が【解体】して、しっかりアイテムボックスにしまっておきます」

「えっ、あ、ああ……そ、そうだ！　今は襲ってきた3隻の【砂乗りの船】に対処しないと！　仙じぃは無事かい⁉」

「め、女神リンネの慈愛《じあい》を――――【癒《ヒ》やしの手《ール》】」

「お、おう……【鷹の眼】」

3人が突如《とつじょ》襲ってきた敵の正体を把握してる間に、俺はせっせこ【砂クジラ】を解体してゆく。

ほわー、クジラのヒレってわりと美味しそうだな。

内臓……臓物も食べれそうだな。よしよし、さくさく進めるぞー。

「っち。まじかよ……あいつらハイオークだ。おかしいと思ったぜ……いくら【砂クジラ】が商船を丸呑みしたって言っても、痕跡《こんせき》ぐらいは残るだろって」

「なるほど……はぐれの【砂クジラ】が商船を襲う混乱に乗じて、ハイオークが奇襲《きしゅう》を仕掛《しか》ける。そして戦利品として【砂乗りの船】を奪《うば》う。味を占《し》めたから繰《く》り返す、か」

「あの数はキツイのである。私たちでもハイオークは5匹を相手取るのが精一杯《せいいっぱい》である」

「もう逃げ切ることはできないね……あっちに【砂乗りの船】がある以上、僕たちより足が速い……」

くっ、こっちに接近してくるよ！」

「――7、8、9、10匹いるぞ！　くそったれ、また【火の球《ファイアボール》】を撃《う》ってきやがった！」

もう少しで【砂クジラ】の全てをアイテムボックスに収納しきるかって時に、敵の魔法攻撃が俺たちに迫る。

ん？　待て待て、このままではせっかくのクジラお肉に火がぶち当たっちゃうじゃないか！

よし、こうなったらアレをやるしかない。

ちょうどブタっぽい食材も近づいてきてるし、意外とうまくいくかもしれない。

「――【嵐神の暴風《ストーム・シェイク》】」

料理素材を混ぜたりこねたりする際、嵐神の祝福を得て究極のバランスでシェイクできる技術《パッシブ》。

それを迫りくる火球と豚人間《ぶた》たちに発動！

まずは火球を、俺の手から噴《ふ》き出る暴風で包み込むようにしていなす。さらに火球の進行方向を強制的に変化させ、豚たちとシェイク、シェイク、シェイク！

「やった！　焼き豚やチャーシューにできそうな食材になったぞ！」

【砂乗りの船】に乗っていた豚人間たちは、今や炎《ほのお》をまといし豚戦士になっていた。

そして豚戦士の炎が【砂乗りの船】に燃え移り、船は焼けこげる運命を辿る。だが、豚肉たちは躊躇《ちゅうちょ》なく船を乗り捨てた。

烈火《れっか》のごとく空中を滑空《かっくう》しながら俺たちの目の前に着地。

『『『ブォォォッォオォオオオオオオオオ！』』』

すごいな。豚人間は全員が2メートルを優に超《こ》える巨体《きょたい》だ。明らかに先ほどより一回り肥大化して見えるのは、その身にまとった炎のゆらめきのおかげか、それとも獰猛《どうもう》な咆哮《ほうこう》のせいか。

とにかく猛者感《もさ》が出ている。

けど3枚におろせば美味しい豚肉には変わらない。

「いやいやいや、敵をめっちゃ強化してるじゃねえか⁉」

「あれって……【ファイアオーク】、だよね……？　【ミノタウロス】より強いって話の……」

「そんなのが10匹も……逃げるが勝ちであーる」

「【神降ろし三枚おろし】！【神降ろし三枚おろし】！【神降ろし三枚おろし】！【神降ろし三枚おろし】！　んっ？　きゅーも遊びたい？　いいぞ、行ってこい！　新しい食材ゲットおお！」

「くっきゅううううううううん！」

胸ポケットから飛び出したきゅーが即座《そくざ》に巨大化を果たす。

そしてねずみにじゃれつくように、それはそれは楽しそうに豚肉を間引いてくれた。

こうして俺は一回の戦闘《せんとう》で貴重なクジラのお肉と焼豚《チャーシュー》、二つの食材を手に入れた。

「「はぁぁあああああああああああ⁉」」

さすがの『海渡りの四皇』たちも、きゅーの圧倒《あっとう》的な可愛さには度肝《どぎも》を抜かれたようだ。

◇

「ふぉっふぉっ、ナナシ坊さまさまじゃのう」

「【砂乗りの船】が壊《こわ》れたから、寝床《ねどこ》もどうしようと思っていたんだけど……ナナシ君には本当に頭が上がらないよ」

「や、やるじゃねえかナナシ。キャ、キャンプ用のテントを用意してるなんて恩に着るぜ。そ、それはともかく、なあ、そのキツネ……俺にけしかけたりしない、よな……？」

「ナ、ナ、ナナシは良い筋肉である」

無事に【砂クジラ】や【ファイアオーク】を討伐した俺たちは【世界樹の試験管《フラスコ》リュンクス】へ戻る運びとなった。ただ、移動手段である【砂乗りの船】が全損してしまったため徒歩での行軍だ。

どうにか明るいうちに距離を稼《かせ》ぎたかったけれど、冒険は非情だ。

【砂の大海《サンドブルー》】には夜の帳《とばり》が落ち、俺たちは野営しなくてはいけなくなった。

夜間の移動は危ない。疲労《ひろう》が蓄積《ちくせき》した状態かつ暗がりが蔓延《はびこ》る砂地では、いつどこからモンスターが顔を出すかわからない。だったら安全性が高そうな場所で、しっかりと疲労を回復して次の日に出発するのが最善策らしい。

それに昼間と違って冷え込んでくるのも懸念《けねん》点だ。

多少の肌寒《はだざむ》さとはいえ、ゆるやかに体力を奪う。なので明日のためにも暖を取る必要があるのだ。

「今夜の天候は……大丈夫《だいじょうぶ》です。雨は降らないようです」

「【天空読み】だっけ？　便利な技術《パッシブ》だね」

「ほんに助かるのぅ」

雨に濡《ぬ》れてしまった場合、寒さは倍増するので余計に体力を消耗《しょうもう》してしまう危険がある。しかし今夜はテントもあるし、天気も快晴が続くのでその心配はなさそうだ。

夜空には綺麗な星々が瞬《またた》き始めている。

「よし、みんな。火を起こしたよ」

「ふぉっふぉっ、では食事にするかのう。どれ、ナナシ坊。わし特製の干し肉をわけてやろうぞ」

「仙じぃのは薄味《うすあじ》だからな。そんなんより、俺の栄養ドリンクをやるよ」

「ナナシよ。秘蔵のプロテインバーを進呈《しんてい》するのである」

みんなが思い思いの食事を懐《ふところ》から取り出しては譲《ゆず》ってくれる。どれも携帯《けいたい》するのに適した物ばかりで、かさばらない。

冒険者は食糧《しょくりょう》の持ち運びが大変だと聞いている。やはり、そういった観点からもアイテムボックス持ちは重宝されるのかもしれない。

俺はみんなの厚意《こうい》に嬉しくなり、つい提案してしまった。

「みなさん。今日討伐した【砂クジラ】と【ファイアオーク】の素材をちょっとばかり、料理に使ってもいいでしょうか？」

「ナナシくん。そんなのは僕たちに許可を取る必要はないよ。そもそも、モンスターの素材は全てナナシくんのものだ」

「ふぉっふぉっ。わしらは何もしとらんからなあ。ナナシ坊に助けられただけじゃわい」

「っち。まあ、俺等はギルドからクエスト報酬《ほうしゅうきん》金はもらうから、お前を利用してギルド内の実績と功績を上げてやったぜ。だ、だからって、そのキツネを俺にけしかけるなよ？」

「もちろん、よい筋肉への配分は忘れないのである。報酬金は5等分するのである」

口々に俺を持ち上げてくれる『海渡りの四皇』。

しかし、そもそも彼らがいなければクエスト受注すらできず、こんな短時間で【砂の大海《サンドブルー》】を渡ることすらできなかった。

だから俺のほうこそ感謝を込めて言葉を紡ぐ。

「報酬金については予定通り、荷物持ち《ポーター》代の20万円で十分ですよ。むしろもらいすぎかなって」

「しかしのぅ……今回のギルドからの報酬は700万円じゃぞ？」

「でしたら壊れてしまった【砂乗りの船】の修理代に使っていただければ」

「それだって安価に済みそうなんだよ？　燃えた3隻の破片《はへん》をアイテムボックスに入れてくれたナナシくんが、自由に修繕《しゅうぜん》に使っていいって言うからさ」

「俺ら『海渡りの四皇』が報酬をケチったと知れちゃあ、今後の沽券《こけん》に関《かか》わんだよ」

「よい筋肉にふさわしい報酬を受け取るべきなのである」

頑《かたく》なに報酬面に関して折れない彼らに俺はにっこりだ。

「それならせめて、みなさんと一緒に冒険できた喜びを……料理でお伝えしたいと思います」

「ふぉっふぉっ、好きにせい」

「砂クジラとファイアオークかあ。それは楽しみというか、怖いというか」

「なんだなんだ、俺たちにゲテモノを喰《く》わせようって気か？　異世界産《パンドラ》のメシは激マズなんだろうが。っち、まあ仕方ねえ、付き合ってやらあ」

「それは筋肉によい食べ物なのであるか？」

俺はまず焚火《たきび》の火力を【神竜《しんりゅう》の火遊び】で底上げする。

そしてアイテムボックスから料理器具を出し、『雪じゃが』と『雪にんじん』をザックリと乱切りに、『雪玉ねぎ』をくし切りにする。

続いてミノタウロスの小間切れとファイアオークのバラ肉をスライス。

おぉー、ファイアオークの肉はスッと包丁が通りやすいな。脂もほどよく乗っていてけっこう美味しそうだ。

「うん、今日は牛豚《ぎゅうとん》のミックスでいくぞ」

次に大きめの中華鍋《ちゅうかなべ》にサッと油を敷《し》く。そこへ牛豚の各種肉を入れてゆく。肉の色が変わるころに、先ほどの雪野菜たちもぶちこむ。

「――【舌で神々が踊る《ソース・オブ・ゴッズ》】」

それから俺は、醤油《しょうゆ》と砂糖、酒、みりん、ほんだしの5大コンボを連想しながら煮汁を生成《にじる》。これぞ黄金比率と言わんばかりの煮汁を、肉と野菜へと垂らし込む。

それから落とし蓋《ぶた》をしてぐつぐつと煮込む。

時々、灰汁《あく》を取り除きながら煮込む。

「これは……まさか肉じゃがなのかい？」

「ふぉっふぉっ、ええ匂《にお》いじゃのぉー」

「白いにんじんだと……？」

「ぷりぷりのお肉が、鍋の中で踊《おど》っているのである……」

「ふふふ……煮詰《につ》めている間に、とれたて新鮮《しんせん》な魚もご用意しましょう」

「魚……？　いや、鯨は魚じゃなくて哺乳類な」

実は【砂クジラ】を討伐した際、【審美眼《しんびがん》】を発動して生で食べても問題ない箇所《かしょ》を探《さぐ》っていた。

それでわかったのが、刺身《さしみ》にしても問題ない部位は舌《した》と背中からお腹《なか》にかけての透《す》き通った身だ。

「――【神降ろし三枚おろし】」

クジラの旨味成分を一切潰《いっさいつぶ》さない完璧《かんぺき》な切り方で、刺身をつくる。

斜《なな》めにスッと刃《は》を通し、極上《ごくじょう》の一枚が次々と生まれてゆく。

それからレモン汁《じる》やオリーブオイル、砂糖を少々といったさっぱりめのソースも生成しておく。サーモンマリネならぬ、クジラのマリネ風の出来上がりだ。

もちろん、ソースをつけずに醤油やポン酢《ず》などでもいただけるように分けてある。

少しこってり気味の肉じゃがとは相性《あいしょう》が良いはずだ。

さて、肉じゃがの煮込み具合は――――もう少しか。

「煮汁もあらかた飛んだから、あとは蒸《む》して味をしみこませます」

もはや『海渡りの四皇』たちは、今か今かと肉じゃがをすごい熱量で見つめている。

早く食べさせてあげたいけれど、ここが重要なのだ。焦《あせ》ってはいけない。

味しみしみ肉じゃがの秘訣《ひけつ》はじっくりと蒸す事にある。

その間に【砂クジラ】の刺身を綺麗にプレートへ盛ってゆこう。

大葉なんかも添《そ》えてそれなりの雰囲気を出してゆく。

「こ、これは何かの拷問《ごうもん》かな？」

「ふぉっふぉっ。たまらんのう……食欲をそそる甘辛《あまから》い醤油ベースの香《かお》り、肉と野菜が織りなす香りもまた……」

「お、おい！　まだできあがらねえのか⁉」

「筋肉が震《ふる》えているのである。た、耐《た》えきるのである、も、もう少しなのである！」

十分に味がしみたと判断した俺は、肉じゃがをそれぞれのお椀《わん》へよそってゆく。

「はい、お待ちどうさま。【ほくほく豚と闘牛《とうぎゅう》肉じゃが】です」

白い野菜だったものはすっかり醤油ベースに染まり、それぞれの肉たちが絡《から》まり合っている。

そして周囲の気温が下がってきたからなのか、おわんから白い熱気がほくほくと立ち上っている。

「いただくよ！　んっ！　んまぁあああ！　えっ、これ、んぐっ、おいしすぎるよっ⁉」

「ふぉっふぉぉっ、どれどれ……ほくほくの野菜たち……そして牛の味わい深くも、コクのある旨味、豚のぷりぷり食感にあっさりとした旨味の調和……美味じゃ……！」

「あったけえ……胃に沁《し》み渡るぜぇ……」

「き、筋肉が歓喜《かんき》しているのである……！」

みんなが肉じゃがをそこそこ食べたタイミングで、俺はさらに提案する。

「箸休《はしやす》めにこちらもご賞味あれ。とれたて新鮮、魚のすっきりとした旨味もお勧《すす》めです。どうぞ、まずは【緋宝《ひほう》の鯨身】です」

透き通った緋色の身が美しく彼らを誘惑《ゆうわく》する。

そんな砂漠《さばく》の宝石は、シンプルに醤油をつけて食べるもよし、マリネソースで食べるもよし。

「ふぉっふぉっ、これじゃこれじゃ。わしが小学生の時によく食べた懐かしい味じゃの。食感は中トロじゃが、どことなく風味はサーモンに近いかのう？」

「うわっ。予想以上に刺身っていうか……普通《ふつう》にクセがなくて美味しいよ⁉」

「おおう……濃《こ》い味の肉じゃがからのッ、さっぱり酸味の利《き》いたマリネとか……こりゃあ酒が飲みたくなるぞ！」

「き、筋肉が、け、痙攣《けいれん》しているのである……！」

彼らが刺身と肉じゃがを交互《こうご》に食べる中、さらに俺は【砂クジラ】の中でも希少部位とされる舌《タン》を提供する。

「こちらもよければどうぞ。【砂漠にさえずる宝玉】です。こちらのポン酢につけるとより美味しいかと」

我先にと牛タンならぬ鯨タンに箸《はし》を伸ばす冒険者たち。

白身の多い砂漠の宝玉を口に入れた時、全員が例外なく目を瞑《つむ》った。

それから一噛《ひとか》み一噛みをじっくりと楽しむかのように、ゆっくりと顎《あご》を動かしている。

「……噛み切りやすくて、とろっとろだよ！」

「ふぉっふぉっ。牛タンより旨味が遥《はる》かに上じゃのう。濃厚《のうこう》な味わいじゃ」

「酒、酒がほしいぞナナシィィイ⁉」

「き、筋肉が感激のあまり泣き叫《さけ》んでいるのであーる！」

険しい冒険の途中《とちゅう》でこんなにも美味い物が食べれるなんて、とみんなが感動してくれる。

やっぱり冒険者の食事情は劣悪《れつあく》なものなのだろう。

持ち運びがしやすく栄養価の高いものを選ぶのは道理だが、そうなると捨てなくてはならないのが味の質だ。でも俺は――

「こら、おぬしらはもちっと静かにこのご馳走《ちそう》を味わえんのか？」

「あぁ⁉　仙じぃこそ、我先にせこーく静かーに、ナナシにおわんを渡してよぉ！　肉じゃがのおかわり催促《さいそく》するとかダサすぎだろ！」

「お年寄りには、味が濃い物は身体《からだ》に毒だと言っていたのである！」

「これは別口じゃ」

「もうみんな、ナナシ君の前でみっともないって」

「とか言いながらキヨシ！　お前はさっき刺身を2枚も多く取ったのを俺は知ってるからなあ⁉」

「あははっ、みなさん大丈夫ですよ。食材ならまだまだあるから、たくさん作れますって」

「っしゃおらあああ！」

「じゃっから、うるさいっちゅの」

「筋肉！　筋肉！　筋肉祭りなのであーる！」

「おいおい、こんな騒《さわ》いでモンスターが寄ってきたら笑えないからね？」

「だからキヨシは刺身を全部ひとりで食うなって言ってんだろ⁉」

「あはははっ」

でも俺は喜んでくれるみんなを見て、味も大切だけど、誰と一緒に食べるかが大切だと思った。

なんとなくだけど、俺の料理が……みんなにとっての大切な一瞬一瞬《ワンシーン》をちょっとでも彩《いろど》れたらいいなって。

俺たちは青い砂漠のど真ん中——満天の星々の下、笑い合った。

【ほくほく豚と闘牛肉じゃが】★★☆
ミノタウロスの狂暴性《きょうぼうせい》と、ファイアオークの横暴性、その二つが複雑に混じり合い、うまみが溶《と》けだした肉じゃが。夢の白野菜が温かくそれらを包み込み、誰もがホッとするおふくろの味を実現。身も心も温まる究極の家庭料理である。
基本効果……10時間、凍傷耐性《とうしょうたいせい》（小）を得る
★……即座に命値《HP》を3回復する
★★……自身のステータス中、最も高いものを永久に+2する
★★★……技術《パッシブ》『闘気《とうき》』を習得する
『闘気』……様々な運動に対するアシストが備わる
【必要な調理力：130以上】

14話　クラスの推しと画面の推し

「ナナシくん……少し話があるんだけど……」

【砂の大海《サンドブルー》】で一夜を明かした次の日。

早朝から神妙《しんみょう》な面持《おもも》ちでキヨシさんたちが話しかけてきた。

「どうかしましたか？」

「その……昨夜からステータスが上がってるんだ……僕《ぼく》は命値《HP》が2も上昇《じょうしょう》していたよ」

「わしゃ色力《いりょく》と信仰《MP》が1ずつじゃ」

「俺《おれ》は素早《すばや》さが2も上がってたぜ。身体《からだ》がかりぃー」

「私は筋肉と信仰《MP》であーる！」

「これってまさかと思うけど、昨夜食べたナナシくんの料理のおかげ……なのかい？」

「あー……」

やっぱい。

昨日は『海渡《うみわた》りの四皇』のみんなから仲間認定《にんてい》されたような気がして、つい嬉《うれ》しくなって料理をふるまってしまったけど……正直に話していいものなのか判断しかねる。

紅曰《くれないいわ》く、俺の作る料理の力を権力者なんかに狙《ねら》われたら、独占《どくせん》目的で監禁《かんきん》されたりする恐《おそ》れがあるって話だったよな。

でも……。

じゃあコソコソ夕姫財閥《ゆうきざいばつ》の陰《かげ》に隠《かく》れて、料理《商品》を提供してゆくだけでいいのか？

そもそもそういった危険性から身を守るために後ろ盾《だて》を得たんだ。

だったら、俺が料理を食べてもらいたいと思った人ぐらいには、いいんじゃないだろうか？

『海渡りの四皇』のみんなは少なくとも信頼《しんらい》できる。だから、正直に向き合おう。

「はい。どうやら俺の作る料理には、ステータスを一時的に変化させるものから、永久に変化させるものもあるようです」

「それは……！」

さすがはキヨシさんたちも高位の冒険者《ぼうけんしゃ》だ。紅《くれない》と同じく、驚愕《きょうがく》の顔で俺を見つめる。

「なるべく言いふらさないでほしいです」

「も、もちろんだ！　ナナシ君がそう願うなら、みんなも無闇《むやみ》に広めないよね？」

ニカッと清々《すがすが》しい笑《え》みでサムズアップするキヨシさんに続き、他のメンバーも同意してくれる。

「ふぉっふぉっ。ナナシ坊《ぼう》の機嫌《きげん》をそこねて、またあの美味《びみ》なる珍味《ちんみ》を口にできなくなってしまう方がわしゃ嫌《いや》じゃ」

「つーかよお、こいつの絶品料理を誰《だれ》かに言うってことは、俺らがこいつの飯にありつける機会が減るってことだろー？　んなもん、ぜってーにさせねえ」

「強き筋肉の望みならば、神の御心《みこころ》と同じく従うのみである」

「それで実はなんだけど……少し、みんなと話し合ってね。もしナナシくんがよかったら、僕たち【海渡りの四皇】に入らないかい？」

「ふぉっふぉっ、ぬしが入れば五皇になるのお」

「俺は美味い飯が食えればなんでもいい」

「筋肉が増えるのはよいことであーる！」

まさかの高位ランク冒険者たちに勧誘《かんゆう》された。

その事実は喜ばしいものであったが、彼《かれ》らがいい人であればあるほど少しだけ心苦しかった。

「すみません。俺にはもう……お仕えするべき主《あるじ》がおりまして！　その、勧誘のお話は嬉しいですが、申し訳ありません！」

「へえ……ナナシくんほどの人物が『仕える』ねえ。それはすごそうだ！」

「ふぉっふぉっ、愉快《ゆかい》そうじゃのお？」

「っち。おもしろくねーけど、しかたねーか！」

「筋肉の決断は何よりも優先されるのであーる！」

こうして俺たちは和気あいあいと【世界樹の試験管《フラスコ》リュンクス】へと帰還《きかん》した。

約3日間の冒険《ぼうけん》は実り多いものだった。

「じゃあ僕はクエスト完了《かんりょう》の報告に行くよ。報酬《ほうしゅう》の分配は口座に振《ふ》り込《こ》んでおくね」

「わしゃあ家に帰るかのう。生きとるうちに孫を少しでも見ておきたいのじゃ」

「ちっ。仙《せん》じぃはなんだかんだ長生きするタイプだろーが」

「よしよし、十分に間に合ったのである！　3日後はゆっくりと、そらちーのダンジョンコラボ配信をリアタイでチェックできるのであーる！」

解散する流れとなったので、俺も俺でスマホをチェックする。

すると紅《くれない》から数件の業務連絡《ぎようむれんらく》が来ていた。

なになに、順調に【海斗《うみと》そら】とのコラボで登録者数は伸《の》びている。

ぎんにゅうにはモデル業の依頼《いらい》でさっそく2件も問い合わせがきていた。

ふむふむ、今日はダンジョン配信の前準備として、【海斗《うみと》そら】と一緒《いつしよ》に【世界樹の試験管《フラスコ》リュンクス】へオリエンテーションに来ている。

ん？　これってもしかして豪田《ごうだ》さんに言えばめっちゃ喜ぶんじゃゃ？

いや……でも、相手は登録者数300万人超《ご》えの超《ちよう》大物だ。いくら友達《ともだち》にファンがいたとしても、仕事の関係上で関《かか》わる相手と引き合わせるなんて失礼じゃないだろうか？

そもそも豪田《ごうだ》さんがリア凸《とつ》勢の類だって勘違《かんちが》いされたら、かなり迷惑《めいわく》がられてしまう。

「そらちーと会うためにも、まずは帰宅して身綺麗《みぎれい》にせねばらないのであーる！　そして、来たる3日後、【世界樹の試験管《フラスコ》リュンクス】を徘徊《はいかい》しまくるのであーる！」

んんんー……リア凸勢？

豪田《ごうだ》さん。すまない。

紅《くれない》から送られてきたタイムテーブルを見る限り、明後日《あさって》には【世界樹の試験管《フラスコ》リュンクス】から【天空城オアシス】といった黄金領域に移動するらしい。

コラボ配信が始まってからじゃ……【砂乗りの船】を使っても、さすがに追いつけないだろうなあ。

さて、俺も明後日からは彼女たちに同行するので、疲《つか》れをしっかり取るために帰宅しておこう。

◇

今日はいよいよ【海斗《うみと》そら】とのコラボ配信の日。

学校はちょうど午前授業で終わるため、午後から配信を始める予定だ。

今更《いまさら》だけど少しビビっている。

なにせ登録者数３００万人なんて超大手だ。成功すればこれまで以上に話題になるだろう。逆を言えば、今回のコラボはきるるんとぎんにゅうにとって、絶対に失敗できないチャンスなのだ。

そんな場に俺も同行する。

だから俺は——身を引き締《し》めるため、再び早朝登校をしていた。

「ふぁあ……やっぱ、誰もいない教室ってなんか落ち着くなあ」

「ありゃ？　誰もいなくなくてごめんね？」

俺の独り言に反応してくれたのは、まさかの藍染坂《あいぞめざか》蒼《あおい》だった。

たった今、教室に入ろうとしていたのか、ドアの隙間《すきま》から可愛《かわい》らしい顔をのぞかせている。

「お邪魔《じゃま》だったかな？」

「やっ、別にそんなことないよ！　こっちこそ変な気を使わせてごめんっていうか」

「ならよかった」

そうして藍染坂《あいぞめざか》さんは自分の席につくかと思えば、なぜか俺の前の席に着席して俺と向き合った。

なぜか『むふー』っと天真爛漫《てんしんらんまん》そうな笑顔《えがお》を咲《さ》かせる。

おわーやっぱ早起きしてみるものだなあ。

クラスのリアル推しの尊すぎる笑みいただきましたー！

「最近の七々白路《ななしろ》くんは顔色がすこぶるよいね？」

「ああ、推し活——じゃなくて推し《お》ごと《仕事》が楽しくてな」

「ふぅーん？　おしごとね。アルバイト掛《か》け持ちって聞いてたけど、無理はしないでね？」

やさすうぃぃぃ。

これだ、これこそ俺が求めていた言葉。するっと心に入り込む癒《い》やしである。

「仕事は一本に絞《しぼ》ったんだ」

「わあ、決心したんだね」

「そんな大それたことじゃないけどな……」

「何はともあれ、七々白路《ななしろ》くんが健康そうならあたしも安心かな」

どうして安心するのかとか、どうしてこんなに藍染坂《あいぞめざか》さんは優《やさ》しいのかとか、そんなのはどうでもよかった。ただただ、藍染坂《あいぞめざか》さんの素晴《すば》らしさに感銘《かんめい》を受けるばかりだ。

「今日は一日よろしくね？　七々白路《ななしろ》くん」

「ああ、よろしく？」

気さくな距離《きょり》感バグ、それが藍染坂《あいぞめざか》 蒼《あおい》という美少女だ。

クラスでの付き合いが決して上手じゃない俺にすら、するっと懐《ふところ》に入ってきては心地《ここち》よい空間を作ってくれる。

彼女は天性の人たらしなのかもしれない。

「んーでもちょっと堅《かた》いなあ」

「えっ何が？」

「んんー動き？　よーっし、このあたしが七々白路《ななしろ》くんの肩《かた》をもんであげる！」

「えっ、えっ⁉」

俺が拒否《きょひ》する間もなく彼女《推し》はするりと背後へ回り、肩をもみもみしてくる。

藍染坂《あいぞめざか》さんのシャンプーの匂《にお》いがする。

「ほらほらよーしよし。だんなあ、けっこう肩がこっていやすねえ」

「あっ、ああ……うむ」

「どうですかい？　あっしのほぐし加減は？」

「な、なかなかによいぞ」

藍染坂《あいぞめざか》さんがいつも演じる変なキャラ設定に、思わずクスリとなる。

いつの間にか今日のコラボに対するプレッシャーが――強張《こわば》っていた俺の緊張《きんちょう》はほぐされていた。

◇

「ぎんちゃんとナナシ、今日はいつも以上に気合いを入れてゆくわよ！」

「きょ、今日も頑張《がんば》ってばっちばっち稼《かせ》ぎます。きるる姉さま！」

「おー」

きるるんは瞳《ひとみ》をメラメラと燃やし、ぎんにゅうは瞳にドルマークが浮《う》いていた。

どうやら【海斗《うみと》そら】とのコラボウィークはかなり功を成しているようだ。

「わかってるとは思うけれど……コラボウィークの大取り2日間を飾《かざ》るのは、私たちの十八番《おはこ》分野、ダンジョン配信よ！　ここで一気に【海斗《うみと》そら】のリスナーの心を掴《つか》んで、あらかたもぎとって私たちのチャンネルの糧《かて》にするのよ！」

「は、はい！　く、喰《く》らいつきます！　ぜ、ぜんぶ、おいしいところ、いただきますっ！」

「おー」

「あはははっ！　やっぱりきるるんは面白《おもしろ》いねー！」

我々【にじらいぶ】のそんな黒い会合に入り込むのは、コラボ相手ご本人様である。

空色の髪《かみ》はミディアムロングにハーフツインといった、ちょっとあどけなさが残るスタイルだ。しかし身体のスタイルは手脚《てあし》が長く、健康的である。

まさに部活少女といった雰囲気《ふんいき》ではあるけれど、色白なのが妙《みょう》にミステリアスさも醸《かも》している。

「普通《ふつう》さ、コラボ相手を目の前にしてそんな際《きわ》どい発言しないよ？」

「ふっ。私は貴女《あなた》に誠意を示してるつもりよ？　今後を考えるなら本音で語り合った方が建設的でしょう？」

そして何より印象的なのは蒼穹《そうきゅう》色の両目だ。

海の深淵《しんえん》に吸い込まれるような、シンプルな綺麗《きれい》さが幾人《いくにん》もの男子を魅了《みりよう》してきただろう。

まるで、そう――藍染坂《あいぞめざか》さんのような瞳に、少し動揺《どうよう》する。

「まーあたしもそっちの方がわかりやすくていいかな？　やりやすいしー！」

「貴女はそういうタイプよね。それに例の件を前向きに検討してもらうにも、私とぎんちゃんの実力は知っておきたいでしょ？」

「そらちゃん、ぼく、がんばります」

あれ？　なんか【海斗《うみと》そら】って藍染坂《あいぞめざか》さんに似てないか？

しかも何ていうか……紅《くれない》、きるるんと【海斗《うみと》そら】のやり取りは妙にフランクというか、コラボウィーク後半といっても距離感が近いように思える。

たった数日でここまで自然に語り合えるのだろうか？

そう、まるで既知《きち》の間柄《あいだがら》であったような……。

「それで、そちらの人――」

【海斗《うみと》そら】さんは俺の方を見つめ、きるるんを促《うなが》す。

「きるるんの執事さんを、あたしに紹介《しようかい》してくれるのはいつになるのかな？」

「はぁ？　今更このナナシを紹介しても無意味よね？」

「そうですね」

えっ、ぎんにゅうまでひどくないか⁉

「まあ、そうなるよねー。別に紹介はいらないかー」

えっ、【海斗《うみと》そら】さんまで⁉

大御所《おおごしよ》なだけあって、他所《よそ》のスタッフを軽視する対応でも許されるのかあ。

そんな扱《あつか》いに悲嘆《ひたん》する俺に、【海斗《うみと》そら】さんは首を傾《かし》げながら急接近してくる。

おわっ、この間合いをするりと詰《つ》めて来る感じ——妙な既視《きし》感がある？

ん、この香《かお》りもどこかで嗅《か》いだことがあるような——

「あれれ？　あれ？　うわー……気付いてないいんだ？　うっわー、あたし地味にショックかも」

「ゴキブリだから仕方ないわ」

「虫ってわりと敏感《びんかん》なはず、ですよね？」

3人だけが状況《じようきよう》を理解していて、もはや俺だけ置いてけぼりだ。

しかも、【海斗《うみと》そら】さんはすっと俺の後ろに回り込み、なぜか肩をもみ始める奇行《きこう》に走る。

余計に訳がわからず、混乱しながらもどうにか後ろを振り向く。

すると彼女は頬《ほほ》をぷくーっと膨《ふく》らまし、ひどく可愛らしいご尊顔を拝ませてくれた。

「ほらほらよーしよし。だんなあ、けっこう肩がこっていやすねえ」

「えっ？」

その口調、その台詞《せりふ》……。

「今日は一日よろしくね？　七々白路《ななしろ》くん」

「えっ……えーっと、もしかして藍染坂《あいぞめざか》さん？」

「やっとお気づきになられたかーだんなあ！　あたしも魔法少女っす！」

「えええええええええええええ⁉」

まさかの【海斗《うみと》そら】は、現実の推しだった。

◇

「さあ、ナナシの鈍《にぶ》さも再確認したわけだし、現地に移動するわよ！」

「はーい！」

「配信予定の現場って【天空城オアシス】って所だよね？」

「そうね！　私たちも行くのは初めてよ」

「楽しみです」

「あたしたちの新鮮《しんせん》な反応をリスナーに見せる魂胆《こんたん》かーさすがきるるん」

「きるる姉さまはマネジメントの鬼《おに》です」

「ふふふ。伸びるためなら何だってするわよ？　そらちー、覚悟《かくご》なさい？」

「あちゃー……コラボ相手としては、炎上《えんじよう》は避《さ》けたいんだけどなあ」

「さあ、ナナシちゃん！　きびきび働きなさい！」

「っす、すぅーっ、は、はい！」

まさか【海斗《うみと》そら】がクラスメイトで推しの藍染坂《あいぞめざか》蒼《あおい》だったとは……そんな衝撃《しようげき》と混乱が冷めやらぬうちに、我らが社長きるるんによる命令が下った。

俺は冒険者ギルドを通じて【砂乗りの船】をレンタルし、操舵《そうだ》しながらきるるんの言う通りに針路を進める。

「あら？　ナナシちゃんは【砂乗りの船】の扱いに慣れているのね？」

「す、すごいです。ぼく、揺《ゆ》れて、立ってるだけでも精一杯《せいいっぱい》、です」

「噂《うわさ》に違《たが》わぬ有能っぷりだね。執事くん？」

そういえば【海渡りの四皇】に教わったおかげで、自然と体が動いていた。

というかここまでほぼ思考停止状態だ。

だって、クラスの推しとっっっ！　異世界《パンドラ》旅行だよ⁉

うれしすぎる案件だろおおお⁉

やっ、これはコラボ配信だ。仕事だ。

わかっている。わかってはいるけど、これなら危険なブラック労働にもニッコリさ。

「少しはモンスターと遭遇《そうぐう》するかと思っていたけれど順調ね」

「あー、すぅーっ、ほら、きるる様。あそこを見てください」

「んん……砂が動いた、わね？」

「えっと、見えないです」

「どれどれー。あたしも遠くて見えないなあ」

「あれは【砂サソリ】や【砂魚】が潜《ひそ》んでいる証《あかし》です。あちらには近づかないように進みます」

「事前の情報収集、ご苦労なのよ！」

なぜか誇《ほこ》らしげに【海斗《うみと》そら】を見るきるるん。

なんか『うちのスタッフはすごいのよ』と自慢《じまん》をしているような気がして、ちょっと可愛らしいと思ってしまった。

◇

『君の首輪もきるるーんるーん☆　首輪きるるるだよー♪』

『にゅにゅーっと登場☆　ぎんにゅう、です！』

『みんなの遊び場はどこー？　海斗《うみと》そらに決まってる！』

今、話題の3人による異世界《パンドラ》コラボ配信が始まった。

異色の3人がコラボウィークを始めてから今日で6日目。終盤《しゅうばん》はリスナーが待ち望んでいたダンジョン配信をする告知がされており、いよいよ開演の時だ。

‥待ってましたあああ！

‥この3人のコラボウィーク終わってほしくない
‥ん、小舟《こぶね》の上から配信？

‥青い砂漠《さばく》を走ってる……【砂の大海《サンドブルー》】か
‥この臨場感のある画角、ナナシちゃん撮影《さつえい》だ！

『そう、ここは【砂の大海《サンドブルー》】‼　そしてみんな、見えてきたわよ！』

『わぁ……あれが【天空城オアシス】……す、すごいです』

『たっかいお空にあるねー！』

3人が見上げたその先にあるのは――天空を浮遊《ふゆう》する城、ではない。

巨大《きょだい》すぎる亀《かめ》だった。

山、と見間違《みまちが》えるほどの巨神《ヨトウン》。その甲羅《こうら》の上に城が立っている。町がある。緑が生《お》い茂《しげ》っている。

甲羅はもはや動く大地であり、巨神《ヨトウン》が身動きするたびに【砂の大海《サンドブルー》】へ滝《たき》が流れ落ちる。

壮大《そうだい》すぎる景色だった。


『天を見上げる程《ほど》の巨神《ヨトウン》、【巨神亀《ゴッタル》オアシス】の甲羅の上にあるお城だから【天空城オアシス】なのよ！』

『くきゅー？』

『あっ、きゅーちゃんも一緒に見たいです？』

『ちょっと執事くん⁉　そのポッケにひそむフワフワは何⁉』

『私も、きゅっ……【巨神亀《ゴッタル》オアシス】の封印《ふういん》は、かの有名な冒険者パーティー【巨人狩《きょじんが》り】が解放したのよ。そして【天空城オアシス】として復活したのよ。だからここは、動くタイプの珍《めずら》しい黄金領域で――』

：そこはかとなく胸ポケットから顔を覗《のぞ》かせる子狐《こぎつね》が可愛いな
：俺もあんなふわふわぽっけが欲《ほ》しい
：そらちーが執拗《しつよう》にきゅーちゃんの頭なでてほっこり
：異世界《パンドラ》の絶景そっちのけで、きゅーちゃんに夢中なの笑うｗｗ
：きゅーちゃんがぎんにゅうの立派なにゅうに乗った⁉
：す、すげえな。のるんだ、あれ
：きるるんは【天空城オアシス】についてしっかり説明してて偉《えら》い
：いや、あれは自分だけきゅーちゃんに避けられているだけであってだな
：みなまで言うな。察してやれｗｗ

『わわっ、亀さんがしゃがみましたよ⁉』

『今更だけど、亀はしゃがんでもぜんっぜんおっきいねー！　山、山だよみんな！　海じゃない！　山と空だよ！』

『きゅーちゃ……そ、そうなのよ！　【巨神亀オアシス《ゴッタルオアシス》】は人々が近づくと、その甲羅の端《はし》から乗せてくれるのよ！』

こうして、４人と一匹《ぴき》が乗った【砂乗りの船】は緑豊かな大地——巨神《ヨトウン》の甲羅の上に移動する。

それから中世ヨーロッパ然とした建築物の多い街に入ると、少女たちは石畳《いしだたみ》が敷《し》き詰められた道

を散策したり、綺麗に整備された石水路に生足をひたしてみたりする。

そう、これは美少女３人による異世界散歩《パンドラ》であった。

それは見るだけでワクワクな発見と、朗《ほが》らかな癒やしに満ちている。

石畳と石壁《いしかべ》には植物が程よくつたい、目に優しい空間を演出している。

温かな陽光。緑の隙間からこぼれ落ちる陽《ひ》だまり。はしゃぐ美少女たち。

……なあ、これなんて癒やし？
……あったけえ、あったけえ
……こ、これは……まるで俺がきるるんと散歩してるような感覚だぞ⁉
……なんだよ、この疑似《ぎじ》散歩はよおおおお
……推したちと異世界《パンドラ》を散策できるとか神企画《きかく》だろ

そして彼女《推し》たちが行きついたのは、きるるんが元々予定していた場所だ。

山なりになっている甲羅の大地は中央に行けば行くほど、高度も高くなってくる。だから街や城の中心部は山頂のようで、そこにはおしゃれな大理石テーブルと木製の椅子《いす》があった。そして強い日差しを和《やわ》らげるために植物がドーム型に生い茂っており、まるで彼女たちを歓迎《かんげい》する天然のテラスそのものだ。

さらに緑の向こうを見渡《みわた》せる吹《ふ》き抜《ぬ》けもあり、『巨神亀オアシス《ゴッタル》』の高度から見下ろす【砂の大海《サンドブルー》】

の絶景が広がっていた。

『では、今日はそらちーとの初パンドラ配信を記念して、ご飯を一緒にいただくわ。ダンジョン探《たん》索《さく》の前に英気を養うのよ！　ナナシちゃん、準備はいいかしら？』

『わーい！　今日も執事さんのお手製です？』

『おや、噂に聞く執事くんの手料理か。これは楽しみだな～！』

‥今日はどんな料理なんだろうな？
‥これ見た後、必ず何か食べちゃうんだよなあ……
‥まじかーまじかーきちゃったかあ
‥出た、ナナシちゃんの飯テロ配信

ナナシちゃんの視界を通して映《うつ》されるのは、何かの魚肉が数種類。そしてさつまいもの薄《うす》切《ぎ》りとエビ、真っ白な玉ねぎやオクラ、水に浸《ひた》されたお米が鍋《なべ》に鎮《ちん》座《ざ》している。

ナナシちゃんはまず、お米の入った鍋にフタをして中火で蒸《む》し始める。

‥鍋炊《だ》きか。しぶいな
‥あれで米の味が変わるよな。ふっくらもちもちっていうか
‥うんまいんだよなあ

ナナシちゃんが『神竜の火遊び《しんりゅう》』と呟《つぶや》き、次に卵と水を混ぜて溶《と》き始める。ここでもポソリと『嵐神の暴風《ストーム・シェイク》』と声を落としながら食材を混ぜているようだ。

さらに小麦粉を混ぜれば、とろーり輝《かがや》く黄金の液体ができあがる。

：食材的にあれって……天ぷら衣《ころも》だよなあああ⁉
：ナナシちゃんの混ぜ混ぜスムーズすぎんか？
：さっき竜巻《たつまき》状に空中へ散布された小麦粉が、綺麗に容器へ収まってたよな？
：芸術的な料理風景で草
：あの魚の切り身にもまぶしてるぞ
：何の魚だろうな？　大トロっぽくね？
：天ぷらにするとか贅沢《ぜいたく》だな

リスナーたちの予測は当たり、ナナシちゃんは大きめの鍋に油をトクトクッと注いでゆく。それから弱火で仕込み、エビやさつまいも、白い玉ねぎなどに薄く小麦粉をまぶしてゆく。

それぞれの食材が小麦粉という名の化粧《けしょう》で彩《いろど》られるころ、さらに黄金色《こがねいろ》の液体へと浸される。

まさに今、黄金の衣をまとう食材が――あつあつの油の中へと投入された。

ジュワァァァアァアァァアアアアアアア、パチパチパチチチッ。

食材が、衣が、踊《おど》る、踊る、踊る、踊る。

大歓喜《かんき》の産声《うぶごえ》を上げている。

ジュワアアアアアアアっと、互《たが》いが交響曲《こうきょうきょく》を奏《かな》でるが如《ごと》く弾《はじ》け合っているのだ。

揚《あ》げる時間はそれぞれの食材で違うはずなのに、ナナシちゃんは慣れた手つきで次々と天ぷらをあげてゆく。まさに完全網羅《もうら》している達人の動きだ。

全《すべ》てを揚げ終えると、一部の天ぷらにだけ塩をかけている。

他はめんつゆなどで堪能《たんのう》するのだろうか？

リスナーたちの期待と食欲を刺激《しげき》する中、ナナシちゃんは新しい鍋を取り出し何かを呟く。

『――【舌で神々が踊る《ソース・オブ・ゴッズ》】』

すると、鍋に琥珀色《こはくいろ》の煌《きら》めきが瞬《また》く間に広がってゆく。それは、たっぷりと白ダシの利《き》いているつゆの輝き。それらをおたまでゆっくりとかき混ぜながら、温めてゆく。

同時に別の鍋のフタも開ける。

先ほどから泡《あわ》を吹きながら湯気を立てていたそこには――

一粒《ひとつぶ》一粒が白銀にも勝《まさ》る、ほっかほかのご飯が炊《た》きあがっていた。

頻繁《ひんぱん》にナナシちゃんが火加減を調整していたおかげで、見事なふっくらご飯の出来上がりだ。

それらを手早くお櫃《ひつ》によそったナナシちゃん。

天ぷらとご飯、シンプルなメニューだとリスナーの誰もが思った瞬間《しゅんかん》。

その予想は裏切られる。

ナナシちゃんはさらなる新しい食材を取り出したのだ。

それは肉の赤身と白い脂身《あぶらみ》のバランスが絶妙《ぜつみょう》なまでに整った霜降《しもふ》り。

『――【神降ろし三枚おろし】』

プロの寿司《すし》職人も顔負けな太刀筋《たちすじ》で、綺麗にさばく。いや、まるで刺身《さしみ》のように薄く切ってゆく。

そしてご飯の上に大葉を加え、改めて霜降り刺身を投入。

贅沢な彩《いろど》りが白銀の丘《おか》へと花開く。

おお、このメニューは極上の海鮮丼《かいせんどん》と天ぷらだったのだと、リスナーは知った。

否《いな》――ナナシちゃんは仕上げと言わんばかりに、他の鍋で温めていた白琥珀《こはく》のつゆを和風テイストな急須《きゅうす》へと移す。

さらに細ねぎとのりが刻まれ、小皿に置かれる。そしてわさびも隅《すみ》にちょこり。

：まじか。天ぷらとひつまぶしのコンボかあああああ！
：おだしが香るひつまぶしいいいいい！
：やっぱ、うっまそう
：お茶漬《ちゃづ》け好きにはたまらん

『【砂鯨《すなくじら》と天ぷら祭り】、【海獣《かいじゅう》の霜降り丼】です』

『『『ゴクリッ』』』

美少女3人が生唾《なまつば》を飲み込む。リスナーたちも飲み込む。

『い、いただくわ』

『いただきます！』

『いただくよ！』

もう待ちきれないと言わんばかりに3人は箸《はし》を持つ。

揚げたてのてんぷらを口に入れれば、サックサクのほっくほく。

めんつゆにつけてもうっまうま。

『えび、えび、サクッぷりぃです！』

『口の中に、野菜のサクゥうまあ！』

ぎんにゅうと海斗《うみと》そらが歓喜するなか、首輪きるるは一つの天ぷらを凝視《ぎょうし》していた。

そしてサクリ、と小気味よい音を立てて静かに食す。

『これは、白身魚の天ぷら……？　いえ、塩味を引き立たせるコク、あっさりしているのに……噛《か》めば噛むほど、旨味《うまみ》があふれてくる……？　ナナシちゃん、このお魚は何かしら？』

『はい、【砂クジラ】の希少部位、【鹿《か》の子】でございます。少し硬《かた》めの食感ですが、良質なたんぱく質と脂肪分《しぼうぶん》が含《ふく》まれております。いわゆる地球では霜降り肉、として高級食材にあたるものです』

『高い肉、美味《おい》しい、です！』

『そ、想像、以上、だよ……？』

『そちらの海鮮丼にはさらなる最高級部位、砂クジラの【尾肉《おにく》】を使用しております』

ナナシちゃんの説明に全員がどんぶりを凝視する。

リスナーたちもこの時ばかりは推しよりも、海鮮に視線を突《つ》き刺《さ》した。

そこには確かに色鮮《あざ》やかな刺身が、ご飯の上に鎮座している。

たっぷりと脂の乗った宝石のような光沢《こうたく》は、まさに最上位に座す王の風格。

そして高級肉ではおなじみのサシが入っており、なじみ深い色合いながらも、未知の食材は彼女たちに異様な食欲を駆《か》り立てる。

『まずはお醤油《しょうゆ》などで、身本来の旨味を堪能するのもよろしいかと。だし汁《じる》をおかけして、ひつまぶしにしていただくのであればこちらの刻みねぎ、刻みのり、わさびなどお好みでお加えください』

3人は最高級の霜降り刺身を一枚だけ口に入れる。

瞬間、三者が同時に上を向いた。まるで何かに祈《いの》りを捧《ささ》げるかのように——否、祈りが届き、祝福を得たような幸福に満ち溢《あふ》れた表情が浮かぶ。

そして誰が言い出さずとも、彼女たちはほかほかの白いご飯を口に含める。

すると、魚の脂身と米の甘味《あまみ》がマッチして極楽浄土《ごくらくじょうど》にたどり着いてしまったようだ。

それほどまでに美少女たちの顔はほころんでいた。

：全米が泣いた
：米だけに？
：推したちのこんな顔を見れて嬉しいのやら。こんな飯テロくらって悶絶するのやら

……とにかく涙《なみだ》があふれてきたわｗｗｗ
……食いてえ

『お口の中が幸せです～』

『この味を知ったら、ダイエットなんて、できなくなるね』

『とても……とても上品な味わい。大トロを遥《はる》かに超《こ》えたわよ……特に脂が絶妙で、柔《やわ》らかい舌《した》ざわり、とろっと優しい食べ心地……最高よ』

しかし、幸福への悟《さと》りはまだまだ続く。

まだ極地には至っていないのだ。

きるるんを筆頭に、刻みねぎなどがパラパラと刺身の上に躍《おど》り出る。

そして薄い金色のだし汁を、トクトクトクッと注いでゆく。注がれてしまった。

すると、あぁ……おわんには桃源郷《ユートピア》が広がった。

ここは夢か現《うつつ》か幻《まぼろし》か。

黄金色の光彩《こうさい》で全てを包むだし汁、白銀のお米、そして複雑に絡《から》み合ったお刺身の輝き。

『ふわり、おだしの香り、です』

『もう無理！　食べちゃうよ！』

『んぐ、ん……ん……ほふっ……ん、ん……風味、豊か、……ん、んんっ……はぐっ……ん、んん……んっ、はふっ……ん、んっ……んんっ、ん…………はふぅ……』

：おいおいおいおい
：めったに食レポコメを欠かさないきるるんが無言だと⁉
：それほどまでに美味しいのか⁉
：な、なにか、何か喋《しゃべ》ってくれえええええ

さすがのきるるんもおだしと極上刺身のコラボレーションに、旨味一色に支配されてしまう。

そしてリスナーたちが悶絶するなか、ナナシちゃんのポッケから飛び出たきゅーも刺身をはむる。

『きゅっ、きゅいー？　きゅううきゅいいいー？』

首をかしげるきゅーに全米が泣いた。

：きゅーちゃん喋ってくれてありがとおおおおおおおおお
：かわいいがすぎるうううううううう
：食レポありがどおおおおおおお
：俺たちは救われたああああぁああぁおあぁぁおああおあああおええええええ
：すまん、俺もう無理。飯買って来るわ
：俺も無理。作るわ
：何でもいいから寿司食いたい
：マグロ丼かサーモン丼がいい

：俺はうに丼！

：いくらも捨てがたくね⁉　いくら丼！

：サーモン、大トロ、うに、いくらドーン！


もはやリスナーたちは、あらゆる意味でナナシちゃんの料理によって破壊《はかい》されていた。

その日、全国で記録的な売り上げを叩《たた》き出す海鮮系のお店がチラホラ出た。

これをきっかけに、回るお寿司屋チェーン店から、企業《きぎょう》案件のお仕事が【にじらいぶ】に来たのはまた別の話である。

【砂鯨と天ぷら祭り】★★☆
地球産の魚介《ぎょかい》と野菜が砂クジラの肉を引き立てる。まさに異色な食感のコラボレーションであり、外はサクサク、中はしっとりの究極形態である。
素晴らしい歯ごたえは心躍る一時をもたらし、祭りの神をも微笑《ほほえ》ませる。
基本効果……5時間、ステータス色力《いりょく》＋1を得る
★……5時間、『青魔法《まほう》強化（小）』を得る
★★……永久にステータス信仰《MP》＋1、色力《いりょく》＋1を得る
★★★……スキル青魔法系統のＬｖを2上昇させる

【必要な調理力：170以上】

【海獣の霜降り丼】★★★
幻のお刺身と噂される、貴重な『霜降り尾の身』を贅沢に使用したどんぶり。まったりとした旨味に、鰹節《かつおぶし》やこんぶの白ダシ風味が加われば、容易《たやす》く人を昇天《しょうてん》させる。
一方で、その味わいの奥深《おくふか》くには、砂クジラの強大な力が秘《ひ》められている。
基本効果……5時間、『筋力強化（小）』を得る
★……即座《そくざ》に命値《HP》と信仰《MP》を2回復する
★★……永久にステータス力＋2、防御《ぼうぎょ》＋1を得る
★★★……7時間、特殊《とくしゅ》技術『青き砂海の主《ブルーマエストロ》』を得る
『青き砂海の主《ブルーマエストロ》』……『砂の大海《サンドブルー》』での砂中の移動速度が10倍、砂上の移動速度が2倍に上昇する。
【必要な調理力：200以上】

◆掲示板◆　【異世界《パンドラ》】スタンピードで崩壊【枯れ果てた水宮殿《アクアリウム》】

【砂の大海《サンドブルー》】の黄金領域が一つ崩壊したぞ！

どこ？

【ひび割れた水宮殿《アクアリウム》】だ

え、じゃあ残る黄金領域は【世界樹の試験管《フラスコ》リュンクス】と
【天空城オアシス】のみになったってこと？

そうなるな

【砂の大海《サンドブルー》】方面はきついなー

【白き千剣の大葬原《だいそうげん》】はすでに５つも黄金領域を解放したんだろ？

あっちは『銀杯《ぎんはい》の魔王』ちゃんがいるし

あー例の鍛冶姫か

【空に吊るされた鳥籠】も７つ目が解放されたっぽいぜ

あっちには『白銀の天使』ちゃんがいるし

あー例の錬金姫か

何気にこの二年で、復活した黄金領域が崩壊したのって初じゃね？

初

【ひび割れた水宮殿《アクアリウム》】の被害は？

わからないけど、推定でも２万人弱はいる

地球人は？

2000 人以下だと思う

今は【枯れ果てた水宮殿《アクアリウム》】って呼ばれてるっぽい

どんなボスモンスターに奪われたん？

いや、それがスタンピードらしい

突然、【砂の大海《サンドブルー》】から大量のモンスターが湧いたんだとさ

モンスターの大群が一夜にして【ひび割れた水宮殿《アクアリウム》】を制圧したっぽい

砂の中から？　やばくね？

なんでそんなの起きたん？

【砂の大海《サンドブルー》】じゃ定期的に【巨神《ヨトゥン》の蟻地獄《ありじごく》】が発生するのは知ってるだろ？

超規模で砂に引きずり込まれるーってやつだよな？

引きずり込まれたけど、戻ってきた奴が言ってたんだよ

あ、地下世界説か！

そう、地下世界ヨトゥンヘイムがあるってな

そこで【世界樹の試験管《フラスコ》リュンクス】に伝わる伝承と繋がるわけだ

【砂の大海《サンドブルー》】が、実は巨大な【砂時計】の中にあるって説か？

定期的に世界、というか【砂時計】はひっくり返ってる？

なるほどな……要は地下世界にも【巨神《ヨトゥン》の蟻地獄《ありじごく》】が発生したり、
吸い込まれた者はこっちに吐き出されるってわけだ

じゃあ今回のモンスターの大群は地下世界からきたってこと？

ひっくり返ってたら都市とかめちゃくちゃじゃね？

そこはほらパンドラだし。砂と生物だけ下に落ちてくとか？

逆さまの世界が地下にある……重力はお互いの世界を引きつけ合っている、
とかだったら成り立つか

【砂の大海《サンドブルー》】に大きめのモンスターが多いのって……

地下世界ヨトゥンヘイムから来てる説あるな

まあスタンピードの原因はさておき対処が問題だろ

対処？

モンスターの大群は健在だぞ

他の黄金領域も危ないし

【枯れ果てた水宮殿《アクアリウム》】から一番近い黄金領域って……

今は【天空城オアシス】だな

すでにモンスターの大群が近くに迫ってるらしいぞ

マジか。逃げきれんの？　ほら動くし

『巨神亀《ゴッタル》オアシス』って時速１キロらしいぞ

おわたやん

１時間で二歩しか動かないらしい

歩幅 500 メートルは笑う

規模デカすぎw

【天空城オアシス】にもスタンピードの情報は行き渡ったかな

は!?　今きるるんがいるところじゃん！

誰それ？

魔法少女 VTuber の首輪きるる。最近ダンジョン配信でバズったっぽい

ちょうど今コラボ配信がどうの一って

なんか面白そうだな。見に行くか

阿鼻叫喚が見れるかもなｗｗｗ

地獄絵図に期待ｗ

こうして——
人々の注目が、とある魔法少女 VTuber の
生配信に集まってゆく。

15話 推しの安全確保も仕事のうちです

『ね、ねえ……執事くんが作った料理……とんでもないよね？』

『これも【にじらいぶ】の特権よ？　魅力《みりょく》的でしょう？』

『美味《おい》しいごはんで幸せいっぱいです！』

きるるん、ぎんにゅう、そして【海斗《うみと》そら】がナナシちゃんのご飯を堪能《たんのう》すると、3人の間に妙《みょう》な空気が流れ出す。

特にそらちーは驚愕《きょうがく》の表情からだんだんと青ざめてゆき、最終的には配信中であるにも拘《かかわ》らず独り言をブツブツと呟《つぶや》き始めた。

『永久にステータス上昇《じょうしょう》……？　しかも、あたしみたいに青魔法《まほう》の派生系スキルを持ってる人からすると、この天ぷらって……そもそも海鮮丼《かいせんどん》を食べたら、砂中でも砂上でも移動スピードが上がる【青き砂海の主《ブルーマエストロ》】って、どういうこと……!?』

そんな彼女の態度をいぶかしむリスナーもいたけれど、そこを深く言及《げんきゅう》する前に、とあるコメントによってもたらされた情報が事態を急変させる。

『うそ……モンスターのスタンピードが起きたの？』

『えっと、近くですか？』

『あちゃー……【天空城オアシス】を包囲するように接近してるっぽいね……？』

3人に様々な情報が怒涛《どとう》のように流れ込《こ》む。

彼女たちは配信中だからと気丈《きじょう》に振《ふ》る舞《ま》うものの……不安が見え隠《かく》れしている。

『私たちがいる【巨神亀《ゴッタル》オアシス】は巨大《きょだい》よ。大丈夫《だいじょうぶ》だわ』

『亀さんはおっきいですから、モンスターは登ってこれないです？』

『飛行型のモンスターが大量にいるって……あと【巨神亀《ゴッタル》オアシス】は動きが鈍《にぶ》すぎるから、地上からのモンスターも脚《あし》を伝ってよじ登ってくるだろうってさ……』

『み、みんな、情報をありがとう』

『心強いです』

『どうしよっか。今から【世界樹の試験管《フラスコ》リュンクス】に戻《もど》ろうとしても危ないのかな？』

……絶対に危険
……大群と遭遇《そうぐう》したらそれこそ終わり
……自殺しにいくようなもんだろ
……冒険者《ぼうけんしゃ》ギルドが緊急《きんきゅう》クエストを発令したらしいよ
……まずは冒険者ギルドに行こうぜ

『わかったわ。ねぇ、ぎんちゃん、そらちー……変身時間、もってあとどれくらい？　私はあと3時間ってところなのだけれど』

『ぼ、ぼくは……あと2時間半ぐらいが限界です』

『あたしもぎんぴと同じで2時間半かなあ。こんなに長く変身できるのは、執事くんの料理のおかげでもあるよ』

彼女たちの間で沈黙《ちんもく》が落ちる。それはコラボ配信を中断して、少しでもモンスターに備え変身時間を回復しておくべきかと悩《なや》んでいるのだ。

リスナーたちもそれを察してか、『もう今日は中止にした方がいいんじゃないか?』と、彼女たち《推し》の身の上を案じるコメントが散見される。

そんないたたまれない緊張《きんちよう》した空気を、一瞬《いつしゆん》で砕《くだ》く言葉が発せられる。

それは美少女たち3人の口からではなく、彼女たちを撮影《さつえい》しているカメラマンのナナシちゃんからであった。

『いざとなれば、こちらの『図書館ダンジョン』シリーズ【夢の雪国ドリームスノウ】へ避難《ひなん》もできますのでご安心ください。パパッと転移できます』

ナナシちゃんの手元には可愛《かわい》らしい装丁《そうてい》の本が一冊。

これは世にも珍《めずら》しい『図書館ダンジョン』と呼ばれるもので、持ち主がダンジョンへと自由に転移できる優《すぐ》れものだったりする。

：安心安全のナナシちゃんwwww

：我らが推しは守られた(完)

：まじで有能すぎるんだよなあw

……あ、やっぱ【夢の雪国ドリームスノウ】の主《あるじ》はナナシちゃんに設定されてたのな
リスナーたちがナナシちゃんを評価するなか、３人は冒険者ギルドへと向かう。

その間、きるるんは含《ふく》みのある表情でそらちーへと話しかけた。

『どうかしら？　そらちー？』

『んん、たしかに魅力的だよ』

『おいしいごはん、可愛いもふもふ、安全な場所、それが特典よ？』

『んんー、その話はこの危機を乗り越《こ》えてからじっくり考えるよ』

二人の間で謎《なぞ》のキャッチボールが行き交《か》う。

それはきっとコラボウィークが決定する際、何らかの取り決めが両者にあったのかもしれないとリスナーたちは納得《なっとく》した。

『着いたわね、冒険者ギルド』

彼女たちがギルドに入ると、すでに多くの冒険者たちが集《つど》っていた。

ちょうどこれからギルドの説明とスタンピードへの対応策を話し合う作戦会議が始まるようだ。

『これより【天空城オアシス】防衛作戦を執《と》り行います！　冒険者のみなさま、静粛《せいしゅく》にお願いいたします！』

冒険者ギルドの職員が声を張りながら状況《じょうきょう》を説明してゆく。

『【天空城オアシス】防衛作戦にご参加いただける方には、報酬《ほうしゅう》として一律20万円給付いたします』

この額は冒険者界隈《かいわい》の報酬としてはかなり低い。

大規模なスタンピードに対し、命を懸《か》けるにはあまりにも低い金額だった。

だが、その場の誰《だれ》もがわかっていた。

クエストに参加してもしなくても、スタンピードが迫《せま》る【天空城オアシス】にいる自分たちはどのみち戦わないと命が危ない。ゲーム時代とは違《ちが》いログアウトはできないのだ。さらに言えば、この活動拠点《きよてん》を失うのは冒険者としてあまりにも痛手すぎる。

つまり冒険者たちにとって逃《に》げられない戦いなのだ。

だから給付金が出るだけありがたい話なのである。

そこは全員が納得しているので、冒険者の関心は別にあった。

『では【天空城オアシス】防衛作戦を指揮する、高位ランクのパーティーをご紹介《しようかい》いたします！』

ギルド職員の導きにより登壇《とうだん》したのは、歴戦の風格をまとった人物たちだ。

そう、冒険者にとってどれだけ強いパーティーがこの都市にいるのか、誰が指揮をとるのかで生存率は大きく変わる。

無論、士気もだ。

……お、【巨人狩《きよじんが》り】のオンドだ
……【夕闇鉄鎖団《ゆうやみてつさ》】もいるぞ。これは鉄壁《てつぺき》だろ！
……新進気鋭《きえい》の女性冒険者パーティー、【明星《あけぼし》】もいるな

：クエスト達成率がド安定の【海渡《うみわた》りの四皇】もいるぞ!?

：飛行系にめった強い【空を駆る者《スカイウオーカー》】だ！


リスナーたちは有名な高位冒険者を目にして興奮し出す。

しかもその全員が鬼気《きき》迫る雰囲気《ふんいき》をかもしだし、本気の顔をしているのが冒険者ファンにとってはたまらなかった。

それだけ彼《かれ》ら彼女らに危機が迫っている、そのひりついた温度感がリスナーにまで伝わってくる。

まるで自分もその場にいるような――。

冒険者に憧《あこが》れるリスナーたちもいるからこそ、それらを間近に体験できるきるるんの配信に興奮しないわけがない。

『俺《おれ》ら【巨人狩り】はよお！　モンスターの猛攻《もうこう》が最も激しいって推測された西側を担当すんぜ！　クソったれな魔物をぶっつぶしてえ奴《やつ》らは俺らの下に来い！』

『同じく西の守りを任された【夕闇鉄鎖団《ゆうやみてつさ》】じゃ。わしらドワーフとの伝手《つて》を作りたいっちゅうもんは、わしらの所にくるといい。美味《うま》い火種酒を扱《あつか》う店を紹介してやるぞい？』

『北側担当の【空を駆る者《スカイウオーカー》】だ。俺たちは飛行系のモンスターを抑《おさ》える。遠距離《えんきょり》系の魔法や弓が得意な者は、俺たちの指揮下に入ってくれ。連携《れんけい》が重要だ』

『南の指揮担当【海渡りの四皇】です。西の次に激戦区になるだろうと予測されていますが、手堅《てがた》く防衛に専念する予定です。うちは誰でも歓迎《かんげい》します』

『あたいら【明星】は東ね！　なめられたもんだねえ、新人だからって一番敵さんの手薄《てうす》な所に配備されるなんて！　いいさね！　劣勢《れっせい》になった激戦区に援護《えんご》、突入《とつにゅう》する覚悟《かくご》のあるもんだけ指揮下にお入り！　だらしない先輩《せんぱい》方の尻《しり》ぬぐいは絶対にするからね！』

それぞれが名乗りを上げるなか、冒険者たちはどの指揮下に入るか真剣《しんけん》に悩む。

それはきるるんやぎんにゅう、そらちー、そしてリスナーたちも同じだった。

そんな緊迫《きんぱく》した空気の中、異を唱える者がいた。

『あのー、きゅーや鳥たち、虫たちが言うには東が一番激戦区になるそうですよ？　布陣《ふじん》配置の見直しを提案します』

なんと、配信のすぐそば……画面越《ご》しから挙手したのはカメラマンのナナシちゃんだった。

しかもギルド陣営《じんえい》が一番手薄にしている方角が、一番攻勢《こうせい》が激化するという真逆の主張。

決戦前の士気に関わる指摘《してき》なので、これには全員が眉《まゆ》をひそめる。

『ああん？　てめえ、なぁに適当ぬかしやがる。どっからどうみても俺らの西側がモンスターの影《かげ》があちいだろうが！　それともなにか、俺らが腑《ふ》抜けな臆病者《おくびようもの》だとでもいいてえのかあ⁉』

『ふーむ。おぬしのような勘違《かんちが》いは蛮勇《ばんゆう》と呼ばれるものぞ？　若造にはわかるまいか？』

この発言に【巨人狩り】は激高し、【夕闇鉄鎖《ゆうやみてつさ》団】は侮蔑《ぶべつ》を示す。

だがナナシちゃんも黙《だま》っていなかった。

いや、ナナシちゃんの主《あるじ》が黙っていなかった。

『うちの執事を愚弄《ぐろう》しないでくれるかしら？』

颯爽《さっそう》と炎髪《えんぱつ》をなびかせるきるるん。

強者相手に臆《おく》した様子は微塵《みじん》もなく、その凛《りん》とした態度がナナシちゃんの意見を信じると宣言している。

『ああん？　てめえ、誰だ？』

『ふん……小娘《こむすめ》が粋《いき》がりおってのぅ』

『お嬢《じょう》さん、ここはあんたみたいのが出る幕じゃないんだぜ。ちゃんと実績のある俺らと、冒険者ギルトの判断に従ってくれ』

『キミは……そうか、キミがナナシ君の……彼の主人なのか！　ちょ、ちょっと、豪田《ごうだ》、こんなときに何泣いてるの⁉　えっ、そらちーがいる？　えっと、それって……豪田《ごうだ》の推しだっけ？　えっ、ちょ、勝手に動かないで！　じっとしてる！』

『んんっ、あんたは……確か遊び半分でダンジョン攻略《こうりやく》配信している素人《しろうと》さんじゃないの！』

代表者パーティーたちの反応は、きるるんやナナシちゃんに否定的だ。

『遊び半分で異世界《パンドラ》を配信してる奴が口を挟《はさ》むんじゃねえ』

『冒険者をなめすぎるのは、自分の命を疎《おろそ》かにするのと一緒《いっしょ》じゃよ、若造』

『いや、待ってください！　みなさん』

完全にきるるんたちはアウェーだったが、【海渡りの四皇】のリーダー世渡《よわたり》清《きよし》の制止により一旦《いったん》は落ち着く。

『そこの執事くんの推察を、【海渡りの四皇】は考慮《こうりよ》すべきだと主張します！』

ザワリ、と周囲の冒険者たちに波が広がる。

『彼は信用に値《あたい》します。何せ、僕たち【海渡りの四皇】は先日！　彼をパーティーに勧誘《かんゆう》しています！　お断りされましたが』

世渡《よわたり》清《きよし》の発言にざわめきがどよめきへと変わる。

それほどまでに高位ランク冒険者からのパーティー勧誘とは名誉《めいよ》なものだった。何せ彼らのパーティーに所属する意味は、生存率がぐっと上がるというものである。

さらに言えば、一気に稼《かせ》ぐ金額も上がり金持ちの仲間入りと同義なのだ。

そんな誘《さそ》いを断る。

つまりナナシちゃんが身を置く今の環境《きるるん》が、【海渡りの四皇】以上に魅力的かつ実力もあるのだと豪語《ごうご》するようなものだ。

『彼の凄《すご》さを目《ま》の当たりにして、パーティー全員が即断即決《そくだんそっけつ》でしたよ。そんな彼の意見ならば、僕たち【海渡りの四皇】は審議《しんぎ》すべきだと思います！』

あの【海渡りの四皇】がそこまで言うのなら、と高圧的だった高位冒険者たちも一目置かざるを得ない。

：モンスターの動きを網羅《もうら》しているナナシちゃん無双《むそう》
：ナナシちゃん、上位冒険者にも顔が利《き》く有能っぷり
：執事の鏡やんw

：上位冒険者も納得の男装かｗ
：いや、敢《あ》えて向こうが執事という役柄《やくがら》を立てているのでは？
：まさかのスカウトされてたとか笑うわ
：きるるんの表情がおもしろかったなｗｗｗ
：聞いてないわよ⁉　って驚愕からの安堵《あんど》した感じｗ
：よかったねきるるん。ナナシちゃん取られなくて
：この主従、どっちが手綱《たづな》を握《にぎ》ってるのかわからなくなってきてるよなｗｗ
：最高のコンビだよ

こうして『天空城オアシス』の防衛作戦会議は、名無《ナナシ》しの冒険者を中心に煮詰《につ》められてゆくのだった。

◇

【天空城オアシス】の防衛戦会議は難航した。

というのもやはり、ぽっと出の俺の意見を完全に通すのは難しかったからだ。

なんとか【海渡りの四皇】の後押《あとお》しもあり、高位パーティーの人々は半信半疑でありながらも多少は布陣を変更《へんこう》してくれる結果となった。

さあ、作戦会議を終えれば俺のやることは決まっている。

決戦までに豚骨《とんこつ》スープをじっくり煮込《にこ》むことだ！

なぜかって？

『ナナシちゃん！　冒険者のみなさんにお料理をふるまうのよ！』

作戦会議後に、雇《やと》い主であるきるるんから仰《おお》せつかったご命令である。

どうやらきるるんは、高位ランクの冒険者にデモンストレーションをかます魂胆《こんたん》らしい。というのも、夕姫財閥《ゆうきざいばつ》グループ商社が取り扱う冒険者向けの高級グルメ品、そのスペシャルアドバイザーが誰なのかを……この場を以《もっ》て宣伝するらしい。

つまりは紅《くれない》や俺だ。

そして俺がどこの大財閥の庇護《ひご》下にあるかについても、明確にアピールする狙《ねら》いなのだろう。

多少のリスクはあるが……この機に高位ランク冒険者の伝手や信頼《しんらい》を勝ち取るのは、きるるんやぎんにゅうにとっても良いことずくめになるはず。

二人の覚えがめでたければ、必然的に裏方である俺の給与《きゅうよ》もアップする。

ピンチをチャンスに変える精神力は相変わらず賞賛に値する。

なんて色々理由をつけてはいるが、きるるんはこの場にいる冒険者が、俺の料理バフによって少しでも助かるようにと願っているだけなんだ。

さて、肝心《かんじん》の豚骨スープだが、今回はハイオークの骨からだしをたっぷり取っている。

【海渡りの四皇】と冒険《ぼうけん》した時、大量に仕留めた豚肉《ぶたにく》素材がありあまっているのだ。

正直、作る料理は肉汁《にくじゅう》うどんと迷ったが、ひと手間かかる料理をチョイス。

そんなわけで、【ハイオーク】や【ファイアオーク】の肉を使っている。もちろん血抜《ちぬ》きや灰汁《あく》とりはしっかり処理している。

「――――【神竜《しんりゅう》の火遊び】」

絶妙《ぜつみよう》な火加減でフツフツと煮込んでゆく。

そして豚骨スープへ鶏《とり》ガラも加えれば、香《こう》ばしい匂《にお》いがただよってくる。

汚《よご》れなき雪原を連想させる濃厚《のうこう》なスープ。そこへ、クリーミィな色合いが加われば何とも美しい。

スープがあらかた白くなったタイミングで各種野菜も投入。コクを引き立てる重要素材だ。

続けて【ファイアオーク】の固まり肉も投入。豚肉の旨味《うまみ》もたっぷりしぼりだすぞおおお。

今回、調理器具や各種野菜などは、【海渡りの四皇】が冒険者ギルドと掛《か》け合ってくれて全額負担してくれている。広い調理場や圧力鍋《あつりよくなべ》などの提供も非常に助かる。

よほどキヨシさんたちが俺の料理を推してくれたのだろうと推察できた。

ならば期待には応《こた》えたくなるというのが男の性《さが》よ！

決戦まで約2時間弱。なら最低でも1時間は煮込んで、どうにか濃厚《のうこう》コク旨《うま》スープを完成させたい。

その間に各食材の様子もチェックしておく。

「スープはこのまま煮込んでゆくとして、次はファイアオーク肉をたこ糸できつく縛《しば》ろう」

鍋《なべ》にサラダ油を投入し中火で熱する。

頃合《ころあ》いを見て、たこ糸縛りのオーク肉を落とす。

ジュゥゥゥワアアアアっと食欲のそそる音が辺りを席巻《せっけん》するが、俺は丹念《たんねん》にオーク肉を焼いてゆく。

こんがりと焼き色がつくまで転がすのだ。

ころころじゅっ。

じゅっじゅっころころじゅっ。

うーん……口の中から唾液《だえき》があふれてくる。よだれが出そうだ。

ほどよい焼き加減だと判断した段階で、ねぎとにんにくを織り交ぜる。

そこからふたをして弱火で煮《に》る。

この工程に、焼豚《チャーシュー》のほろほろ具合が全《すべ》て掛《か》かっている。

慎重《しんちょう》に、慎重に、ぷるぷるとろっと焼豚《チャーシュー》を完成させてゆく。

さらに温めていた豚骨スープの方へ投入。またもやくつくつと煮込む、煮込む、スープに焼豚《チャーシュー》を漬《つ》け込むのだ。いい感じでトロットトロになってきてるぞお。

頃合いを見計らって、焼豚《チャーシュー》の身が崩《くず》れないようにそっと取り出す。

あとは食べやすいように切り落とすだけだが……包丁から伝わる程《ほど》よい弾力性《だんりょくせい》、そしてぷりっと肉汁がこぼれるのだから……たまらない。

「これで仕込《しこ》みは万端《ばんたん》だ。あとは食べたい冒険者が来るたびに、硬《かた》めの麺《めん》を高温でサッと茹《ゆ》でるだけだな。決戦前だし、量は少なめに調整しよう」

豚骨スープが白金色《プラチナ》の輝《かがや》きを放ち始めたころ、紅《くれない》や月花《つきか》、そして藍染坂《あいぞめざか》さんが顔を出してくる。

「そろそろ配信を開始するわよ」

「ん？　休憩《きゅうけい》の方はいいのか？　ほら変身時間とかさ」

「ナナシ産のバウムクーヘンのおかげで、みんなの信仰《MP》は回復しているわ」

「やっぱり七々白路《ななしろ》くんのバウムクーヘンは世界一です」

「あれっ？　また何か作ってるの？　白《シロ》くんは働きものだねー」

んっ⁉

し、白《シロ》くん⁉

藍染坂《あいぞめざか》さんが俺の呼び名を変えた⁉

しかもなんと親しげな響《ひび》き！　これだよ、これ！

俺が藍染坂《あいぞめざか》さんに求めていたのはッ、推しに求めていたのはッ、このフランクかつチャーミングかつ絶妙な距離感！

二人の間で何か起きちゃいそうで起きない、でも起きちゃうかもって期待できそうな距離感ンンンン！　さすがリアルの！　クラスメイトの推し！

未《いま》だにナナシ呼ばわりしてくる紅《くれない》とは大違いだ。

「あれ？　シロくん呼びはダメだったかなー？　ほら、七々白路《ななしろ》くんって【にじらいぶ】じゃ白《シロ》担当って夕ちゃんから聞いたからさ。ならシロくんって呼ぼうかなって」

「ぜひお願い致《いた》します‼‼！」

「どうして敬語？」

「気持ち悪いわね、ナナシ。その緩《ゆる》み切った顔面を切り裂《さ》いてあげようかしら？」

「それで七々白路《ななしろ》くんは何を作ってるです？」

「おー、月花《つきか》はラーメン好きか？」

「えっ、大好きです！」

「よかった。今回のメニューはチャーシューたっぷりコク旨豚骨ラーメンだ」

「わーい、です！」

月花《つきか》は喜びを全身で表現するように飛び跳《は》ねる。

おお、ぶるんぶるん揺《ゆ》れるなあ。視線が吸い寄せられるぜ。

「月花《つきか》……？　いつの間にそんな呼び方になったのかしら？」

「あたしはさん付けで、銀条《ぎんじよう》ちゃんは名前呼び……？」

おおっと。

あまりにも破壊力抜群《はかいりよくばつぐん》なたわわのせいで、推しの二人が呟いた言葉を聞き逃《のが》してしまった。

「二人は……あれか？　豚骨ラーメンは苦手なのか？」

「もちろん食べるわよ！」

「あ、あたしも！」

それから紅《くれない》の合図に応じ、俺の視線を通して配信は始まった。

防衛戦の直前配信。それは命がけの決戦前夜みたいな緊張《きんちよう》感と重みがある。

冒険者たちがいったいどんな様子で過ごすのか。思い思いの気持ちを胸に、覚悟を決める時間。

異世界《パンドラ》好きのリスナーにとって、かなり気になる配信だろう。

「おぉーやってるねえ」

「わっ、キヨシさん……と、【海渡りの四皇】のみんな！　それに、えーっと……」

きるるんたちの麺を今から茹でようとした矢先、彼らはぞろぞろと厨房《ちゆうぼう》前のカウンターテーブルに現れた。

「オンドだ、巨人狩りの。たぁーっくよぉ！　キヨシがどうしても食べた方がいいってぬかしやがるから来てやったぜ」

「ふん、【夕闇鉄鎖団《ゆうやみてつさ》】のガレクじゃ。こやつが食わなきゃ人生損しとるとしつこいからに、仕方なくじゃ」

「まあまあ、腹が減っては戦《いくさ》はできねーって言うし、いっちょ腹ごしらえっていこうぜー。あっ俺は【空を駆る者《スカイウオーカー》】のツバサな」

「大事な決戦前にお腹《なか》を壊《こわ》したりしないだろうねえ？　もし腹痛にでもなったら、【明星】のヒカリが鉄槌《てつつい》パンパンパンやよ⁉」

おお、高ランクパーティーの見本市だ。

あっ、豪田《ごうだ》さんが生そらちーを拝めた感動で号泣《ごうきゆう》してる。

リスナーさんはきっと豪田《ごうだ》さんを見て、『絶望的な死の恐怖《きようふ》を感じて泣いている』と勘違いしてそうだなあ。

「それでナナシ君、今日のメニューはなにかな？」

「豚骨ラーメンです」

「ああん？　これから決戦だってのにガツンと重すぎねえか、おい！」

「うわあ、ここまで来たけど俺はパスしようかなー」

オンドさんとツバサさんがすぐに難色を示す。

「うちの執事がそんな配慮《はいりょ》もできないと思っているわけ？　これだから愚民《ぐみん》は嘆《なげ》かわしいわね」

すかさずきるるんの毒舌《どくぜつ》が炸裂《さくれつ》し、二人の表情がピリつく。

そこまで言われたら引き下がれないのが冒険者の性なのか、『おうおう、お嬢様が口にするラーメンってやつを味わうかねえ』だとか、『俺の舌《した》は肥えてるよー？　ラーメンなんかで満足できるかなあ』と挑発《ちょうはつ》的な態度を取っている。

ふふ。しかしキミたちはもう理解しているのだろう？

沸《わ》き立つ湯気が、濃厚すぎる豚骨スープの香《かお》りが、鼻孔《びこう》へと侵入《しんにゅう》を果たし——胃袋《いぶくろ》がこれでもかと刺激《しげき》されていることに。

さあ、はたして本能に抗《あらが》えるのかな？

まずは温めておいたどんぶりに、白金色《プラチナ》に煌《きら》めく豚骨スープを注ぐ。

次いでサッとゆでた麺を投入。

細くともコシのある麺が、複雑にとろーりスープと混ざり合う。さらに刻みネギを添《そ》え、仕上げには——今にもほぐれんばかりのぷるぷるチャーシューが鎮座《ちんざ》する。

それは玉座に腰《こし》を下ろした皇帝《こうてい》のごとく、堂々と豚骨ラーメンに降臨した。

「【ほろほろ焼豚《チャーシュー》コク旨豚骨ラーメン】です」

「いただくわ」

「いっただきまーす！」

「いただくね？」

3人の美少女が我先にと豚骨ラーメンを口にする。

「はふぅーふぅーっ、すぅー。あとひく美味さ、ここに極《きわ》まれり、ね。さっぱりした口当たりなのに、濃厚な味。うん、重すぎないわ」

「ちゅるちゅるちゅる～もぐっ、わぁ……あったまって、うまうまです！」

「まって、もきゅっ………麺と絡《から》めてチャーシュー食べてみて⁉　麺《ふえん》と豚骨《ほんこつ》の旨味《ふまみ》、んぐっ、そしてじゅんわりって、チャーシュー《ひゃーふー》、とろけるよ⁉」

「「「「ゴクリ」」」」

それから高位ランクパーティーのみなさんはこぞって豚骨ラーメンを御所望《ごしょもう》された。

俺が豚骨ラーメンを提供すればすごい勢いでみんな食べ始める。

「ずぞおおおお」

「はむっぱくっバクバク」

「ぷはあああ」

「ズルルルルゥッ」

いかつい冒険者たちに囲まれながら、推しが3人。はふはふと美味しそうにラーメンをすする。

うん、いい絵面《えづら》だ。

そこに会話はない。ただただラーメンの美味さを堪能せんがために——美少女たちは、誰にも媚《こ》びずに麺をすする。

「ふっふっ」

「ふーふーちゅるっ」

「ほふっ、んぐっ」

誰もが真剣に、無言でラーメンを食べ続ける。

各々《おのおの》が胸に秘《ひ》めた何かを飲み込むように……今、この瞬間《しゅんかん》を精一杯《せいいっぱい》味わうのだと、生きるのだと、そんな熱気が立ち込める。

冒険者たちの、きるるんやぎんにゅう、そしてそらちーの戦う覚悟が感じられる。

きっとみんなの決死の想《おも》いは、俺の視界を通してリスナーたちに伝わっているだろう。

「——死ぬ前に、食えてよかったぜぇ」

「うむ。これを口にできたのなら、今日死んでも悔《く》いはないのぅ」

「はあーこの味……また食べたいから絶対に死ねないなぁ」

「あたい、生きる意味を知ったよ。こいつを食べるためにあたいは生まれてきたんだって」

「またまた最高の味だよ。なあ、みんなも気付いてるだろ？　これがただのラーメンじゃないって」

「こ、こいつあ……力がみなぎるぜ!?」

「……すごいのう。活力がわいてくるぞい」

「おいおいおいマジかよ！　他の冒険者たちにも伝えねーと！」

「これと同じ物が……夕姫《ゆうき》財閥の商社で買えるのかい⁉」

「こちらはまだ試作段階ですので、販売《はんばい》はされていないかと」

「もっとくれ！　もっとだ！」

「ごうつくばりはよくないぞい。食い過ぎて動けなくなっても知らんぞ」

「いやいやガレクさん⁉　俺が最後まで残しておいたチャーシュー何シレっと取ってんの⁉」

「くぅうううう、スープも飲み干す美味さ！　あたいは気に入ったよ！」

どうやらお口に合ったようだ。

それから彼ら彼女らの口コミで、豚骨ラーメンの噂《うわさ》は瞬《また》く間に広がった。

おかげで下位から中位の冒険者までラーメンを食べにきてくれるようになった。

戦前のてんやわんやで大忙《おおいそが》しだけど、確かな充実《じゅうじつ》感が俺を満たしてゆく。


俺の料理が誰かを笑顔《えがお》にする。

誰かのためになる。

きるるんが、紅《くれない》が望んだ結果になって……とても、とても嬉《うれ》しかった。

これで冒険者たちの生存率が上がったはずだ。

さあ、いよいよ決戦が始まる――

【ほろほろ焼豚《チャーシュー》コク旨豚骨ラーメン】★★☆
スープの表面に浮《う》かぶ脂《あぶら》の輪が、シャボン玉のごとくキラキラと輝く。これはファイアオーク肉が秘めたる旨味の輝き。そんなじっくりと煮た豚骨スープをすすれば、口いっぱいに広がる濃厚なコク。それほどしつこくないスープにストレートの細麺《ほそめん》が絡めば、ほどよいアクセントが生じ、ハイオークの生命力が五臓六腑《ろっぷ》にしみ渡る。
基本効果……3時間、ステータス力＋1を得る
★……3時間、ステータス命値《HP》＋2を得る
★★……3時間、火傷耐性《やけどたいせい》（小）を得る
★★★……技術《パッシブ》【炎耐性】を習得する
【必要な調理力：90以上】

16話　名もなき最強

『夕姫財閥《ゆうきざいばつ》の高級冒険者《ぼうけんしゃ》グルメ、よろしくなのよ！　あっ、そこの愚民《ぐみん》！　美味《おい》しい豚骨《とんこつ》ラーメンはいかが？』

『美味しいです！　強いです！　高いです！　でも今は無料です！』

『あちゃー巻き込《こ》まれちゃったなあ……あたし……』

『うちの執事が、味や調理方法を監修《かんしゅう》しているのよ！』

『全《すべ》ての黒幕はきるる姉さまです！　さすがです！』

『まさか防衛戦直前で、即席《そくせき》ラーメン屋の売り子をするなんてねー』

少しでも多くの冒険者にラーメンを食べてもらいたい。食べさせておきたい。

鬼気迫《ききせま》る彼女たちの様子にリスナーも少し気圧《けお》されている。

こんな時にラーメン屋の看板娘《むすめ》を全力でしている推《お》したちに……戸惑《とまど》いはあるものの、熱意は伝わっていた。

：まっさかの防衛戦で明かされる企業《きぎょう》案件ムーヴｗｗｗｗ

：きるるん夕姫《ゆうき》商社の案件おめ

：きるるんがスペシャルアドバイザーに就任だっけ？

：初期の頃《ころ》からレビューしてたもんな

：ポーションだっけ？
：いや、紅茶だよ紅茶
：今回のラーメンも夕姫《ゆうき》商社の新商品ってことなん？
：ナナシちゃんが作ってたよな？
：なにはともあれ見事に高位冒険者たちへの宣伝が成功したな
：あとは……防衛戦を生き残れるかどうかだ……

『そして今回ばかりはナナシちゃん！　配信はそっちのけでいいわ！　命がかかっているもの！　きる民のみんなもナナシちゃんのカメラが私たちを映《うつ》さなくても許してあげてね！』

：いつも命はかかってるよなw
：スタンピードを生配信で見れるだけでも御《おん》の字
：こんな機会めったにないもんなw
：俺《おれ》までそわそわしてきたww
：ぎんにゅう無理すんなよー
：そらちーもいざとなったら逃《に》げてな
：きるるんも大怪我《けが》だけはしないように

【首輪きるる】と【ぎんにゅう】、そして【海斗《うみと》そら】によるコラボ配信がスタンピード配信になってから、同時視聴者数《しちょうしゃ》はうなぎ上りになっている。

みな、生きるか死ぬかの戦いにそれほど関心を寄せているのだ。

『きるる様。お口にラーメンのお汁《つゆ》がついております』

唐突《とうとつ》にきるるんの口元が、ナナシちゃんのハンカチで拭《ぬぐ》われてしまう。

『えっ、うそ……⁉ あっ、んっ……くっ……わ、わざわざみんなの前で拭《ふ》かなくたって……いいじゃない』

決戦前なのに、恥《は》ずかしそうにしょんぼり縮こまるきるるん。

それを見たぎんにゅうやそらちーがクスクスと笑い合う。

‥かわいいがすぎるやろ
‥ごちそうさまでした

これにはリスナーたちもニッコリだった。

◇

『配信はそっちのけでいいわ！ 私たちを映さなくても許してあげてね！』

きるるんはそう言ってくれたが……これは【首輪きるる】と【ぎんにゅう】にとって絶好のチャンスなのではないだろうか。そもそも、うちの事務所全体のチャンスだ。

いや、スタンピードは不幸な出来事だし、なにも大手ＹｏｕＴｕｂｅｒの【海斗《うみと》そら】とのコラボウィークを飾《かざ》るラストで起きなくてもいいじゃないか。予定が丸つぶれだと嘆《なげ》くのが普通《ふつう》である。

だが、逆にスタンピードを『イベント』として活用し、人々の注目を集めようとするやり方は……ピンチをチャンスに変える、きるるんのいつものスタイルだ。

身体《からだ》を張って推しが死地へと突貫《とつかん》するのなら、彼女《推し》の執事である俺がそれをやり遂《と》げられなくて執事と言えるのだろうか？

俺は胸ポケットに待機しているきゅーに『獣《けもの》語り』で合図を送る。

【九尾《きゅうび》の金狐《きんこ》ヴァッセル】本来の巨体《きょたい》へと戻《もど》り、神々《こうごう》しい九尾が俺の背後にご光臨されただろう。

頼《たの》む、だが無理はしないでくれ。と、きゅーに伝えれば『くーきゅー』と可愛《かわい》らしく俺の頭に大きな鼻をつけてくる。

「な、なんだ!?　巨大なモンスターが突然《とつぜん》現れたぞ!?」

「お、おい……あいつがテイムしてるモンスターか……？」

「うそだろ……？　九尾？」

「おいおいおいおい！　俺たち生き残れるかもしれねえぞ！」

「「うおおおおおおおおおおおおお！」」

他の冒険者の士気が目に見えて上昇《じょうしょう》してゆく。

次に『夢の雪国ドリームスノウ』からフェンさんを呼び出す。

本から一陣《いちじん》の竜巻《たつまき》が巻き起こり、唐突に【神喰《ぐ》らいの氷狼フェンリル】が召喚《しょうかん》される。荒々《あらあら》しくも雄々《おお》しい巨狼は、少しだけ不機嫌《ふきげん》そうに唸《うな》る。

『グルゥゥゥ……貴様、この我を小間使いのごとく呼ぶとは何事ぞ』

『いやーフェンさん、すまない。今度、雪見もちもちを使った新メニューをごちそうするから、ちょっと俺たちを手伝ってくれないか？』

『ワフッ、ヘッヘッヘッ……異論はない』

『助かるよ。でも無理はしないでな？　俺の雪見もちもち料理を食べたいだろ？』

『アオォォォオオオオオォォォォオオオォォオオオン！　無論だとも！』

空気が震撼《しんかん》するほどの遠吠《とおぼ》えを放つフェンさん。

周囲の冒険者はこの巨狼に度肝《どぎも》を抜《ぬ》かれてはいたけど、本能的に味方だと悟《さと》ってくれた。なぜならフェンさんの遠吠えは【群れの雄叫び《バトルヴォイス》】といって、遠吠えの届く範囲《はんい》にいた者へステータス【敏捷《びんしょう》＋1】を施《ほどこ》す優《すぐ》れものだ。

つまり全員が何らかのバフをフェンさんから受けたと察知したのだ。

もちろん今の今まで、視線はきるるんやぎんにゅう、そして海斗《うみと》そらから離《はな》していない。

推したちは本気だ。本気で戦い抜こうと決意している。

ならば俺も本気で、何が何でも推したちの雄姿《ゆうし》を配信してやる！

この防衛戦、何が何でも彼女《推し》たちを追い続ける。

そして徹底的《てっていてき》に彼女《推》たち《し》の活躍《かつやく》をおさめてやる。もちろんモンスターも全力で屠《ほふ》ってゆくが、何より優先されるのは彼女《推》たち《し》を絶対に守ることだ。

俺は同胞《リスナー》へ固く誓《ちか》った。

◇

【天空城オアシス】の周辺に影《かげ》が伸《の》びる。

大量に蠢《うごめ》く影は空と砂地、その両方から迫ってきた。

常人が目にしたら思わずうめき声を上げて顔をそむけたくなる光景だ。何せ、あの一粒一粒《ひとつぶひとつぶ》は馬並みのサイズを誇《ほこ》るモンスターであり、自分たちの命を喰い潰《つぶ》そうとする捕食者《ほしよくしや》なのだから。

そんな絶望の波が【巨神亀オアシス《ゴッタルオアシス》】を呑《の》み込んでゆく。だが、スタンピードが鋭利《えいり》な牙《きば》をむいても、冒険者たちは一糸乱れぬ連携《れんけい》でもって応戦を開始した。

両者が激突《げきとつ》すると地獄《じごく》絵図が描《えが》かれてゆく。血生臭《ちなまぐさ》い戦いが幕を開け、激しい攻防《こうぼう》が一進一退を繰《く》り返す。

そんな血みどろの戦場に似つかわしくない可憐《かれん》な美少女が3人いた。

いや、もはや彼女たちも敵の返り血を浴びて、必死に抗《あらが》い続ける戦士の一員だ。

：大鷲《おおわし》の大群とか怖《こわ》すぎるだろw

……恐竜《きょうりゅう》みたいな鳥がたくさんいるな
……翼竜《よくりゅう》ってやつか。ドラゴンかよ……
……人みたいなのに羽の生えたやつらもいないか？
……有翼の娘《ハーピィ》だな。あいつら火を噴《ふ》くらしいぜ

『クキュウウゥゥウゥウゥウウン！』
『アオォォォオオォォォオオン！』

……九尾とフェンリルもやべえな
……あれが敵だったらと思うとゾッとするわ
……おいおい……九尾の雷撃《らいげき》で一気に数十匹《ぴき》は黒こげになってないか？
……フェンリルの方は、ありゃ氷の嵐《あらし》か？
……うわっ、えぐいな……あの辺のモンスターは一匹残らず氷漬《こおりづ》けじゃん

『私たちも行くわよ！　血戦《けっせん》――【紅い大剣《ブラドグレーター》】』
『はいです！　反逆――【銀鏡の大盾《タワーオブシルバー》】』
『やっちゃうよ！　蒼天《そうてん》――【水撃演舞《アクアダンス》】』

：きるるんやっちまえー！
：ここじゃ血が大量に手に入るから、ガンガン血の剣を生成してるな
：まさに縦横無尽《じゅうおうむじん》
：ぎんにゅうナイスぅぅ！
：うまく反射魔法《まほう》？　で敵を攪乱《かくらん》してるよな
：次の攻撃《こうげき》へのアシストも上手《うま》い！
：きるにゅうのコンボは見てて気持ちいい
：そらちーも奮闘《ふんとう》してるな！
：パワー型って感じだな
：さっき殴《なぐ》った相手の顔をぺちゃんこに潰してたぞｗｗ
：拳《こぶし》に水をまとってその水圧で敵を砕《くだ》くのか
：さすがアスリート女子
：アスリートのレベル余裕《よゆう》で超《こ》えてるけどなｗｗ
：うおっ、あぶね！
：顔面が虎《とら》の馬とかこわすぎだろｗｗ
：そらちーの蹴《け》りで沈《しず》めたったｗｗｗ
：我らが推し最強説！

3人の美少女が戦場で舞《ま》う。その獅子奮迅《ししふんじん》の活躍や、鬼気迫る姿を一瞬《いっしゅん》たりとも逃《のが》すまいと、配信画面は激しい攻防の中ですら常に彼女《推し》たちをとらえ続けている。

：おい、次ミノタウロスきたぞ⁉
：ダンジョンのボス級もいるのかよ⁉
：ああ、さっきから一向に配信画面ブレなくないか？
：画面の端《はし》から血しぶきが上がったり、断末魔《だんまつま》も上がってるよな？
：周りの敵もヤッてるよな確実に
：襲《おそ》ってくる魔物を見ずに⁉
：それでいて視点をきるるんたちに固定って……
：職人　魂《だましい》を感じるぞ
：俺等《リスナー》へのリスペクトもな……
：熱い、熱すぎるぞ⁉
：身の危険すらもいとわない主従愛
：絶対にお嬢様《じょうさま》の活躍を配信してやるといった執念《しゅうねん》を、いや、信念を感じる！
：ナナシちゃんのきるるんに対する愛は本物や
：めっちゃかっこいいぞ！

リスナーは血湧《わ》き肉躍《おど》る配信画面に興奮しているが、中にはこの悲壮《ひそう》な戦場を直視していられない者も続出している。

そんな折、ついにきるるんが【有翼の娘《ハーピィ》】が吐《は》いた炎《ほのお》の餌食《えじき》になってしまう。

真っ赤な劫火《ごうか》が彼女を呑《の》み込もうとする瞬間《しゅんかん》、ここで初めて配信画面がブレる。

『――神竜《しんりゅう》の火遊び』

ナナシちゃんの声が静かに轟《とどろ》く。

：うおっ⁉　あっぶねええ！
：なあ、今きるるん燃やされてなかったか⁉
：な、なにが起きた⁉
：なんで燃えないんだ？
：ナナシちゃんごと炎の中に突《つ》っ込んだ？
：ナナシちゃんっていつも料理の時さ、自在に火を操《あやつ》ってね？
：炎の温度操作ができるとか？
：最強やんｗｗｗ
『……危険です……きるる様』

『こ、これぐらい大丈夫《だいじょうぶ》よ！　た、助かったわ、ナナシちゃん！』
『……左様で、ございますか。でも無理をしてはいけません』
そっと画面越《ご》しでナナシちゃんがきるるんの両手を握《にぎ》る。

：おい、きるるんの顔……
：さすがに怖かったんだな……
：死の恐怖《きょうふ》
：怯《おび》え切ってるのに……すぐ気丈《きじょう》に振《ふ》る舞《ま》うか
：微笑《ほほえ》んでるし、やっぱすげえわ
：こ、これが冒険者の日常か……
：やばいな
：冒険者は高給取りが多いって聞いたけどさ、そりゃそうだよな
：一仕事一仕事に自分の命張ってんだもんな
：そんな中へ果敢《かかん》に飛び込むきるるんたちって……
：相当な覚悟《かくご》だよな
：何が彼女たちをそこまでさせるんだ？
：さすがにわかれよ
：俺たち、だろ

：だよな……俺たちの期待とか、希望とか、楽しみのために……
：俺だったらこんな戦場、絶対に行きたくない
：なぁ……魔法少女ＶＴｕｂｅｒってすごいんだな
：それな
：彼女《推》《し》たちもあんなに頑張《がんば》ってるんだ
：生き残ろうともがいている
：必死に戦ってるよな
：俺、明日は、学校行ってみるよ
：なんだよ不登校かよｗ　まあ戦ってこい。応援《おうえん》する
：俺もそろそろ就活始める。もうニートはやめるわ
：おう。稼《かせ》いだら銭《ぜに》チャでもしてやろーぜ
：あぁぁぁぁあああ……明日の仕事いやだわあああ！　でも頑張るわああああああ！
：おう、その意気やで

こうして大奮闘の末、黄金領域【天空城オアシス】はスタンピードを凌《しの》ぎきった。

噂《うわさ》によると、それは鬼神《きじん》のごとき執事さんの活躍のおかげだったとか、戦闘《せんとう》中に配られた謎《なぞ》のおにぎりに命を救われただとか、九尾とフェンリルがタッグを組んで大物を仕留めてくれたなどと眉《まゆ》唾《つば》なものが流れる。

だが、その防衛戦に参加した者は口をそろえて真顔で言う。

あそこには確かに【最強の執事《バッファー》】がいたと。

また、ある者は【神獣使い《テイマー》】がいたと。

――誰《だれ》もが名無《ナナシ》しの冒険者に感謝していた。

◇

さて、みなさんはもうお分かりだろう。

実はうちのお嬢様は庶民《しょみん》的な食べ物をいただくときに隙《すき》が生じるのだ。

ハンバーガーしかり、ラーメンしかり、きっと食べ慣れてないからこその隙だ。

そして今回、防衛戦で疲《つか》れ切った推したちへ……敢《あ》えて大衆向けのご飯をふるまおうと思う。

なぜなら、推しと同じものを食べたいからだ！

そう、リスナーたちに推しと同じ楽しみを共有《シェア》する喜びを味わってほしい。

フレンチ？　イタリアン？　確かにお洒落《しゃれ》で映《ば》えるだろう。

フルコース料理を綺麗《きれい》に食《しょく》すきるるんも絵になるはずだ。だが、お高いお店が多いし、そもそも作るのに手間暇《ひま》かかるものも多い。

しかし牛丼《ぎゅうどん》なら？　豚丼《ぶたどん》なら？　外食するならお手頃《てごろ》だし、自分で作るのも簡単だ。

リスナーたちはその味や体験を共感しやすいはずだ。

想像してみてほしい。

学校帰り、はたまた仕事帰り。

疲れ切った身体を引きずりながらの帰宅途中《とちゅう》。ふと、思い浮《う》かぶのだ。

ああ、そういえば推しが牛丼食べてたなあ。よし、今日は俺も牛丼にするか。

肉を味わい、タレの旨味《うまみ》を味わい、米の甘味《あまみ》を味わう。

ああ、俺は今……推しとお揃《そろ》いの料理を食べているんだ。

ほんのりと推しを近くに感じる。今日という一日に、ちょっとした幸せがプラスされたな。

推しとのお揃いは格別な味となる！　俺ならそう思う！

そんな訳で、本日もきるるんにはお嬢様にあるまじきメニューを提供しよう。

そう、かっこんでもらおう！

なので俺は【夢の雪国ドリームスノウ】から【羊毛の雪娘《メリースノウ》】を呼び出していた。

「例のブツはできあがったのか？」

「はいめぇー。なかなかの品質ですめぇー」

「ふっふっふっ」

この防衛戦を通じて、紅《くれない》には物申したいことがいくつかある。

でも今は戦勝祝いの場だ。執事らしく食事をふるまうターンなのだろう。

俺は【羊毛の雪娘《メリースノウ》】から受け取ったブツを眺《なが》め、料理に使えるか吟味《ぎんみ》してゆく。

ああ、黒い笑《え》みが止まらないぞ。

◇

あたし、藍染坂《あいぞめざか》蒼《あおい》は今、非日常の中にいる。

同じ魔法少女の夕姫《ゆうき》さんと銀条《ぎんじょう》さんと一緒《いっしょ》に、異世界《パンドラ》でコラボ配信をして、シロくんの料理で漲《みなぎ》るパワーを全身に感じて。

そしてスタンピードを乗り越《こ》えて。

「そらちーにぎんちゃん、よく頑張ったわね！」

「へとへとですー」

「わっ、ぎんぴ⁉　あたしに寄りかからないでよ、泥《どろ》がついちゃうー」

「私なんて血みどろよ？」

「みんなぐちゃぐちゃですー！」

「ちょ、待って、どうして余計にひっついてくるの⁉　きるるんまで⁉」

「ぷーくすくす」

「わーい！」

「も、もー！　そっちがその気ならこっちだって！」

一時はどうなるかと思ったけど、今、あたしは笑っている。

この刺激《しげき》に満ちた異世界《パンドラ》で、泥だらけになって、あたしたちは笑っている。

うん、あたし……こういうのが好きだなって思う。

「あっ、きゅーちゃんです！」

「かわいいキツネさん！」

泥だらけのまま銀条《ぎんじょう》さんとあたしは、きゅーちゃんに飛び込む。

もふもふのふわっふわっであったかい。

「どうしていつも私だけ避《さ》けるのぉぉぉぉ⁉」

夕姫《ゆうき》さんだけ膝《ひざ》から崩《くず》れ落ちるのを傍目《はため》に、あたしたちはきゅーちゃんと寝《ね》そべる。

うん、こういうのも好き。

あたしは魔法少女として目覚めた時、正直に言えば怖かった。

変身している時は確かに人より力もスピードも全然つよい。それでも伸びしろがないなら……異世界《パンドラ》に行くのはやめようって決めてた。

【転生オンライン：パンドラ】は好きだったし、プレイヤーとして暴れ回っていて楽しかった。

でも現実は違《ちが》う。死んだら終わりなんだよ。

だからあたしは国内に出現するモンスターへの緊急要請《きんきゅうようせい》にも応《こた》えずにいた。多分、他の魔法少女よりあたしはずっと卑怯《ひきょう》で、臆病《おくびょう》で、ダメなんだと思う。

それでも魔法少女になった自分に何かできないかって……人より頑丈《がんじょう》な身体を活《い》かして、アスリート系ＹｏｕＴｕｂｅｒなんてのをして。破天荒《はてんこう》なアクロバティック動画から始まって、筋トレにボディメイク、ダイエット方法の紹介《しょうかい》なんて活動をずっとしてたら……あたしは快活で活発なイメージに支配されていった。

もちろん、動画活動の中にはあたしのしたいこともあった。けど、そんなのは極一部《ごく》だけで、できることを積み重ねていっただけ。

それからちょっと苦しくなって。だから本当に好きな……可愛いマスコットを作る手芸をしたり、ぬいぐるみに花を飾る動画を上げてみた。

そしたら今まで応援してくれたみんなは――

『そらちーには似合わない』

『そんなのよりまたアクロバティック動画あげてくれ』

『誰もそんなの求めてないｗｗ踊《おど》ってみたはよｗ』

『筋トレ動画を求む』

『今更《いまさら》お花畑に路線変更《へんこう》か？　ぶりっこかよ』

散々だった。

仕方ないと思った。

あたしのイメージには合わない。だから好きなことはしない。

魔法少女としての責務から逃れているあたしには、それが相応《そうおう》なんだって。

そんな時、【首輪きるる】と【ぎんにゅう】のダンジョン配信を見て胸が動いた。

逃げていたあたしにも、できるかもしれないって。また、あの……好きだった異世界《パンドラ》に足を踏《ふ》み入れられるかもって。

コラボしてくれた夕姫《ゆうき》さんが、隣《となり》で笑ってくれる銀条《ぎんじよう》さんが、魔法少女《あたしたち》の可能性を見せてくれたシロくんが……あたしを救ってくれた。

「よーし、お待たせしました。ハイオーク肉で作った、【雪とろろ豚丼】です」

シロくんが戦勝祝いだって、自分も疲れてるはずなのにご馳走《ちそう》をふるまってくれる。

どんぶりには、ほかほかご飯が隠《かく》れちゃうほど具材がたっぷり盛られてる。

ぷるんと脂《あぶら》ののった豚肉と、これはとろろかな？　ちょっと不思議なとろろに、わさびがちょこんとある。

あたしはそれらを軽く混ぜ、それからパクリ。

わぁぁぁ……！

口の中で、とろろとお肉のねばねばコラボレーションが開花だよ！　んんんー！

とろろの深いコシのおかげで、濃厚《のうこう》な豚肉の味がどんどん口の中で膨《ふく》らむのに……後味すっきり！

わさびのピリッとした余韻《よいん》、それからほんのり甘《あま》いもっちりご飯が追い討《う》ち⁉

怒涛《どとう》の旨味の波があたしの舌《した》を襲った。

うん、あたし……こういうの大好き！

「お、美味しいわね。こ、これが牛丼ってやつなのね⁉」

「きるる姉さまは牛丼デビューです？」

「び、ビーフカレーなら食べているわよ」

「うそ⁉　牛丼食べたことないの？　っていうか、きるるんは牛丼であたしは豚丼なんだー？　わっ、チー牛だよそれ！　うっわー、うっわー、一口交換《こうかん》しよ？」

「その前に――」

夕姫《ゆうき》さんは薄《うす》く微笑んだ。

「どうかしら？　うちは最高でしょう？」

【海斗《うみと》そら】と【首輪きるる】、【ぎんにゅう】のコラボ打診《だしん》を送った時、彼女は一つだけ条件を出してきた。それは、『もしこのコラボウィークで私たちの在《あ》り方が気に入ったのなら、うちの事務所【にじらいぶ】のライバーとして所属するか検討してほしい』と。

あたしは夕姫《ゆうき》さんの顔を見返しながら、前にシロくんに言われた言葉を思い出す。

『好きなら、似合う似合わないは関係ないよ。楽しもう？』

こんな美味しいご飯と、楽しい刺激に満ちてるのなら、あたしの答えは決まっていた。

「うん、あたし……こういうの大好きだなって」

「うちの事務所と契約《けいやく》するかしら？」

「ぜひ、よろしくお願いします！」

快諾《かいだく》すれば夕姫《ゆうき》さんの微笑みが妖艶《ようえん》に煌《きら》めく。

「よく言えたわね？　じゃあ、お待ちかねのちーぎゅうよ？　はい、あーん」

「ちょっきるるん、それは恥ずかしいっていうか、とっ、隣のおじさんもガン見してるし！」

やっぱりあたしは笑っちゃった。

◇

私の名は豪田《ごうだ》。豪田剛士《ごうだつよし》であーる。

冒険者の中でも上位パーティー、【海渡《うみわた》りの四皇】に属する豪田《ごうだ》であーる。

齢《よわい》は32歳《さい》。ぎりぎりおじさんでないと自負していたが――

「ちょっきるるん、それは恥ずかしいっていうか、とっ、隣のおじさんもガン見してるし！」

………。

推しにおじさん言われたアアアアんふぁあああんんんそうか私はもうおじさんかあああぁぁぁん。

ナナシの粋《いき》な計らいにより、そらちーの近くに座《すわ》れたことで天上に昇《のぼ》るがごとく幸福であったが、今やどん底に叩《たた》き落とされたのであーる。

ああああ、それでもきるるん女史との『あーん合戦』は尊みが深いいいい眩《まぶ》しすぎて目がつぶれる尊さあああであーるぅぅ！

「あっ……豪田《ごうだ》さん……どうぞ、ミノタウロス肉で作った【雪羊のチーズ牛丼】です」

ナナシが気を使ってくれたのか、チーズ牛丼を提供してくれる。

私は悲しみと幸せに押《お》しつぶされそうになりながらもチーズ牛丼をかっこむ。

ん、んん……⁉　な、なんだ、このチーズは⁉

なめらかなクリーミィさは従来のチーズとさほど変わらないが、このまろやかな風味は何だ⁉　さっそく箸《はし》で牛肉と一緒にいただけば、とろけるとろーり伸び具合が尋常《じんじょう》でないのであーる！

力強い牛肉の旨味《うまみ》、肉汁《にくじゅう》、タレが複雑に絡《から》み合い、口の中で踊り狂《くる》うではないか⁉　それに加えてチーズの熟成されたコクと、もちもちがッ！　やみつきなのであーる！

うまい、うまいぞ！　白米との相性《あいしょう》も抜群《ばつぐん》なのであーる！

思わず周囲の目など構わずにかっこんでしまう美味《うま》さ！

チーズ牛丼とは恐《おそ》るべき食べ物なのであーる！　もうっ、舌と目が幸せすぎてっ、推しにおじさん認定されて！　ごちゃごちゃのぐちゃぐちゃで死にそうなのであーる！

「おう、ナナシ！　おめえも生きてたか！　防衛戦ではおめえんとこのワン公に世話になったぜ」

「うぉっほん、ナナシ殿《どの》！　ドワーフの火酒に興味はあらせんか？」

「いやー、戦前に食べたラーメンのおかげでいつもより調子がすこぶるよかったよ」

「俺らが火ぃ噴かれて、もうダメだーってなったときにお前さんが来てくれて助かったぜ」

「どうしてあんたは……あたいたちまで助けてくれたんだい……？」

んん？　最初は胡散臭《うさんくさ》いとさんざんな態度を取っていた高位パーティーの諸君が、キヨシを筆頭にぞろぞろとナナシを囲んでゆくではないか。

「私はきるる様の執事です。きるる様に美味なるお食事をいただけるよう、食材を調達していただけですので」

あの獅子奮迅の活躍を、『敵を美味しく料理するためだけです』だと言うナナシ。

その言葉にトップ冒険者たちは畏怖《いふ》しているのであーる。

そして有言実行を難なくこなす有能っぷりと無双《むそう》っぷりを見せつけられ、ナナシが本物の執事なのだと感服しているのであーる。

「ぶははは、なんだよそりゃ」

「たまらんのうナナシ殿は」

「あははははっ、相変わらずだね」

「マジかよっ！　おまえ面白《おもしろ》いやつだなー！」

「ふふっあたいは気に入ったよ」

そして彼《かれ》ら彼女らは笑う。

その笑いには一切《いっさい》の侮蔑《ぶべつ》など含《ふく》まれていない。本物の戦士に送る、親しみの笑顔だった。

「みなさんもよかったら牛丼、食べていきますか？　今日はきるる様の御厚意《ごこうい》により、無料で提供させていただきます」

「ったく、まいったぜ。もらう、もらう、もらうぜ！」

「執事殿にはかなわぬのぉ」

「いただくよ。って、豪田《ごうだ》！　キミだけすでに食べていたのかい？　ずるいなあ」

「すごい切り替《か》えの早さと潔《いさぎよ》さだな。俺らが冒険者を語るにはまだまだってことか。恩にきるぜ」

「あたいらも負けてられないね。でも牛丼はいただくよ！」

「「「「う、うんまあああ!?」」」」

ナナシはみなの命を助けたのに、まったく歯に衣《きぬ》着せない気持ちよさがある。恩着せがましくない、その在り方だけで全てを物語るのは、やはり強者を目指す者として誰もが憧《あこが》れるのである。その背中を追いかけたいと。あいつは尊敬すべき競争相手であーると。

最初と比べたら手のひら返しと捉《とら》える者もいるのであーる。だが、冒険者は文字通り命懸《が》けの職業。優秀《ゆうしゅう》な者との繋《つな》がりは生死に直結する場合もあるので、強い人物は評価されるのである。

強者とは仲良くしておきたい。至極《しごく》簡単なルールであり、生存戦略なのである。

であるならば、私、豪田剛士《ごうだつよし》も今が男の見せどころなのであーる！

ここで覚えめでたく【海渡りの四皇】の豪田《ごうだ》として、華々《はなばな》しく周囲へとアピールするのであーる！

あと、そらちーにも。

「ナナシやきるるん女史に、多大なる支援《しえん》をされてる身でありながら！　さらにご馳走などされては、冒険者として背が立たないのであーる！　どうだろう、ここはこの豪田《ごうだ》がっ！　全額もとう！　全て私のおごりであーる！」

「はい？　豪田《ごうだ》さん、でしたわよね？　夕姫《ゆうき》商社ではこの牛丼と豚丼は一杯《ぱい》２００万円で販売《はんばい》される予定なのだけれど、あなたに人数分の金額を一括《いっかつ》で払《はら》えるのかしら？」

「なっ」

２００万円×９人分……１８００万円⁉

「そういや夕姫《ゆうき》商社で販売されてる異世界《パンドラ》メシ、ありゃあナナシがスペシャルアドバイザーなんだったか？」

「おおう、それなら信用できるのぅ。わしらも買ってみるかの」

「僕《ぼく》らは例の紅茶をいくつか購入《こうにゅう》して、ストックしてあるんだ」

「この牛丼も販売するのか。そういや他の連中も、あんなすげえラーメンを無償《むしょう》提供してくれたのを感謝してたぜ」

「あたいらラッキーだね！　販売前の試供品をまた無料で食べれるなんてさ！」

１８００万円。仮にも高給取りである私なら、い、いける、いけるが……かなりの出費になってしまう……が、推しと、そらちーと一緒の食卓《しょくたく》を囲めるのなら安いものであーる！

いや、嘘《うそ》である。かなり懐《ふところ》的に痛い一撃なのである。

「豪田《ごうだ》さん？　大人しくみんなでご馳走に与《あずか》りましょう？」

そう言いながら、きるるん女史のナナシを見つめる双眸《そうぼう》は確かな信頼《しんらい》で輝《かがや》いているのである。

ん？　これほどの高級グルメを、ナナシは無償で作っている……？　今までも推したちのために、提供していただとおおお⁉　しかも私たちの分までえええええ⁉

完敗《かんぱい》なのである。いや、乾杯《かんぱい》なのである！

彼がまさに――

推しを支える執事の鑑《かがみ》であることに、乾杯なのであーる！

17話　名無《ナナシ》しの正体

放課後。俺《おれ》はいつものミーティングが行われる前に、紅《くれない》と二人きりで図書室にいた。

「なあ、紅《くれない》……少し、ペースが激しすぎるんじゃないか？」

新メンバーのぎんにゅう加入、大手ＹｏｕＴｕｂｅｒ海斗《うみと》そらとのコラボ。同時並行で高級グルメの通販《つうはん》運営。そして前回の防衛戦で……危《あや》うく紅《くれない》は、【有翼の娘《ハーピィ》】が噴《ふ》く炎《ほのお》に呑《の》まれて死にかけた。

そう、きるるんは死にかけたんだ。

異世界《パンドラ》はゲームじゃない。死んだら何もかもが終わる現実なんだ。

「大丈夫《だいじょうぶ》よ」

そう軽くあしらう紅《くれない》だが、俺は納得《なっとく》できなかった。

どうもこいつは……何かを生き急いでるような、そんな感じが否《いな》めないのだ。

今は順次うまくいっている。だから焦《あせ》る必要なんてないのに、紅《くれない》はいつも前へ前へと突《つ》き進む。

「でもさ。もうちょっとパンドラ配信は慎重《しんちょう》にやらないか？　この間だって、死にかけたし……」

「私が危機になれば話題になるでしょ？　みんなにスリルを味わってほしかったのよ」

そんな風に気丈《きじょう》に振《ふ》る舞《ま》ってはいるが……あの場で、きるるんのもとに駆《か》け付けた俺は知っている。あの時、確かにきるるんの身体《からだ》は震《ふる》えていた。

いつも熱意に燃える深紅《しんく》の瞳《ひとみ》にすら、恐怖《きょうふ》の色が濃厚《のうこう》に広がっていたのだ。

紅《くれない》が心底、怯《おび》えたのだと理解していた。

でもあの時は配信中で……だから俺は、そんな彼女の本音を隠《かく》すように震える手を握《にぎ》った。

本当は『二度とこんな危ない突撃《とつげき》をするな！』と怒鳴《どな》ってやりたかった。

でも、推《お》しを支える名無しとして、あそこでは『無理をしてはいけません』と無難な言葉しか送れなかった。

そして俺は理解している。同じことがまた起きても、きっと紅《くれない》は突撃するはずだ。

なぜならあの時、紅《くれない》の特攻《とっこう》がなければ怪鳥《かいちょう》と戦っていた冒険者《ぼうけんしゃ》の一人が確実に死んでいたからだ。

あとで配信を見直してわかった。俺が気付けていなかったピンチを、彼女は察知して突貫《とっかん》したのだと。

口では憎《にく》まれ口や、軽口を叩《たた》いても……怖《こわ》くても。彼女は本気で魔法少女として、誰《だれ》かを守ったり、助けたり、そういうのが好きなんだと思った。

「どうして、そんな風にできるんだ？」

「藪《やぶ》から棒になによ？　楽しいからに決まっているじゃない」

「でも、あと一歩で本当に死ぬところだったんだぞ⁉　どれだけ、きるるんが！　誰かの希望になっているのか理解してほしい！　紅《くれない》が死んだら悲しむ奴《やつ》がいるって、わかってくれ！」

「リスクヘッジは十分にとってるわよ？　あの時はナナシなら――きっと、助けに来てくれるって。感謝してるのよ？」

「リスクヘッジ……」

俺が本音をぶちまけても、紅《くれない》は至極《しごく》冷静な態度を貫《つらぬ》き通している。

あんなに怖い思いをしたのに、だ。

何なんだよ、この温度差は。

「俺は、紅《くれない》が何を目指しているのか……いまいち、わからない」

何を考えているのかも、だ。

いつも楽しそうに、ぎんにゅうや海斗《うみと》そらと配信するきるるんは……クラスで見る紅《くれない》とかけ離《はな》れている。クラスじゃ常に威圧《いあつ》的で、同級生を虫けらでも見るかのように牽制《けんせい》しているのに……配信じゃリスナーと一緒《いっしょ》に笑って、仲間と苦楽を共にして。

「なあ……クラスの時の紅《くれない》と、配信のきるるん。どっちが本物のお前なんだ？」

「——どちらもれっきとした私よ」

正面からそう言い切る紅《くれない》が少しだけ眩《まぶ》しかった。

「リスクヘッジと言えばだけど、ナナシ。銀条《ぎんじょう》さんに私を引き合わせる時、【首輪きるる】の中の人ってバラしていたらしいわね。今度から誰かに紹介《しょうかい》するときは、そういうのはやめてほしいわ。もう、登録者100万人の魔法少女VTuberなのよ？」

紅《くれない》の言ってることは尤《もっと》もだった。

でも、やっぱりわからない。

なら、どうして。

「リスクヘッジか。じゃあ紅《くれない》が最初、俺に【首輪きるる】だって正体を明かすのは危険だと思わなかったのか？　例えば俺が勧誘《かんゆう》を断って、お前の正体をSNSで晒《さら》すとか」

「べつにそれならそれでよかったわよ」

「どうしてだ?」

「その問いへの答えわね――」

紅《くれない》は一呼吸おいて、ちょっとだけ顔を背《そむ》けながらポツリと声にする。

「――――には、ちゃんと私を知ってほしかった、から」

ん? ……誰に知ってほしかった?

ん、あ、ああ! 紅《くれない》がとっさに口にしたのは俺の名前だ。

あまりにも言われ慣れなくて、一瞬《いっしゅん》だれのことを言ったのかわからなかった。

ちょっと照れながら、俺をいつものようにナナシと呼ばなかった紅《くれない》。

推しに名前で呼ばれたと理解すると、逆に思考が停止してしまい……言葉なんて出てこなかった。

「ぷーくすくす……ほ、ほら! あなたはチョロすぎるのよ!」

紅《くれない》は照れくささをごまかすようにまくしたてる。

その頬《ほほ》が紅《くれない》色《いろ》に染まっているのは、図書室の窓から差し込《こ》む夕日のせいなのか、それとも――

「だ、だから名前でなんか呼びたくなかったのよ! こ、このナナシッ!」

「あ、あぁ……おう……」

「こんなだからナナシちゃんって呼んであげているのよ? まさか配信中に、ナナシがぽかーんってバカみたいにアホ面《づら》ひっさげていたら仕事にならないじゃない!」

「……へえへえ、少しは俺の仕事も評価してくれよ、きるる様ー」

俺も少し照れくさくなって、話題を切り替《か》えようと愚痴《ぐち》っぽく返答してみる。

「あら。ナナシの仕事は十分評価しているつもりだけれど？　それともなに？　ナナシも私みたいに様付《さまづ》けされたいわけ？　執事の分際で生意気ね」

「いや、べつに様付けとかいらな――」

「いいわ。それほどまでにナナシが望むのなら呼んであげるわ」

「いや、俺は別に――」

俺が否定するより早く、紅《くれない》はぐっと俺の腕《うで》を掴《つか》んで引き寄せる。

今度はどっちなのか判別がついた。

なにせ驚《おどろ》くほど綺麗《きれい》に整ったご尊顔が、すぐ触《ふ》れられる至近距離《きょり》に迫《せま》ってきたのだ。

紅《くれない》の頬《ほほ》は、夕日のせいで朱色《しゆいろ》に染まっているわけではなかった。

そんなゼロ距離で、不意に紅《くれない》がふわりと微笑《ほほえ》む。

その笑《え》みは、満開の桜が咲《さ》き誇《ほこ》るかのように美しかった。

「いつも、お世話《そばにい》してくれてありがとう――――私の桜司《おうじ》様？」

俺の名は七々白路《ななしろ》桜司《おうじ》。

その場にいない者扱《あつか》いされる【名無し《ナナシ》】でも、バイトで毎日疲《つか》れ切った【おじ】と呼ばれてもいい。

でも推しの前では絶対に――

彼女《推し》を、彼女《推し》たちを、七色《にじいろ》の推《ら》したちを支える執事であろうと思う。

まだまだ空っぽで、真っ白な路《みち》を歩む俺だけど、バイト三昧《ざんまい》だった無色の高校生活に、ようやく暖かな春が訪《おとず》れたような気がした。

「王子様なんて待っていても来ないのだから、こっちから迎《むか》えに行けばいいだけなのよ」

ぽそりと呟《つぶや》いた彼女の独り言が、いかにも紅《くれない》らしいと笑ってしまう。

あーあー、俺まで頬が紅色《くれないいろ》に染まってるんだろうな。

もうこれは仕方ないだろ。

控《ひか》えめにいって、推しは最高に可愛《かわい》かった。

あとがき

『人は簡単には変われない』なんて言葉をよく耳にします。

ただ、人には何歳《さい》になっても真っ白なページがあると思います。

それは例えば、朝の新鮮《しんせん》な空気を吸って爽《さわ》やかな気分に彩《いろど》られたり、誰《だれ》かに笑顔《えがお》で挨拶《あいさつ》ができた日は、ほんの少しだけ幸せが色づいたり。

些細《ささい》な出来事ですが、真っ白なページに色が足されてゆきます。そうやって喜んだり、悩《なや》んだり、苦しんだり、笑ったりを繰《く》り返して、『今』を変える一ページになると信じています。

本書に登場する少女たちも、主人公も、何かを変えようと必死に行動しています。

推《お》しを通じて様々な色が芽生え、推しは生きる活力になる存在です。

きっと推しは思っていたよりも、私たちの身近にたくさん在って……可愛《かわい》い動物たちや美味《おい》しいご飯、雨の匂《にお》いと風の音、闇夜《やみよ》を照らす星々に、家族や友人。そして、この本を出版するにあたってご尽力《じんりょく》いただいた関係各社の皆様《みなさま》、イラストレーターのコユコム先生、編集担当のK様。もふテロを読んでくださった読者様、誠にありがとうございます。

皆様が私の推しであり、物語を書く原動力です。

そう、今、この本をなんとなくお手に取ってくださったあなた様も私の推しになります。

人は辛《つら》い記憶《きおく》や経験からは逃《のが》れることはできないけれど、推しに目を向ければ、こんなにも幸せが溢《あふ》れているのだと。そんな気付きをもたらしてくれた読者《推し》の皆様に、この物語を捧《ささ》げます。

星屑《ほしくず》ぽんぽん

DRAGON NOVELS
ドラゴンノベルス

どうして俺が推しのお世話をしてるんだ?
え、スキル【もふもふ】と【飯テロ】のせい?

2024年9月5日　初版発行

著　　者　星屑《ほしくず》ぽんぽん

発 行 者　山下直久

発　　行　株式会社 KADOKAWA
〒102-8177　東京都千代田区富士見 2-13-3
電話 0570-002-301（ナビダイヤル）

編　　集　ゲーム・企画書籍編集部

装　　丁　ムシカゴグラフィクス

D　T　P　株式会社スタジオ205 プラス

印 刷 所　大日本印刷株式会社

製 本 所　大日本印刷株式会社

DRAGON NOVELS ロゴデザイン　久留一郎デザイン室+YAZIRI

ISBN978-4-04-075570-0　C0093